語風 著

漫漫時光中的奇蹟，

讓身處不同世界的我們得以相遇。

第一章

午休時間，一部分的同學正趴在桌上休息，也有些人正卯足全力刷刷地讀著課本和講義，明天起便是我們升上高二後的第一次段考，同學們沒放過任何可以溫書的空檔。

我也在讀書，可是跟那些認真的同學們不大一樣，我捧在手上的是一本小說。

越臨近段考，我就越無法將心思放在準備考試上，只想做別的事。例如，昨日興致一來，將房間打掃、整理了遍，也例如，此刻我正讀著我心中的神作——《終不負相遇》，一本女主角與我同樣是高中生的愛情小說。

既然這部小說在我心中有著如此高評價，那自然不是看一遍、兩遍就能滿足的。從我去年買下這本書起，我大概已經讀過不下五次，小說中的劇情和台詞我都能倒背如流。

爲什麼這部作品會讓我如此著迷？除了作者優秀的文筆與觸動人心的劇情，最重要的是，男主角太帥了！

對，眞的太帥了——

他的魅力大到我已在夢裡與見了他好幾次，不論重新閱讀幾遍，我總幻想著能穿越到書中取代女主角跟他談戀愛。

「楚楚……」

再一次讀到結局，我闔上眼，將書本壓在心口，口中喃喃男主角紀楚恆的綽號，想像著他對女主角寵溺無比的畫面。

書中沒有人這麼叫他，「楚楚」是我對他的專屬愛稱。

看遍滿足少女心的愛情小說，楚楚不是第一個讓我著迷的角色，可我能發誓，他肯定是目前我最愛的那一個，地位不可撼動。

只要想到這種男生只出現在小說裡，我就一陣心酸，恨不得跑進書中緊緊抱著他，告訴他「楚楚，我眞的好愛你」！

我深呼吸平復心情，將小說放到書桌右上方，打算用剩餘的二十分鐘休息一下，順道在夢中與楚楚相見，體驗當女主角的感受。

希望我的大腦靠得住，夢境越眞越好，不要醒來最好！

爲了增加成功率，我在腦海中回味了一遍大略的劇情——

女主角林宣艾跟楚楚從高一便是同班同學，可是兩人直到高二上被分配到鄰座後才有了交集。

某天，她發現楚楚在一道頗具難度的數學題卡了許久，正好那道題她上午請教過數學老師，便主動教楚楚。

這件事成了一向冷漠待人的楚楚特別關注她的契機。

而林宣艾表面上自信開朗，在大家眼裡各方面都很優秀，可她有著許多不爲人知的祕密。例如，她的優秀招致同儕們的妒忌，她的家庭對她造成了不少負面影響。

她的父母感情失和，幾乎天天吵架，幼年時期的林宣艾經常無辜被波及。長年累積的不安焦慮，使她下意識地排斥和他人親近，身邊並沒有可以稱得上是朋友的存在。

得不到親情關愛的她，選擇藏起脆弱，表現出虛假的獨立與樂觀，內心仍是個渴望關愛、想與人建立羈絆的小女孩。

某天，父母的嚴重爭吵影響到了林宣艾，她隔日上課心神不寧，她再也無法忍受這個扭曲的家庭，於是在廢紙上寫下打算與父母說清楚的話。

然而，她仍是沒有勇氣，只能揉爛那張紙，繼續隱忍著，扮演聽話乖巧的模樣，如她多年來維持的形象。

鄰座的楚楚恰巧注意到碰巧落在地上的紙團，才發覺她的生活並非如表面般光鮮亮麗，萌生了想要多了解她的念頭。

後來，兩人感情逐漸升溫。

楚楚知曉了林宣艾深埋心底的不堪，卻一併喜歡著。他告訴林宣艾，她不需要一個人面對痛苦，他會陪她度過一切，若她想要逃跑，他會帶著她一起。

市面上的小說中，將男主角設定成暖男的作品眾多，而楚楚的特別，在於他外冷內熱的反差，以及他確認心意後令人無比心動的言行舉止。

不僅如此，他還是個超級貓控，手機桌布是一群排排站的小貓，休息還常看貓咪影片，也會跟學校的校貓玩。

這麼可愛的男孩，怎麼能夠不淪陷？這是不可能的事！

想著想著，我在腦中勾勒出楚楚的模樣，唇角不禁勾起，盼著能在夢裡見他一面，這時，我的睡意越發濃厚……

緩緩睜開眼，意識仍有些恍惚，我使了些力撐起身子。

揉揉眼後，我察覺到了些許不對勁。

噢！我收回，不是「些許」……

周遭有說有笑的同學、大家身上的穿著，以及教室裡的所有擺設，全部都與我印象中的不同。

我看著右前方身著淺藍色制服的女孩，稍稍瞇起眼思考了幾秒，倏地瞪大眼，不可置信地左顧右盼。

惠雨高中的制服？這是怎麼回事？

盯著一張張陌生的臉，我的思緒紊亂，低下頭拉了拉自己身上的衣服，同樣是惠雨高中的制服。

餘光瞥見了胸下的微捲髮絲……不對呀，我的頭髮什麼時候變長了？還有，我的身材怎麼也不太一樣了？

我按著太陽穴，到底發生了什麼事，難不成我現在正做著清醒夢？

此時，有人拍了我的背，我抖了一下，對方順勢走到我身前。

面前的女孩有著一頭深藍色的秀髮，紮著雙馬尾。

「宣艾，我要去福利社，要幫妳買點什麼嗎？」她一開口，口中的兩顆虎牙便吸引了我的注意。

等一下，她說什麼？

「宣艾」？是我知道的「宣艾」嗎？

我吞了吞口水，心跳逐漸加速，爲了確認我的猜想，我的目光移至對方的胸口處——宋穎兒。

我倒抽一口氣，內心喧囂不已，宋穎兒不就是跟林宣艾關係不錯的同學嗎？

愣在原地幾秒後，我沒有理會對方，站起身從後門離開，往不遠處的女廁衝去。

半身鏡映出我詫異的神情，望著鏡內那張與我截然不同的清麗面容，除了無法克制的驚訝，我甚至有點……興奮激動？

我變成林宣艾了？變成那個我無數次想要取而代之，代替她跟楚楚談戀愛的女主角？我眞的穿越到書中了？

緩緩走回教室，無論是制服胸口處的姓名，還是座位上的個人物品，種種跡象都顯示，此刻我的靈魂所在的軀殼，是屬於林宣艾的。

這麼說很荒謬沒錯，可是我不得不相信，我好像眞的穿越到《終不負相遇》裡了，來到書中的世界，成爲女主角林宣艾。

這也代表著——

身旁的座椅被拉開，打斷了我的思考。

我下意識側過身望向左方，映入眼簾的是一張極其帥氣的臉龐。

我的視線移向那人胸口，藍色繡線繡出的字證實了我的猜想——紀楚恆。

是我最愛的楚楚呀！我夢寐以求的男人呀！

我的夢想實現了呀！

曾經只存在於幻想的一切一一在我面前上演，我捂著嘴，驀然有股想流淚的衝動。

「楚楚……」視線頓時一片模糊，我輕聲喚，語帶哽咽。

或許是聲音太小，也或許是當事人壓根沒有想理會的意思（我寧願相信是前者），楚楚徑直在我身旁坐下，翻開桌上的化學講義，神情專注地做題。他的動作一氣呵成，連看都沒看我一眼。

然而，僅僅是凝望他的側顏，喜悅與心動便自我的胸口滿溢而出。

上課鐘聲響起，他的視線終於自書本移開，側過頭，與我四目相對。

墨黑色的髮、深邃的眼瞳、精緻的五官與白皙的肌膚……完美的一切果然只存在於小說之中。

我沒有意識到自己盯著他看了多久，後知後覺地想著他爲何要看著我。

對呀！我現在是林宣艾，楚楚應該會喜歡上我的吧？

「爲什麼一直看我？」他薄唇輕啟，清冷的嗓音傳到耳中，也輕輕地搔過我的心尖。

我止不住笑意，也無法壓抑，索性展現笑顏。

「因、因爲……」第一次和喜歡的角色對話難免緊張，我有些結結巴巴，「你長得太好看了呀！」

原作設定的紀楚恆，是個略爲面癱、較少有表情變化的人，可此刻在我面前的他，臉上居然浮現了……有些嫌棄的表情？

嫌棄？他爲什麼要嫌棄？我現在可是林宣艾耶！聽到這種稱讚，不是應該感到開心嗎？

然而他的眉頭微蹙，隨即回過頭，看起來不想再搭理我。

我沒有任何不快，心裡盤算著該如何跟他互動，既然是鄰座，自然有很多對話的機會。

我捂著胸口，深呼吸了好幾次，將椅子偷偷往他的方向移，身子微微傾向他。

講義上滿滿的習題，他只錯了一道，我嘿嘿笑了兩聲，「你好厲害，我化學超爛的。」

我想藉此機會開啟話題，他的反應卻不如我的預期。

他瞟了我一眼，「妳在諷刺我嗎？」

我眨眨眼，遲了幾秒才意識到這話的不對勁。

現在的我不是理科苦手王可漫，而是學霸林宣艾呀！不僅在第一志願惠雨高中常駐校排名前十名，理科成績還相當頂尖，甚至優於楚楚。

雖說是小說，不過除了人物，故事裡的一切設定幾乎與現實完全相同，例如，男女主角所就讀的惠雨高中，就是以我所住地區的惠雨高中爲原型。

我尷尬地笑了笑，隨後搖搖頭，趕緊換了個話題，指著窗外的藍天，「你不覺得天氣超好的嗎？是很適合出去走走的天氣呢！」

紀楚恆沒有回應，看著我的眼神有些複雜，我看不透那代表什麼。

可是，即便他不予理會，我的幸福感也絲毫不減。我不曉得我如何來到書中的世界，無論如何，我對此由衷感謝，我從沒想過奇蹟眞有成眞的一日。

鐘響後，老師自前門走進教室，紀楚恆也乖乖收起桌上的講義到抽屜，拿出物理課本。

見狀，我也照做，從抽屜中取出包著書套的課本。

翻開，一看，實在是不得了，課本上有著密密麻麻的工整字跡，還用螢光筆標示出重點——學霸的筆記，學不來學不來。

才上課約莫十分鐘，我便覺昏昏欲睡，老師說的我一個字都聽不懂，更別提做筆記了。我拿著自動鉛筆在課本空白處寫寫畫畫，看著周遭同學個個認眞聽講的模樣，不禁感嘆「這就是第一志願的學生」。雖然我讀的高中也不差，可相較之下，程度還是有所差異。

我相信老師盡力了，不僅完成傳授知識的責任，也在講解題目時結合生活的幽默，無奈物理從來就不是我感興趣的科目，我一點都無法集中。

即便接下來的日子都必須面對艱澀又乏味的課程，我也不會有任何怨言，畢竟能待在楚楚身邊，我就該感恩了。

我撐著頰，再度往楚楚的方向看，那張帥到犯規的臉，我看一百年也不會膩。

我仍是覺得不可思議，居然眞的到了書中的世界，還幸運地成爲女主角。

劇情一一在腦中上演，一想到林宣艾與楚楚相處的點滴，我都將逐一體驗，嘴角便忍不住上揚。

接下來就是等著跟楚楚談戀愛了對吧？我準備好了！

快樂的時光總過得特別快。

鐘聲響起，我後知後覺地看向牆上的時鐘，才發覺已經是放學時間了。

楚楚將桌面上的物品收拾乾淨，隨後站起身，背著書包準備離開教室。見狀，我趕緊叫住他。

「紀楚恆！」我忍下想喚他「楚楚」的衝動，「明天見！」

我的聲音不小，引來許多同學驚詫的視線，而身爲當事人的楚楚，聽到我的叫喚後也回過頭。

他一語不發地盯著我，像方才好幾次那般。

可能是覺得什麼反應都沒有不太禮貌，他輕輕舉起左手掌，而後迅速放下，轉身就走。

雖然只是簡單的回應，也使我心花怒放。

我對著早已沒有他身影的後門傻笑了好幾秒，才想到已經放學了，我該回家了。

我哼著歌，樂不可支地拉上書包拉鍊，蹦蹦跳跳準備離開教室。此時，我的書包背帶被扯住，我險些摔倒，髒話也差點脫口而出。

我轉身看向罪魁禍首，噢，原來是宋穎兒。

「妳今天怎麼不留晚自習？我正要問妳晚餐要吃什麼耶。」她眨眨眼，表情純眞。

我敲了敲頭，意識到我又忘記自己現在的身分。

那我現在是要……留在學校晚自習到九點才回家？

我才不要！

「就……不太想留。」我聳聳肩。

宋穎兒的神情浮現一絲擔憂，她語氣猶豫，「宣艾，妳還好嗎？我覺得妳今天怪怪的，剛剛還跟紀楚恆說再見，超怪！」

我擺擺手，「沒事沒事，我先走啦！」

爲了躲避她的追問，我迅速地跑出教室。

我是路痴，以前也沒來過惠雨高中，根本不知道怎麼走，可是身爲這間學校的學生，還問人「校門在哪」，一定會被認爲是神經病。我只好觀察同學們往哪裡走，跟在他們身後。

我順利地走到大門口，踏出校門走上人行道，我有些茫然地望著陌生的街道。

再說一次，現在的我是林宣艾，這個世界沒有王可漫。

我扶額，懊惱地從書包內翻出手機。

看著螢幕有著裂痕，開機也要等個一陣子的老舊手機，我頻頻嘆氣，這位女主角還眞不好當。

等待開機的過程中，我找出身分證，確認了林宣艾的住址。

手機終於開機了，我打開地圖應用程式，輸入身分證上的地址，確認了我該搭的公車。

爲了避免發生搭到反方向公車的憾事，我還花了好些時間再三確認方向。

這時的我特別慶幸這本書的世界觀套用了現實的一切，否則我連一天也很難順利度過。

雖然這座城市裡也有我不熟悉的地方，但在這裡生活了十六年，至少能適應得更快。

找了好一陣子的小巷、鑰匙一直拿錯、爬了四層樓的樓梯……經歷了一連串的麻煩事，我終於順利抵達了女主角的家。

我垂眸，短暫消沉過後很快又再度打起精神。

我告訴自己「沒關係」，我也相信我很快就能適應林宣艾的生活，絕對沒問題。這個世界有楚楚在，為了他，稍微吃些苦也是可以忍受的。

好吧，即將面對的劫難比我想像中還多——書桌前的牆面上貼著好幾張便利貼，其中一張還寫著段考的日期與科目……

完蛋了。

林宣艾不僅就讀第一志願，還是數理資優班的學生，試卷難度與普通班多少有落差。

然而，段考的日期就在明天呀！

一連打了好幾個呵欠，前一晚睡了不到六個小時的我仍帶著睏意，險些睡過站，幸好身旁坐的是同校的學生，好心地拍了拍我的肩，提醒我下車。

適應不良，從昨日搭上返家的公車起，我便一直有強烈的感受。

林宣艾的住處跟我家截然不同，我住的是透天厝，她住在老舊公寓中的某一層樓，裝潢老舊、空間狹窄，床鋪還硬得很，是我夜裡輾轉反側、醒來全身痠痛的元凶。

住處沒有冷氣，浴室蓮蓬頭還壞了，只能以大盆子裝水後再舀起。

除了住家條件差，她的父母感情也不好，家中經濟似乎也頗為拮据……

我是很羨慕林宣艾、想穿書跟楚楚談戀愛沒錯，可是這並不代表我想跟她體驗一模一樣的生活呀！我一點都不想生活在這種家庭裡！

僅僅一個晚上，我便懷念起我那應有盡有的家。

可惡，爲了楚楚，我忍！

再過半小時就要考物理，班上同學都安靜地複習，而我望著字跡工整的筆記，卻一個字也讀不進去，一心只想著身旁的紀楚恆，不時往他那偷瞄。

貿然打擾他似乎不太妥當，於是我翻了翻講義，找了一道標註著「必考題型」的題目，從筆袋內翻出橡皮擦，將上頭的筆跡全擦掉，即便林宣艾寫的似乎是正確答案。

「紀楚恆……你能教我這題嗎？」我用氣音喚著，伸出食指戳了戳他的手臂。

嗚，我碰到楚楚了，好幸福。

「妳想做什麼？」速速地掃過題目後，紀楚恆看了我一眼，眸中透出一絲困惑，「妳上禮拜不是上台寫過了？」

嗶嗶！王可漫幸運值零分！

我的笑容僵在臉上，花了幾秒理解他話中的意思，我猜大概是林宣艾曾在課堂上被老師叫上台做題吧。

怎麼偏偏是這道題！

我咬唇，默默縮了回去，不願再給他造成困擾。

撐著頰，我嘟著嘴，將筆桿放到唇上，環顧教室內的擺設，一切仍然這麼陌生，與我熟悉的教室不一樣。

現實中的王可漫會怎麼樣？原本的世界變成什麼樣子了？我的意識不在那裡了，現實還會照常運作嗎？

我不像普遍穿越的情節般，是透過出車禍之類的意外才來到書中，我只是午休小睡，醒來後就在不同世界。

若這一切僅是一場夢，未免也太過真實、太過荒謬。

考試前十分鐘，班長提醒大家趕緊將桌椅分開，我也因此與楚楚短暫別離。

「加油！」

在監考老師發下考卷前，我特地向紀楚恆打氣，希望我的鼓勵能讓他超常發揮，得到優異的成績。

「謝謝。」他雙眸微瞠，似乎很意外我這麼說，「妳也是。」

楚楚也幫我加油！我肯定能考出好成績的對吧！

才怪。

試題發下來後，我粗略掃了一遍題目，愉悅的笑容頓時垮下。

題目不至於看不懂，可要我算出答案？辦不到。

在答案卡右上角填寫班級姓名時，我下意識寫下「王可漫」，才意識到現在的我是林宣艾，趕緊擦掉重寫。

這個世界裡，王可漫不存在呀……

盯著眼前沒有一題能得出解答的考卷，我默默在心底向模範生林宣艾懺悔，而後心一橫，隨心所欲猜答案。

不出半小時，其他人還在奮力作答時，我已經完卷趴下休息了。

抱歉了，我真的不擅長理科，等到考社會科時，我肯定能發揮出實力！

這麼想的我，下午考地理再度被打臉。

惠雨高中的考卷難度也太高了吧！我們不是學一樣的內容嗎？

地理科是我的強項，我本以爲能流暢作答，可是整份考卷寫下來，我只能肯定會及格……

我深呼吸讓自己冷靜，並告訴自己：王可漫，妳只是比這些人笨了一點，考卷也剛好難了一點，沒事。

是啊，沒事的！想要考醫學系的是林宣艾，不是我，我穿越到書中是來跟楚楚談戀愛的，才不要荒廢時間在課業上！

一連三天的段考，我慢慢適應了在這裡的生活，也逐漸體會到林宣艾的人生究竟過得多不順遂。

昨晚在房間內，我聽見了一對男女的爭執聲，我想起書中常描寫到的場景——林宣艾父母的爭吵。

明明住在同個屋簷下，但我跟他們沒有太多互動機會，他們似乎也不怎麼想理女兒。她家與我家完全不同，一對比，我便有些想念我的父母……

才一點點而已喔！這裡有楚楚，我一定能堅持下去的。

終於，中午考完了最後一科，同學們臉上的表情像是從地獄解脫，我也同樣感到高興。段考期間我跟楚楚並沒有什麼交流，畢竟他在認眞複習，我也不樂見他因爲我的叨擾而影響到考試。考完試了，我跟楚楚的座位又可以併在一塊、近距離接觸啦！

我還有許多時間能跟楚楚培養感情！

「呼，這次數學好難，我猜一定是小白出題。」

午餐時間，在排隊等待盛飯時，宋穎兒跑到我身後這麼說。

在《終不負相遇》中，宋穎兒是林宣艾較爲親近的對象。雖然在故事裡不是推進重要劇情的角色，卻對調節氣氛起了很大的作用，讓故事前段較爲嚴肅凝重的劇情，讀起來不那麼難受。

她活潑外向且樂觀，是個好相處的女孩，所以我並不排斥與她互動，甚至覺得穿書後也能擁有朋友是件很幸運的事。

這幾天她時常關心我，認爲我的言行舉止很反常，而面對我的敷衍回答，她也沒有太介意，仍照常與我聊天。

我不曉得她口中的小白是哪位，仍點頭附和，「我也覺得。」

「反正對妳來說沒問題的嘛，妳可是林宣艾耶！」宋穎兒笑著調侃，隨即轉了個話題，「是說，妳這幾天好常壓線到學校，妳之前明明都超早來的。」

我不好意思地笑，「沒辦法呀，這幾天都失眠，好不容易才睡著，很難聽到鬧鐘！」

我還順道與她分享前幾天在公車上差點坐過站，被其他同學叫醒的趣事。

想不到她接下來的話，與我所知的事實有出入。

「嗯？我突然想到，妳高一也有在公車上叫醒過紀楚恆耶！妳那時說那算是你們第一次互動。」宋穎兒挑眉。

「啊？」我眨眨眼，不敢相信剛才聽到的話。

第一次互動？我跟紀楚恆？

《終不負相遇》我讀了很多遍，我很肯定我不會記錯，書中林宣艾第一次跟楚楚有交集，便是她主動教數學題那次，而且那是不久前發生的事。

如果眞的有發生宋穎兒口中的事，作者怎麼可能沒寫？這可是無比重要的劇情，是男女主角第一次的互動跟對話呀。

想不出合理的答案，最終我放棄思索這件事。

回到座位，我一邊將飯菜送入口中，一邊思考腦中忽然浮現的種種疑問——

我是穿越來做什麼的？是跟楚楚談戀愛沒錯吧？

我要如何回到原本的世界呢？讓故事進展到結局嗎？

所以我現在該做的是……讓一切照著原本的劇情走？

我闔上眼回憶一遍劇情，想著書中的關鍵橋段，推測目前的時間點發生了什麼事件，而我必須去推動，才能順利與楚楚修成正果。

好！那接下來的劇情就是——

「宣艾，有人找妳喔！」

一名同學點了點我的肩，我的思緒也因此被打斷。

我微微皺眉，看向後門，一道高䠷身影站在那裡。

仔細一看，那個男孩臉上掛著柔和的笑容，長得超級好看！

但他是誰啊？遲疑了一陣子，我站起身走到對方的面前，視線往他胸口的繡線瞄——佟千遙。

我很確定這個名字沒有出現在書裡，一次也沒有，是否能代表他是個不重要的小人物？

我抬眸與佟千遙四目相對，他有一雙好看的眼瞳，表情溫和無害，令人不自覺放下心中防備。

「宣艾，妳吃飽了嗎？」他嘴角彎起，露出一個討人喜歡的笑容。

惠雨居然還有這種等級的帥哥？爲何作者在書中完全沒提到？這不合理呀！

面對這像阿嬤一樣的關心，我一時之間有些懵然，頓了幾秒才回答：「吃了。」

「那我們過去社辦吧。」佟千遙點點頭，視線移向我後方，我轉身看，宋穎兒正朝他的方向揮揮手，笑容明豔。

他們兩個認識呀？不對，重點不是這個！

聽到「社辦」二字的同時，我在腦海中回憶關於林宣艾所屬社團的情報。

書中曾提到她是醫學研究社的幹部，可社團與主線故事較無關聯，作者也沒有多著墨。眼前的男孩於我而言是全然陌生的角色，我沒有他的半點情報，甚至不曉得他是好人還是壞人。

我抿抿唇，「好……你等我一下，我還要倒廚餘。」

抱著不會影響到故事進展的心態，我答應了他的邀約，我想這應該能算是故事之外的劇情吧？就像沒有特別描述或無關緊要的過場。

我回到座位快速收拾了東西，對於要暫時離開楚楚感到有些可惜，在走出教室前忍不住依依不捨地看了他好幾眼。

而他靜靜地吃著午飯，散發出清冷氣場，使旁人不敢輕易靠近。

幸好，現在的我不是別人，是林宣艾，是那個會被楚楚喜歡上、只專寵她一人的女主角，他的高冷在我面前肯定不堪一擊。

走廊上，我乖乖地跟在佟千遙身後，似乎是見我步伐緩慢，他也放慢了腳步，不知不覺中，我們並肩而行。

到了社辦，他轉開門把，掀開了桌上的筆電，打開簡報軟體，螢幕上呈現著製作精美的投影片。

一股怪異的感受浮上心頭，我似乎不是第一次看見「佟千遙」這三個字，可我極度肯定他不是小說裡的要角。

我終究是止不住好奇心，心底的疑問脫口而出，「不好意思，我想問……你是誰呀？」

他神情微愣，我想我大概是被他當白痴了。也是，他跟林宣艾同個社團，兩個人怎麼可能不認識。

然而，他困惑的神情隨即消逝，取而代之的是豁然開朗的笑顏。

「宣艾，妳在模仿學弟妹嗎？」佟千遙的嗓音跟他給人的第一印象很類似，是沒有一絲侵略性的溫柔，「對耶，畢竟到時候還有其他學校的學弟妹，他們不一定認識我。」

他這番話搞得我一頭霧水，唯一能確定的是，他的自圓其說似乎是沒有把我當成笨蛋。

「那我開始囉！過程中有問題妳可以隨時打斷我。」

他清清喉嚨，按下投影片播映，螢幕上顯示著他的姓名、職位、社群帳號和個人照。

「各位學弟妹好，我是惠雨高中醫研社的教學佟千遙，也是這次四校聯合社課的負責人，如果這一整天有任何狀況都能來找我。」他直勾勾地盯著我，「至於我旁邊這位是林宣艾，下午的蛙剖就是她來示範給大家看喔。」

我並沒有放多少心思在他說的話上，滿腦子都在想我究竟在這裡做什麼？沒有楚楚好無聊，根本是在浪費時間……等一下，我剛剛是不是聽到了什麼不得了的東西？

蛙剖？是我想的那個嗎……解剖青蛙？我負責示範？別開玩笑了，我連摸青蛙都不敢，何況要解剖，我怕血呀！

「宣艾。」不知過了多久，佟千遙在我面前彈了個響指我才回過神，「如何？內容還可以嗎？」

我抽抽嘴角，怎麼辦，我剛剛都沒在聽……

「我覺得很棒！」於是我撒了謊，還拍了拍手。

「能被妳肯定太好了，我昨晚還很擔心說明得不夠詳細。」他勾起一抹淺笑。

說眞的，佟千遙的顏值實在出眾，即便他是個無關緊要的小角色，他的笑也讓早已心有所屬的我，心跳不禁漏跳一拍。

我正想詢問他剛剛說的「蛙剖」，他又再度開口：「再來換妳了，妳的簡報肯定很完美。」

什麼？換我幹麼？

大概是因爲我的表情變化太過明顯，面前的男孩稍稍彎下身，臉朝我湊近了些，「怎麼了？」

我闔上眼，握緊拳頭，做好了我的說詞不被接受的準備，反正佟千遙不屬於這個故事，在他面前有什麼不對勁，應該也不會影響任何進展吧？

「不瞞你說，其實我……最近狀況不太好，常常忘記很多事。」我如此說道，深深地呼吸，「像我不曉得你帶我來這的目的，不知道我現在應該做什麼，我都忘了。」

我原本想著是否要乾脆地告訴對方我不是林宣艾，是從現實穿越來的王可漫，可是這樣一來，我真的會被當作神經病大肆宣揚，屆時連楚楚都將離我而去，因此決定以「狀況不好」帶過。

我鼓足了勇氣才敢抬頭觀察佟千遙的反應。他的表情與我預料的相去不遠，滿是詫異與震驚。

「還好嗎？發生什麼事了？有沒有去看醫生？」他開口，語氣中還有顯而易見的擔憂，「是不是前陣子考試壓力太大了？」

他微微蹙眉，語氣焦急，讓我想到了每次我不舒服時媽媽溫暖的關心。

「可能吧，過一陣子應該就會好一點。」我聳聳肩，內心對於撒謊感到些許愧疚，「所以……你能跟我說明一下情況嗎？我現在該做什麼？」

佟千遙點點頭，向我解釋現況——

下週六是包括惠雨高中在內，四校醫研社的一日聯合社課活動，身為教學的林宣艾，當天要負責在下午的課程中，帶領學弟妹解剖青蛙，並介紹其器官構造。

佟千遙解釋完後，仍是止不住擔心，不停追問要不要帶我去醫院檢查，畢竟這情況太過特殊，已經接近失憶。

我瘋狂搖頭，「我真的沒事，只是不小心忘了一些事。」

「可是，看起來不只如此。」他輕聲道：「妳今天給人的感覺很不一樣，完全不是平常的妳會有的樣子。」

事已至此，再繼續搬出拙劣的謊言也不妥，索性隱瞞某些真相，將大部分的狀況稍爲扭曲告訴佟千遙。

「我忽然在一夕之間忘了很多事，也有很多地方改變了，像是我的個性、我很怕血，還有我這次段考考得很差。」

聽了我的說明後，他的表情更爲困惑，欲言又止的樣子，似乎是想問些什麼，卻被我打斷，「不要思考，去感受。」

「那我有什麼能幫到妳的嗎？」佟千遙像拿我無可奈何般嘆了一口氣——帥哥連嘆氣都好好看。

我想了想，這件事只有他知道就好，若傳到楚楚跟宋穎兒的耳中，又或是在書中有名有姓的其他角色耳裡，後果實在不堪設想。

「這些事我只跟你說，請你幫我保密。」我將食指抵在唇上，露出一個俏皮的笑。

雖然佟千遙看起來仍有諸多疑問，卻也沒有再多說什麼，爽快地答應了我的請求。

還說，既然我怕血，他會代我接下蛙剖的工作。

爲了防止被其他人說閒話，我們約好交換授課內容，他把放了簡報跟內容重點的隨身碟交給我，讓我這幾天先回去研究，有什麼問題隨時聯絡他。

在他說出「放心交給我」的時候，我真的覺得他有夠帥，可是我喜歡的是楚楚，不會那麼輕易變心！

在這個世界已經過了好幾天，但我跟楚楚並沒有任何實質的進展。我時常熱情地與他打招呼、向他主動開話題，可他僅是簡單回應，甚至有幾次看起來有點不耐煩，我只能趕緊打住，免得惹他不悅。

還是說，我要等他主動接近我？但最喜歡的人就在身旁，到底要怎麼忍耐呀？

許是我表現得過於明顯，宋穎兒也時常向我提起楚楚，問我是不是對他有意思。

原著中也有類似的劇情，我擔心不照劇本來會影響後續發展，於是我照著書中寫的台詞告訴她「我們只是普通同學」。

宋穎兒說「鬼才信」，其實我也這麼覺得。

因為我的段考成績實在太過慘烈，導師趁著午休時間叫我去辦公室，關心我忽然一落千丈的成績。

回到教室後，我毫無防備地將數學考卷放在桌上，一旁的紀楚恆似乎是看到了上頭的分數，難得與我搭話。

「林宣艾，妳是怎麼了？」他指著考卷右上角的分數，表情很是不解。

在他身邊的每一刻我都很幸福，無時無刻感到心動，他不搭理我時就已是如此，更何況是他主動向我問話。

沉浸在喜悅中好幾秒後我才回答：「我就不會寫呀。」語氣輕快得很。

這回答似乎令他啞口無言，過了一陣他才開口：「妳難道一點也不沮喪？」

「啊，是呢……林宣艾可是拚了命地維持好成績，只要名次稍有退步便會不甘心，是得失心很重的人。

那我現在該有什麼反應？

「是挺難過的……」我立刻垂下眸佯裝失落，隨後用靈動大眼凝望著他，「那你要安慰我嗎？」

孰料，他的神情沒有半分動搖，甚至還「嘖」了聲。

「莫名其妙。」丟下這話後，他回過頭，再也沒有理會我。

老實說，那瞬間我真的挺難過的。

晚間，躺在床鋪上，我看著天花板上搖搖欲墜的吊扇，實在提心吊膽，最後切掉了開關，寧願多流點汗，也不希望在跟楚楚談戀愛前死在這裡。

我如果在這個世界出了什麼意外，會發生什麼事？怕回不去現實，我還是小心為妙吧。

看著有些斑駁的牆面，回想起這幾天來發生的一切，相較於起初的不可思議，如今我的心情多了些困惑。

對於宋穎兒所說的「我與紀楚恆在公車上的初次互動」，我總覺得有些不對勁。還有佟千遙的存在也很不尋常，外表帥氣，姓名也如此非凡的男孩，居然不是故事中的主要角色？

而我又是為什麼會對他的名字感到熟悉呢？

公車、佟千遙、公車、佟千遙……我猛然瞪大眼，想起某個不得了的情報。

《終不負相遇》最初在網路上連載，似乎是由於作者一連幾部作品的人氣不錯，才被出版社相中有了實體出版的機會。

而如此喜愛這個故事的我，當時也有在網站留言區寫下我的讀後感想。不僅如此，我也花了些時間將留言區的每則心得都讀過一遍，想看看其他讀者的想法。

也是看到其他人的回應，我才知道這個故事其實還有尚未完結便修改的舊版，早期的留言區也大多在討論曾經的劇情。

「新版的故事沒有千遙了好可惜，我很喜歡他的說……」

我曾看到一則似乎是老讀者的留言這麼寫。

當時作者回覆，他也是她很喜愛的角色，只是她跟編輯討論後，認爲這個角色對於劇情進展沒太大幫助，且會分散男主角的魅力與風采，經協調後決定刪除。

至於林宣艾與紀楚恆的初次互動，印象中在初版的劇情裡也的確是在公車上發生的事。

即使我沒有看過舊版的劇情，可當這兩點疑惑都在早期讀者的留言中有了解答，我便得出了結論——我如今所處的這個世界，該不會是《終不負相遇》最初的劇情？

不會吧……

我曾以爲只要照著劇情走到結局便能功成身退，返回現實繼續快樂的生活，然而，這是一個沒有結局的故事，我又該如何回到原本的世界？

這樣一來，照劇本演戲大概也不管用了，我必須用別的方法來攻略楚楚才行。

總之，現在我該做的就是專心與楚楚培養感情，其他的之後再說，反正肯定沒事的！

應該是這樣……沒錯吧？

第二章

如今的我，大概是身處於一個極其眞實的幻夢中吧。

睜開眼不久時，我仍是這麼相信的，可隨著時間一分一秒流逝，邏輯嚴謹的一切在我面前上演，我的五感也無比眞實，所見所聞都告訴我，這似乎不只是一場夢。

原本僅是打算趴下小憩幾分鐘，沒想到再度睜開眼，世界風雲變色，我甚至也不再是我，而是「王可漫」。

我不曉得爲何我會在夕苑高中，更不知道爲何我的意識會進到另一個女孩的軀殼中。方踏進教室的教師已在講台上滔滔不絕地講課。

從前我未曾於課堂上恍神，如今我卻連一個字也聽不進去，腦袋嗡嗡作響，任何聲音都變得無比飄渺遙遠。

究竟發生了什麼？

剛剛被一個女同學拉進廁所時，鏡面映照出的臉龐相當陌生，從頭到腳，沒有一處是我熟悉的模樣。

莫非……我與名爲王可漫的女孩交換了靈魂？眞的有可能發生這等荒謬的事嗎？

餘光瞥見放在書桌右上方的一本書，看封面上的書名，看樣子是專門滿足少女幻想的愛情小說。

平時對這類題材壓根就沒興趣的我，此刻卻移不開目光，下意識伸出手翻至背面，閱讀起封底的故事簡介。

當我瞧見女主角名字的那刻，胸口的心跳猛地加速，無法相信我看到了什麼。

林宣艾……女主角的名字跟我一模一樣？不僅如此，上頭還寫著「紀楚恆」？

這已經不是能以「巧合」搪塞過去的了。

有些艱難地嚥下口水，讀完書籍簡介後，我的嘴角抽了抽，內心百感交集——這個故事在寫我跟紀楚恆談戀愛？

我與他壓根就沒什麼交集，不過是這學期正好被分配到鄰座罷了，將我跟他湊成一對是否太牽強了？

爲了確認內心的猜想，我深呼吸，悄悄翻開第一頁，開始閱讀這個以我爲主角的故事。

讀完整部作品後，心中的疑惑不減反增，我的思緒如同纏成了結，得不到任何解答。

書中的林宣艾，是我，又不完全是我。

好比她跟我相同，家人關係失和、家中經濟狀況不佳、就讀惠雨高中數資班，可我們又有某些經歷不相似，甚至書中寫到的事件和時間線，都是我尚未經歷的。

我摸摸口袋翻出手機，幸好解鎖方式是指紋，我不需要猜出主人設下的密碼。

我打開社群軟體，在搜尋欄打下我的帳號，明明一字不差，卻找不出任何與我相符合的帳號。

我皺眉，而後刪除字串，重新輸入一串英數組合，那是惠雨高中醫學研究社的官方宣傳帳號。

有了！

點進那個帳號，我一驚，版面上顯示的內容與我印象中的沒有任何相同之處。

我往下滑，找到了幹部介紹文。

誰啊？我在哪？佟千遙在哪？擔任教學的爲什麼不是我們兩個？

我扶額，雖說很不想相信，可一切都顯示著我心底浮現的假設似乎是對的。

姑且不論這裡是什麼世界，然而那些我曾以爲的「現實」，在這世界裡似乎只是《終不負相遇》這本小說內的設定。

我呀，好像是這本書的女主角沒錯。

這個猜測並非完美的答案，仍有許多疑點尚未釐清。

撇除無法以常理解釋的穿越，如果我眞的是《終不負相遇》的女主角，那爲何書中大部分的劇情我都未曾經歷？甚至在故事前段提到的某些事件，都與我認知中的有所差異。

我翻開書，在折口找到作者的介紹與個人網站，我默默記下「織悅」這個名字，打算主動聯絡對方，搞清楚究竟是怎麼一回事。

在一切都獲得解答前，我必須把握時間好好理解這個世界與我記憶中的環境有何差別，同時不讓周遭的人察覺異狀，這個身體不屬於我，我不能給王可漫造成麻煩。

醒來後，我試圖了解她是個什麼樣的人。

從他人對待我的言行舉止，以及王可漫的個人物品，像是桌上的小說和課本角落的塗鴉，我獲得了部分線索——她應該是個充滿少女幻想、天眞爛漫的女孩。

拿出筆袋內的便利貼與黑筆，我寫下了需要得到答案的問題——

「我與書中的林宣艾究竟是不是同一個人？」

「我要怎麼回到原本的身體？」

暫且將疑惑拋在一旁，我想，在順利回到我所屬的世界與身體前，必須盡可能地扮演好王可漫。

這時，腦海中又浮現一個疑問——王可漫的靈魂如今在何處呢？

即使我不曉得自己是怎麼來的，然而我霸占了這軀殼是不爭的事實，那原本的主人去哪了呢？

無解。

我嘆了口氣，決定放棄這毫無頭緒的問題，雖然放棄一向不是我的作風，此時此刻卻不得不這麼做。

思緒飄得好遠，沒怎麼認真聽講，可我仍下意識捕捉了幾個關鍵字——明天便是段考。

巧的是，若我還是林宣艾，明日也正是段考第一天。

王可漫和我都是高二生，我想考試對我而言鐵定不成問題。

幾堂課過去，桌上累積了好幾張批改完的考卷，其中理科考卷的分數特別淒慘，看著那些錯題，我忍不住在心底默默吐槽，她怎麼連這麼簡單的題目也不會？

放學的鐘聲響起，我沒想太多便背起書包準備離開教室。

我趁著閒暇時間確認了王可漫家的地址，查好公車路線，雖然轉車有些麻煩，不過我不需要如往常般留在學校晚自習，有的是時間慢慢晃回去。

「漫漫！」一道叫喚自身後響起，還沒來得及回頭，便感受一記的重重拍打落到肩上。

「怎麼了？」我眨眨眼。

身旁的女同學名爲沈庭珈，似乎是王可漫在班上較爲要好的朋友。

下課時間她幾乎都會跑來找我談天，在我尚未搞清狀況時，拉我去廁所的也是她。

明明她也沒多高，目測比原本的我還矮，但她似乎習慣將手搭在身型嬌小的王可漫肩上，自從我來到這裡後，類似的行爲已發生了五次。

成爲了王可漫，身高一下子縮水了，我到現在都還無法適應……

「我都還沒收拾好，妳居然不等我。」沈庭珈輕哼了聲，隨後拉著我從前門離開。

我不好意思地笑了笑，向她道歉，也將這件事記在心底，告訴自己下次一定要記得。

她一邊拉著我走，嘴裡念念有詞，我沒仔細聽她在說什麼，只是一直點頭附和，眼神不停掃視四周，趁機熟悉環境。

「理我！」

沈庭珈輕輕敲了我的頭一下，我才回過神，一臉茫然。

「我剛剛說，我讀生物的時候一直搞混，減數分裂的前、中、後期分不清楚，精卵的發育過程也記不起來……我真的快瘋了。」她癟嘴，表情充滿怨氣。

她口中這些令人困擾不已的知識，於我而言是沒有半分難度的觀念。

她煩惱的模樣，讓我想起班上時常請教我課業的同學，於是我沒想太多便開口：「需要我教妳嗎？」

沈庭珈先是蹙眉，隨後猶如聽到什麼可笑的言論般大笑出聲，連一旁經過的同學都朝我們這裡看。

「妳說笑啊？」她拍拍我的背，「妳先顧好自己就好了啊，乖。」

看來王可漫的生物也表現得很差。

雖然我不想給她帶來麻煩，但這與我替她考出好成績應該不衝突，甚至可說是好處。

「我這次很認眞在複習耶，等考完妳就知道啦！」我勾起嘴角，揚起一抹自信的笑。

「喔？這麼厲害？」

我點點頭，下一秒，腦中閃過一個念頭——

如果……我就是書中的林宣艾，那麼我所擁有的一切，是否早已被作者安排設定呢？我的家庭背景、我的外貌個性、我的課業表現……都只是名爲織悅的作者所寫下的文字。那個人就如同我的上帝，我的過去與未來全都爲他所操控。

也罷，說不定此刻走在我身旁的沈庭珈，也是某本書中的角色。

其他人也是，所有人的命運冥冥中早已被註定、安排，我們不過是照著劇本在行動。

轉念一想便豁然開朗，沒什麼好糾結的了。

正想跟著沈庭珈一同走到公車站，才出校門沒幾步，便聽見了有人喚著「王可漫」。聲音從一輛白色休旅車的駕駛座傳來，我循聲看去，車內的中年女子正朝我揮手。

「阿姨好！」沈庭珈比我率先做出反應，活力滿滿地向對方打招呼。

看來這名婦人是王可漫的母親。

眞好，放學還會親自到校門口接女兒回家。

「珈珈要不要來我們家玩？」

「不用啦，明天要段考了，我要回家讀書！」沈庭珈搖搖頭，一頭短髮跟著晃動，「謝謝阿姨。我先去搭車囉，掰掰！」

語畢，她便趕著紅綠燈的最後幾秒衝過馬路，我還沒來得及與她道別。

「漫漫，上車啦，怎麼在發呆呢？」王媽媽歪頭。

「喔。」我拉開了後座的門把。

一上車，王媽媽便與我分享她今日的日常瑣事，像是早上經過花市時買了一盆多肉植物，或是待會回家要炸女兒最喜歡的花枝丸。

只是日常對話，我就能從她慈祥的語氣中感受到滿滿的愛與溫暖，想必王可漫是被她的家人所愛著的吧。

或許是我沒有主動說些什麼，對方忍不住出言關心我。

「沒有啦，可能是因爲明天要考試了，壓力有點大。」我隨意想了個理由。

我從後視鏡看到了王媽媽和藹的笑容，「盡力就好，不要讓自己太累了喔！」

親情的溫暖，居然是透過別人的母親來感受的。

我彎起嘴角諷刺地笑，腦中浮現父母爭執的畫面。

能暫時逃離那不像家的地方，或許也不是什麼壞事。

我決定過一陣子再去聯絡作者。

我原本想著越快解決這件事越好，可當我回到王可漫的家後，我便貪心地想，若是能再多留幾天就好了。

耳邊沒有爭執聲，回家後有美味的晚餐等著我，還不用爲了該如何開口跟爸拿錢而煩惱……就讓我體驗一場美夢吧！

那個家，我只想逃得遠遠的。

做爲回報，我打算替王可漫考出好成績，這樣不僅她的父母高興，肯定也對她在未來的升學有幫助。

夕苑高中雖然是本市的第二志願，可試卷難度和我曾經接觸過的相比實在有落差，就連我覺得棘手的考科，寫起來也無比順手，更別提我原本就擅長的科目了。

由於大部分的考科都是電腦閱卷，考試成績很快就出來了。

當物理老師在課堂上公開表揚我考出滿分時，眾人的目光竟讓我覺得有些害臊。

從前班上的同學個個優秀，大家的課業表現不會有特別明顯的差異，比我厲害的人大有人在。

本以爲王可漫在不擅長的科目考了滿分會轟動全班，可與我預想的有些不同，下課時沒什麼人跑來位置旁，虧我都已經做好接受眾人的吹捧了。

我想，大概是因爲班上與王可漫從高一就同班的人並不多，只有他們才曉得她從前的成績，能考出這分數又是多麼値得驚訝的事。

最激動的人當屬沈庭珈了。她一連罵了好幾聲髒話，一臉不可置信地嚷嚷著「王可漫怎麼可能考這麼高」，還說肯定是被牛頓或愛因斯坦附身，才會出現這種奇蹟。

我只是笑了笑，對於她的言論不置可否，畢竟這也眞的不是王可漫考出來的分數。

對於少部分同學的稱讚與疑惑，我的說詞都是「我這次很認眞讀書」。

我倒也沒說謊，畢竟我平時便經常溫書，段考前也會更加把勁複習，我可不是不努力就有收穫的天才。

午休時間，沒有睡意的我，打算繞繞廣闊的校園。

在惠雨，午休時間是不被允許隨意在外閒晃的，夕苑的校風算自由，不曉得可不可以？沒想太多，我趁著午休時間到處逛逛。

十月的陽光仍有些強烈，我沿著陰影走到一棵大榕樹旁，樹的周圍圍了一圈水泥花圃，我拍了拍上頭的枝葉碎屑，拉拉裙子後坐下。

微風徐徐吹來，這樣的清閒明明一點也不特別，我卻好像許久沒能享受。

從前待在菁英雲集的學校，我的生活無時無刻都面臨著競爭，即便只是課堂上的小考，前一晚我也必須熬夜苦讀，只爲了不落人後，維持好成績。

我一直相信，只要持續努力，我就能順利考上醫學系，擺脫雙親並靠自己的力量生活。

我會成爲一個優秀的人，不步上他們的後塵，也不會在經濟上虧待自己。

這樣的我，在最關鍵的高中時期怎麼可能有辦法過得悠閒？

就連本該是依興趣來選擇的社團，我也考量到升學而加入醫學研究社，為了在高中生活裡添上一筆值得說嘴的經歷。

如今，我卻因為不明所以的偶然，來到了一個不屬於我的世界，代替王可漫。

然而，我終於能獲得喘息。

身後突然有一陣動靜，我猛地轉身，只見樹幹後方出現一道人影。

男孩背對著我伸懶腰，似乎發現這裡還有別人，回過頭，我也得以看見他的正面。

他左耳上的飾品閃得顯眼，耳朵才那麼一小點，他卻打了許多耳洞，實在惹眼。

我觀察著他的臉孔，明明是單眼皮，眼睛卻很大，睫毛也相當纖長，是一雙漂亮的眼。

「妳，看我幹麼？」他瞇起眼，語氣充滿質疑。

「沒什麼。」我別開眼。會多看幾眼還不是因為他的耳朵？

有閒雜人等在這，我想還是換個地點好了。

當我正要起身離開時，他再度開口：「這是我睡覺的地方。」他雙手環胸，「如果妳之後還要來，不可以吵到我。」

在粗糙又硬的水泥上睡覺，神經病。

「我沒有吵你。」我輕聲回覆。

「我又沒說妳吵我，我只是提醒妳。」他挑眉。

「這是學校，不是你家，任何人都可以來這裡，你沒有阻止他人吵鬧的權力。」我針對他的「提醒」提出反駁。

他吐吐舌，模樣看起來有些欠揍，「我說不可以就是不可以。」怪人。

「隨便你。」我懶得再與他爭辯，丟下了這一句話後就要走。

不料對方再次出聲，夠了沒？我是哪裡招惹到他？

「妳叫什麼名字？」

我滿頭問號，不曉得他爲什麼問這個，可我仍是乖乖回答：「林宣艾。」

最後一個音落下，我才暗叫不妙，正想開口更正，隨即就打消了念頭，反正我跟這人毫無交集，或許他隔天就會忘記了。

語畢，我沒有再與他有多餘的互動，小跑步離開了現場。

待在這個世界的時間越長，我越萌生貪念，奢侈地想再多留一陣子。

我總告訴自己「再一天就好」，可是當所謂的「明天」到來，捨不得離開的想法便更加強烈。

我不想離開這個令我無憂無慮的理想鄉。

在這裡，我不是林宣艾，不必承受別人賦予的壓力與期待，不必汲汲營營地度過每一天，最終逐漸喪失了讓自己快樂的方法。

這些日子以來，我好像能重新找回幸福的模樣……

平日的午休時間，不同於以往我總待在教室內抓緊時間複習，現在的我時常在學校裡的各個角落走走繞繞，不過我再也沒經過那棵大榕樹，我可沒興致再與那私自占地爲王的男孩爭辯。

除此之外，王可漫的高中生活，也因爲我發生了重大的改變。

在一段時間的打探之後，我得知王可漫成績排名約在中段，而這次的段考，我不僅替她拿下了班排第一，經他人之口我才知曉我還考了全年級第一。

我的本意的確是幫助她在成績上有所進步，可似乎……做得太過火了？

「我的天，妳到底怎麼辦到的？我眞的不懂，我看妳明明段考前一天還在看小說！」

沈庭珈這幾日的情緒總是如此激動，她一直覺得這是場荒謬的夢，對此感到不可置信。

我眼珠子轉了轉，輕笑道：「我都在妳看不見的地方努力哦！」

在惠雨，我的成績算是名列前茅，可我並沒有當過榜首，沒想到這目標居然在這裡實現了，受到各種讚嘆與崇拜的滋味還不賴。

而付出與收穫成正比，更是再好不過的了。

她鼓嘴，雙手插腰，「太奇怪了，該不會妳眞的被什麼附身了吧……難不成妳整天說要穿進書裡變成女主角，結果卻反過來被她取代了嗎？」

她的神情仍相當誇張，語氣明顯是在開玩笑，可當我聽到她所說的一字一句時，笑容霎時垮下，眼神茫然地盯著她。

她剛剛說什麼？

我捉住沈庭珈的手臂，「變成女主角？」

「怎樣？妳之前每天都抱著我用超噁心的聲音喊『我好愛楚楚』，超級花痴。」她翻了個白眼，皮笑肉不笑的模樣有些懾人，「幸好妳這陣子都沒有發作，否則我去健身的成果就靠妳來驗收了呀。」

楚楚……是紀楚恆嗎？

照她這麼說，王可漫確實有想要穿越進書中的念頭。

難不成她的願望實現了？我會在這裡，便是因爲她成功進到了書中，我的靈魂因此與她交換，來到一個全然不同的世界？

我扶額，腦袋快要負荷不了這些資訊。

即便有了假設，也無法證明我的猜想是否正確，我還是必須找到《終不負相遇》的作者才行……

還有五分鐘就上課了，沈庭珈說要看影片便回座位了，而我待在位子上整理著上課筆記，釐清重點脈絡。

忽然間，有人拍了拍我的肩膀，說有人說要找我。

我沒聽清他口中的名字，想著會不會是王可漫認識的人，盤算著該如何應對。

當我走到門口，我一眼就瞧見了靠在牆邊的男孩。

是他？

初次見面時他問了我的名字，想必他與王可漫沒有交集，也不認識。既然如此，他此刻來找我有什麼事？

與我四目相交的那刻，他稍稍皺起眉頭，往教室內探了探頭，像是在尋找什麼。

「你們班的王可漫呢？」

他並不是特別高，可王可漫嬌小的身體，使我與他對話還是得稍微仰起頭，實在麻煩。

「我就是，找我有什麼事嗎？」我抬眸，對上他狐疑的目光。

他的表情很是不解，「妳不是說妳叫林宣艾？要我啊？」

我抽抽嘴角，沒想到他還記得。

我拿出外套口袋內的學生證，遮住大頭照遞到他眼前，「忘掉我那天的回答，我就是王可漫。」莫名有種警察出示證件時的氣勢。

他手插口袋「哼」了聲，似乎對於我的回應略有不滿。

見他沉默不語，我清了清喉嚨，「找我幹麼？」

他猶豫了半晌，「嘖」了聲後說：「我明明沒在頒獎的時候看過妳。」

這沒頭沒尾的話搞得我一頭霧水，我歪頭問：「什麼？」

雖不明白原因爲何，可他像是被我的反應激怒，表情一下子變了。

「……妳搶走我的第一名了！」

他咬牙切齒地說出這句話，像極了見人就吠的小型犬，沒有絲毫的威懾力。毫無邏輯的言論也讓我聯想到小孩子鬧脾氣時的胡言亂語。

他說「搶」是怎麼回事？這次的表現可是全憑我的實力正大光明得來的。

「我靠自己的實力考贏了大家，這不是搶。」我勾起一抹淺笑，「如果你不甘心，下次表現得比我更好不就行了？」

這話或許聽來嘲諷，可事實不就是如此嗎？

名次以成績來決定，若他想要的是榜首的位置，那就努力贏過我呀！難不成還要我故意放水？

聞言，他欲言又止，此時我忍不住開口：「你要告訴我你的名字了嗎？」

他開口的同時鐘聲響起，我只看見了嘴型，無法聽清他的話。

我再問他一遍，他卻吐吐舌地說不說了，我還沒來得及罵他一頓，他便轉身就跑。

無所謂，我問其他人也行。

回座位前，我繞去找方才喊我出去的那位男同學，「剛剛那位是誰啊？」

「妳不知道他嗎？我以爲大部分的人都認識他。」他眨眨眼，「季策光呀。」

「季策光？」我重複念了一遍，「他很有名嗎？」

「妳不知道好像也挺正常，畢竟妳根本就沒在管別人的事，整天只想跟小說男主角談戀愛。」他笑著說。

我有些尷尬，不知該如何回應。

原來，王可漫的花痴人盡皆知呀？

「妳知道每次段考校排第一都是同一個人嗎？就他。」他聳聳肩，「雖然看起來很像屁孩，但他眞的很猛。」

我瞪大眼，對這個消息感到意外，不是因爲他的行爲舉止跟成績表現不搭，而是他居然能每次都維持著全校第一，連我都沒達成過這成就。

我好像能理解他爲何會衝著我生氣了，難以撼動的寶座忽然被一個來路不明的同學給占走，心中不快乃是人之常情。

聽完季策光的事情後，我突然對他有些好奇了……

假日時分，依循地圖的指示，我來到了一間咖啡廳，在門口找到訊息裡提到的小羊盆栽，站定在前方。

距離約定的時間還有五分鐘，我左顧右盼，不曉得對方是什麼樣的人。

前幾天，我寫了一封電子郵件給織悅，信中提到了我目前的狀況，希望能與他當面聊聊，搞清楚自己是誰，釐清爲何我跟書中的林宣艾有所不同。

信件寄出後，他整整四十八小時都沒有回應，似乎把我當成怪人，於是我鉅細靡遺地講出某些《終不負相遇》裡沒有提到的重要經歷，證明我是林宣艾本人。

或許是此方法奏效，短短一小時內，我便收到了織悅的回信。

此刻，我來到這間咖啡廳，便是爲了見他一面，當面與創造「林宣艾」的人談一談。

站著等待也是無聊，我瞧見地上有一片黃色樹葉，蹲下身，拾起落葉，化作滿手碎片後撒落於地面。

沒有任何意義，只是好玩罷了，我也不知爲何會有這習慣。

耳邊傳來窸窸窣窣的細碎聲響，想著是小動物亂竄的聲音，當我一轉身，一個打扮可疑的女子縮在角落盯著我瞧。

由於墨鏡與口罩的遮擋，我看不清她的面容。

我警覺地想進到店內避一避，對方忽然小碎步朝我跑來，還來不及反應，她便攫住了我的手腕。

「妳、妳就是……寄信給我的那個人？」她摘下墨鏡與口罩，眼神帶有一絲狐疑。

「妳是織悅？」我眨眨眼。

面前的女孩身高與王可漫差不多，她綁著包包頭，皮膚白皙，目測年紀比我大一些。

她用力地點點頭，隨後將我拉到一旁，環顧四周後，忽然伸出雙手捏捏我的臉、摸摸我的五官。

「明明長得一點都不像……」她咕噥：「聲音也跟我想像的完全不同呀。」

我向後退了幾步，「我不是告訴過妳了？這個身體不是我的，只有意識屬於林宣艾。」

「宣艾……」她直勾勾盯著我的眼瞳，像是要把我看穿，「妳生日幾號？血型呢？」

話音一落，我便立刻回答她。

織悅眼睛一亮，再度拉著我快步走，我不曉得她要帶我去哪，只能乖乖跟著她。

我們一路走到一處老舊公寓前，她拿出鑰匙開了鐵門，走上兩層樓梯。路途中她的語氣難掩興奮，「妳剛剛在咖啡廳前撕樹葉的舉動，與我心目中林宣艾的形象如出一轍。」

「我本來就是林宣艾。」我無奈地回答。

織悅傻笑了兩聲，而後轉開了門，介紹著她的租屋處。

領著我坐到沙發上，她清了清喉嚨，向我自我介紹。

織悅是某間國立大學三年級的學生，也是在某個小說網站連載許多作品的作家。

「可以說重點嗎？」見她似乎還想再說些什麼，我嘆了口氣打斷，「我跟《終不負相遇》這本書到底有什麼關係？」難得在他人面前如此不耐煩。

她癟癟嘴，表情有些委屈，「我還沒做好心理準備嘛……我也覺得像做夢一樣，非常不眞實。」

她捏捏衣角，鼓嘴道：「我視作女兒的角色，居然活生生地出現在我面前，要怎麼相信？可是不管怎麼看，除了這個身體，妳的行爲和說話的方式都是我心中的宣艾呀……總之妳讓我緩緩！」

我瞇起眼，心底忽然感到有些不悅。

若我眞的是她創造出的角色，那麼我至今爲止所經歷的一切全都是由她主宰。只因爲她想著林宣艾該生在一個不美滿的家庭，我就因此被折磨將近十六年。

織悅一連做了幾次深呼吸，過了一陣，她的表情變得正經，似乎是心情平靜了些。

「宣艾，妳在信裡提到妳的經歷跟在書中看到的有出入，我想到一個最有可能的答案。」她雙手交疊在腿上，「《終不負相遇》其實有一版沒完結的初稿，內容跟翻新出版的劇情有落差。我想，現在的妳……應該就是舊版的林宣艾。」

我還沒理解她話中的含義，織悅又追問：「妳來到這個世界前，最後的記憶停在什麼時間點？」

我抿唇，「段考前一天。」

「那肯定是。」她合掌，「舊版的劇情就是斷在這個時刻，後續我還沒來得及完成。」

我好奇地追問她爲何沒有寫完便修稿，聞言，織悅的神情顯露出一絲落寞，沒有告訴我答案。

總之，我的疑問獲得了解答。

我確實是織悅創造出的角色，也是《終不負相遇》的女主角，不過我與書裡的林宣艾有所不同，我的未來尚未被寫下，沒人知道將來的發展。或許身爲作者的織悅曾經構想過，可是她沒有寫出來。

已經解開了一個疑惑，我便問出更重要的問題：「織悅，我要怎麼回到我的世界？」我凝視著她的雙眸，一字一句說得清晰。

雖然我早已做好無法得到答案的心理準備，仍懷著渺茫的希望發問。

織悅頓了幾秒，眼神看來很茫然，即使她沒開口，從她的神情我也能讀出她的爲難。

空氣裡瀰漫著尷尬，我們之間陷入了幾秒的沉默，唯一的聲音只有樓上傳來的施工聲。

我嘆了口氣，無奈地彎起嘴角，「妳也不知道，對嗎？」

「應該說，我怎麼可能知道……我只是寫出這個故事而已。」她輕輕頷首，抓起一旁的抱枕抱在懷中，而後稍稍別開眼，「我從沒遇過……或者說，沒有人遇過這種情況啊！這種違反世界法則的幻想居然會成眞，鐵定能名列二十一世紀十大謎團之一……」

她碎念了一陣，說著「妳是不是會被抓去做人體實驗」，又自顧自搖搖頭，口中喃喃王可漫可能會被當成有精神疾病，還可能接受沒有任何意義的治療。

說著說著，她倏地瞪大眼，雙手放到我的肩膀上猛烈搖晃，「還是其實妳眞的生病了？妳依然是那個叫什麼……王可漫？只是因爲受到壓力或刺激，潛意識一直在模仿宣艾——」

我使了些力拍掉織悅的手，瞪她一眼，「這個假設不成立。」

我知曉她想表達什麼，也明白她會這麼認爲的理由。

我有跟她說王可漫非常喜歡《終不負相遇》的事，也提及她喜歡這本書喜歡到想要跟紀楚恆談戀愛。

由這般執著而產生妄想也不無可能，可是——

「我擁有那些連書中都沒有提到的『林宣艾的記憶』，這些事王可漫不可能會知道。」我斬釘截鐵地回，打碎了她的臆想。

織悅頓時豁然開朗，她摸摸後腦勺，不好意思地笑，「也是。」

又回到了誰也沒出聲的靜默。

我喝了口織悅替我倒的水，一邊思考著今日與她會面的意義。

或許我根本不急著找到回到原本生活的方法，只是想釐清「我是誰」，以及我與《終不負相遇》的關係。

雖說待在這個世界的日子並不長，可在這短暫的時光中，身邊的人給予的溫暖、順遂的生活，給了我過去從不曾體會的心情，我也逐漸對這裡有了眷戀之情。

沈庭珈曾說，王可漫總想著要穿越進故事裡。

雖然不曉得眞實情況爲何，但是如果她的美夢眞的實現了呢？如果我此刻在這裡，正是因爲我與王可漫交換了靈魂呢？

王可漫如願以償成爲了小說女主角，而我變成了王可漫，生活得悠閒自在又快樂，似乎沒有非得要恢復原狀的理由。

或許我能「眞正」成爲王可漫。

「所以我們要怎麼辦？」

織悅清了清喉嚨，將話題帶回重點。

可現在的我已經不覺得這是當務之急。我搖搖頭，淺淺勾起了唇角，「慢慢想就行了，不急。」

她托著下巴附和，「這恐怕不是短時間內就能解決的問題。」

想了想留下的好處，我的心情也輕鬆了些，身子靠在椅背上，輕晃著腿。

「織悅。」我喚著她：「妳剛剛說這個故事有尚未完結的初稿對嗎？」

她點點頭，疑惑的表情似乎很好奇我爲什麼問這個。

我問她當初是否已經構想了舊版的劇情走向，織悅立即回答「當然」，一臉興奮地說她早就連結局都想好了。

那爲什麼不把故事寫完？

我更好奇了，但照她剛剛沉默以對的反應看來，她似乎不願意談論這件事。

「妳能告訴我，『我』本來會有什麼結局嗎？」

不是爲大眾所知的故事發展，是織悅沒有公開的祕密，是屬於舊版的林宣艾、屬於「我」的結局。

聞言，織悅倒抽了口氣，原本炯炯有神盯著我的雙眼移開了視線。

我注意到她的喉頭滾了滾，像是心虛。

她乾笑了兩聲，語氣很遲疑，「我原本想到的結局是……」

她輕聲說，那是我未曾預料到的答案。

第三章

「欲戴王冠，必承其重。」

此刻我似乎能明白這句話的意思了。

剛穿越到書中時，我還天真地想，我只需要專心攻略楚楚的心，其餘的事情我都能不管不顧。

然而，事實好像不是如此，林宣艾背負著太多太多責任，我想拋下也難，只能面對。

第一次段考才剛考完，隨之而來的是忙碌的社團事務。

上週五的社課，本該是我要上台為學弟妹解說，可是我卻不曉得要講什麼，就連林宣艾手機備忘錄裡的內容也背不起來，幾經掙扎，我只好向佟千遙求助。

他是個好人，因為知曉我的難處給了我許多幫助。在我有求於他時，他的臉上並沒有浮現絲毫不甘願，對我也無一句責怪。

看著這樣的佟千遙，我突然覺得自己有些自私。

我一心只想享受著林宣艾這個身分帶來的好，可是遇到困難時，卻還要他人來幫忙。

我知道，我不可能事事都依賴別人，我必須有所長進。

於是我醒悟了，即便我不像林宣艾一樣優秀，至少也不能給別人添麻煩。

我撐著頰，在課本的空白處記下專有名詞，這是我在聯合社課上要負責的部分，我必須好好背下這些名詞及定義與解釋，才能清楚地講解給學弟妹聽。

突然想起昨日中午醫研社開會時的窘況，不禁有些失落。

那時社長問了我幾個問題，我當場愣住，毫無頭緒，全然不知該如何回答。

我的不對勁似乎讓幾名重要幹部有些不滿，個個表情嚴肅。不過也有幾人面露擔憂，擔心我的狀況。

「宣艾，妳最近感覺怪怪的，是發生什麼了嗎？」有個女同學這麼問：「聽我朋友說妳這次段考成績退步很多，如果有什麼狀況都可以說，我能幫的話絕對會幫妳的！」

「我就是……家裡出了點問題，抱歉。」我心虛地回答。

我覺得自己眞沒用，不像林宣艾精明幹練，也無法處理好每件事。

鐘聲打亂了我的思緒，衛生股長跑上台宣布打掃時間已到，而同學們紛紛起身動作。

我拍拍臉，告訴自己該振作了。

「紀楚恆，我們走吧！」我燦笑，戳了戳身旁男孩的手臂。

爲了與楚楚有更多的相處時間，昨日我特地問衛生股長，是否能讓我換到跟楚楚同樣的掃區。

她沒有問我理由，只是淡淡地說，如果有同學願意跟我交換就行。

追問之下，我得知宋穎兒居然跟楚楚在同一個掃區！他們的工作正好都是掃落葉，代表每個早上他們「兩個人」都一起打掃。

「穎兒，我跟妳換工作好不好？我想去司令台那邊。」

速戰速決，我一下課便立刻衝到宋穎兒的座位旁。

我們的關係比較親近，不同於衛生股長，她自然會想了解我這麼做的原因。

我所身處在舊版的故事世界，因此我也不擔心我的言行舉止會違背劇情，直截了當地告訴她，我想跟紀楚恆待在一起。

「偷偷跟妳說，其實我喜歡紀楚恆。」我在她耳畔輕聲細語，同時希望她能替我保密。

宋穎兒聞言，露出了我認識她以來最爲誇張的驚愕表情，不停質問我是不是中邪，怎麼忽然喜歡上紀楚恆。

「不是呀，妳之前不是都說對他完全沒興趣嗎？」她沒控制好音量，惹得同學們紛紛望向我們。

但那之中不包括楚楚，他依然待在座位上獨自美麗。

看著我的傻笑，宋穎兒無奈地聳聳肩，「之前只是開開妳的玩笑，沒想到成眞了。」

總之，她沒有猶豫便答應與我交換掃區，還說會爲我的戀愛應援，也很開心我願意與她分享心事。

起初我不是很明白她的意思，可我想了想後，才懂了她所謂的「開心」。

林宣艾不是個會訴說心事的人，也很少分享自己的事情，即便是與自己關係較不錯的宋穎兒亦然。

她總是將所有心事藏在心裡，不輕易表露眞實情緒，在他人面前帶著滿滿的僞裝——這樣的林宣艾，與我截然不同。

「……走去哪？」楚楚的神情浮現一絲疑惑。

他微微皺起眉頭的小表情，在我眼裡無比帥氣。

看了他的臉已經好一陣子了，可是每每盯著他，我仍是忍不住在心底感嘆「不愧是我的楚楚，眞的帥翻了」。

我嘿嘿笑，手指向宋穎兒，向他說明我們交換打掃工作的事。

不意外，楚楚看來很是不解，問我爲什麼這樣安排。

他的好奇在我的預料之中，我已事先跟宋穎兒討論過了說詞。

「因爲呢……」我的眼珠轉了圈，別開眼抽抽嘴角，「穎兒說要變冷了，不想在外面吹風，就、就問我能不能跟她換掃區，所以……」即便排練過台詞，謊言也使我無法維持自然的態度。

「嗯。」沒等我講完，楚楚在明白事態後點了點頭，像是一秒也不願耽擱浪費，起身往掃具櫃的方向走，見狀，我趕緊像個小跟班似地跟在他後方。

「剩一把掃把。」楚楚盯著鐵製掃具櫃，而後無奈地瞥了我一眼。

我看了看，發現裡頭只剩一把斷裂且無法使用的掃把。

「衛生股長！」我圈著嘴喚來在窗邊檢查的衛生股長。

她推了推鼻梁上的眼鏡，「怎麼了？」

她銳利的目光使我不由得抖了下，我實在不擅長應對這種冷漠的同學。

我支支吾吾，可不管是身旁的楚楚或衛生股長，他們看著我的表情都略微怪異。

「去地下室換不就好了？」衛生股長淡淡地丟下這麼一句後，便轉身離去，找上那些還待在座位上偷懶的同學。

我嘆了口氣，這個世界裡並非所有配角都像佟千遙那般友善啊……

這陣子以來，我聽過太多太多旁人對我的異樣所做出的評論。

他們都說我變得奇怪，紛紛詢問我最近的狀況，包括楚楚也曾這麼問。

唯一沒有這麼說的是林宣艾家中那兩位，看來他們絲毫不關心自己的女兒。

林宣艾的父親已經將近一週沒有回家了，也好，我懶得花心力與他們互動，也不想在那隔音差得不得了的房間，聽著令人生厭的爭吵聲。

只不過我得過得節儉些，林宣艾的零用錢是父親給的，跑去問她母親時，她只會一臉不耐煩地說「沒錢去跟妳爸拿」。

穿書前我可是被爸媽捧在手心疼的寶貝女兒，如今受到這等對待，我實在要委屈死了。要不是有楚楚在，這個世界眞的沒有任何一點值得我留戀。

不過……我不是已經成爲了故事中人見人愛的林宣艾了嗎？是那個楚楚會愛上的女孩不是嗎？怎麼情況都跟我想的不一樣？

這段日子以來，楚楚跟我的距離好像一點也沒有拉近，甚至在我主動搭話時，也不太想搭理我。

而同學們明明在劇情裡對女主角的態度都很友善，但我體會到的又不是如此。舊版的設定應該不會與我看過的版本差異太大才是吧？

不應該是這樣的呀，可惡。

但我可不會因此而氣餒，我要成爲勇敢追愛的女主角，成功擄獲楚楚的芳心！

我深呼吸，鼓舞有些消沉的情緒，而後華麗地轉過身面對楚楚，雙手插腰。

「你先去外掃區吧，我換完掃把就過去。」我朝他微笑，因爲不想麻煩他而這麼提議。

其實，我好想問他哪裡可以換掃具，可是我擔心他會想著「平時精明完美的林宣艾怎麼會問這種蠢問題」，於是作罷。

此刻宋穎兒不曉得跑去哪了，我也不想問別人，讓他們覺得我是個笨蛋，反正學校也不大，花點時間總會走到的嘛！

我蹦蹦跳跳地拿著斷掉的掃把跑出教室，一想到待會能跟楚楚在同一個掃區相親相愛，心情就興奮得不得了。

大家好，我是不自量力的大笨蛋王可漫是也。

沒錯，我迷路了。

我來到一個不知道是哪裡的角落，也因爲想跟楚楚待在一起，便沒帶手機出來。

我盯著手中握著的掃把，心一橫便往地上用力一敲，原本的裂痕越來越深，最後硬生生斷成兩截。

反正都壞了，就讓它在正式死亡前發揮最後一點價值——發洩我的怒氣。

爲什麼會這樣啊？

占地不大的惠雨高中，將校園空間做出最爲妥善的規畫，每棟校舍皆物盡其用，動線錯綜複雜，身爲路痴的我如今走在這裡，就像身處迷宮一樣，找不到出口。

我忘了自己是怎麼走到這，也不知道要往哪裡去，甚至還不知道這裡是哪裡，不曉得這棟建築是幹什麼用的。

而且，這種時間居然沒有任何一個人出現，實在奇怪。

我拖著斷成兩截的掃把走來走去，無論如何就是抵達不了目的地，眼看時間一分一秒流逝，我心中的不快也越發濃厚。

楚楚還在等我，可我卻在這裡像無頭蒼蠅一樣。

又過了幾分鐘，我聽見轉角處傳來窸窸窣窣的女聲，連忙跑過去看是不是有人在。

「妳們好！」我喘著氣，語氣興奮得像找到救星，「不好意思，請問哪裡可以換掃把？」

右邊的短髮女孩表情頗爲困惑，我看了眼她胸口上的繡線，是一年級的學妹，該不會她也不曉得吧？

「喔！」另一個女孩眨眨眼，拉著我走到欄杆邊，這位置可以清楚地眺望空間配置。她不停比劃著，「從這個樓梯走下去後，有看到那個凹下去的區塊嗎？到那邊之後往左邊走就是了，很簡單。」

我點了點頭，感謝她的幫忙，趕緊依對方的指示走向地下室。

我是路痴，但不算極度嚴重，只要稍加指點，我還是能擺脫迷路的困境。最後，我成功抵達了目的地，可是……

楚楚怎麼也在這？

「林宣艾。」

他臉上的表情比我看見的每一次都還要冰冷，讓我聯想到書中描述過的，他在不悅時，即便一言不發，眼神所透露出的訊息也足夠懾人。

「你、你好……」我結巴著應聲，內心也做好會被罵的準備。

他盯著我看，緊抿的唇像是在隱忍情緒，「妳到底跑去哪了？」

剛剛打了鐘，代表再五分鐘便是上課時間，而我整個打掃時間都沒有完成掃地工作。

「不小心迷路了……」我抿抿唇，聲音很小。即便心虛，我仍鼓起勇氣直視他的雙眸。

在我回答的那瞬間，我瞧見他眼底有過一閃而逝的詫異。

「因爲妳迷路了，我們必須留下來掃完落葉才能回去。」他指著腕上的錶，「上課時間也一併被妳耽誤了。」

楚楚好凶，不要對我那麼凶。

「對不起。」我立刻垂眸道歉。

同時，我卻有點欠揍的感到慶幸，能在沒什麼人在外遊蕩的時間，與楚楚在司令台旁打掃，享受兩人的美好時光。

他似乎不想再多說，逕直走向司令台。我也在換了把全新的掃把後追上他，暗暗希望這件事別降低我在他心中的好感度。

司令台旁，楚楚一語不發地掃著落葉，而我也不時偷瞄他。

連掃地也這麼認眞、專注，不愧是我最喜歡的楚楚。

餘光瞥見草叢內似乎有什麼動靜，我好奇地湊近，一看，發現是一隻黑貓。

是《終不負相遇》中描述過的校貓煤炭嗎？

「紀楚恆你看，貓咪！」我沒放過這個機會，連忙呼喊隱性貓控楚楚。

「妳……」他欲言又止。

相較於方才，他的語氣明顯柔軟了許多，「專心打掃，別東張西望。」眼神也從方才的冷峻轉為無可奈何。

他嘴上這麼說，可是我發現了，他明明不停地看向貓咪呀！

小說中總會將場景描寫得唯美動人，我想，應該就是此刻我看到的絕美景象。

一陣秋風徐徐吹來，樹上的樹葉隨風搖曳，穿透葉子縫隙映照在地面上的陽光，也隨著風一閃一閃地晃動。

泛黃的葉子被吹得落了幾片，而楚楚額前整齊的瀏海也被吹散了些。

他的髮絲看起來很輕盈，讓人忍不住想要摸幾把。

他就是我夢中那個美好的少年呀……

下巴抵著掃把的握柄，我定睛凝視這一幀幀如電影般動人的畫面，嘴角勾起，笑顏有點傻氣。

我想，我就是為了楚楚才會來到這裡，即便目前為止碰上了種種困難，我依舊不後悔。

我做了個夢。

穿越到書中後，即便醒來後依稀有關於夢境的零碎記憶，卻總是無法拼湊完整。

這是我來到這裡後，第一次如此清晰地記住一場夢。

夢裡是我過去習以為常的、平凡的一天——

在媽媽的呼喊下起床，吃完媽媽早已準備好的早餐。

踏進我熟悉的校園與班級，在課堂上恍神，不曉得老師在講哪一頁。下課時跟班上最要好的朋友珈珈聊著各種沒營養的話題。

休息時間，閱讀著一本又一本愛情小說，放學後等媽媽載我回家，與家人一同享用豐盛的晚餐，聊著一天發生的大小事。

明明是再普通不過的日常，現在卻離我太遙遠。

對我而言觸不可及的夢成了現實，記憶中的平凡反倒成爲虛幻夢境，顯得彌足珍貴。

在入睡前，思念之情偶爾會湧上心頭，我想念夕苑的同學朋友，想念我最親愛的爸爸媽媽，想念「王可漫」所擁有的一切。

其實我很想回家，可我不知道要怎麼返回現實。

林宣艾一點也不好當。

她的家庭無論是哪方面，都不足以稱爲「完整的家」。

每一天都過得好疲憊，上課日必須早上六點多就出門趕公車，否則有可能遲到。

課堂內容就像外星語，班上同學都能舉一反三，只有我無法吸收，被老師點名回答問題時，我還會因爲講不出話而淪爲大家的笑柄。

「林宣艾變得好笨」，他們一定這麼想吧。

我不是林宣艾，我扮不好林宣艾。

我在夕苑沒有適應不良的感受，可如今在充滿競爭的惠雨，就像生活在一個小型社會，比起人與人之間純粹的交流，大家更在乎個人表現與利益，只要稍有差池便會招致反感。

坐在床鋪上發呆了好久，床頭的手機傳來震動，喚回我的思緒。

我點開螢幕，上頭顯示著佟千遙傳來的訊息。

「早安，七點半要到社辦集合，別忘囉！」

看著這像母親一樣的叮嚀，我不禁笑了出來。

自從我向他說明自己的異狀，佟千遙便時常像個老媽子，三不五時就會傳訊息提醒我重要事項。

他的好意幫了我許多，如果有機會，我一定請他吃一頓飯表達感謝。可惜我連自己都顧不好了，沒有餘力將閒錢花在他人身上。

我嘆了口氣，回了一個「ＯＫ」的免費貼圖後，依依不捨地下了床。

本該悠閒的禮拜六，我非但沒辦法睡到自然醒，還得跑重要行程——醫研社的四校聯合社課。

這幾日，我花在背稿的時間不知道有多少，好幾天中午我都拜託佟千遙聽我試教，並列出需要改進的缺點，即便如此，我仍沒辦法像林宣艾一樣表現得那樣好。

用毛巾擦了擦臉，我看著鏡中的面容，眼下的黑眼圈有些明顯，我忘了這是林宣艾本來就有的，還是我這些日子來的憔悴。

「妳的生活真的好辛苦呢。」我輕喃。

相較之下，過去我的人生實在太過幸福，除了沒有對象，其餘生活一切圓滿，沒有多大的煩惱，每天過得快樂順心。

如今支撐我在這裡活下去的動力便是楚楚。

我猜，一旦我與紀楚恆修成正果，就能觸發成功回到原本世界的條件。因此目前我理想的規畫是，除了適應林宣艾的生活步調，也要想盡辦法與楚楚兩情相悅。

「加油，妳可以的！」我對自己信心喊話，走出浴室換上深藍色社服。

在確認一切沒問題後便離開家門，踏著輕快的步伐往公車站走去。

「你們不覺得林宣艾這陣子眞的變很多嗎？」

正要打開社辦的門，刻意壓低的談話聲傳出，我連忙停下手邊的動作往旁邊退了些。

他們在討論我？

我認出說話的人，是之前告訴我「有問題可以找她幫忙」的女孩，不禁好奇他們談論的內容。

「妳剛剛說要趁千遙不在時說的話就是這個嗎？」另一個男生出聲，「她現在眞的超雷的耶！常常忘記要討論，驗收結果也很慘，到底在搞什麼呀？」

我倒抽了口氣，佟千遙不在嗎？他去哪了？

「眞的！而且上次練習解剖時，她不是還暈血嗎？她以前完全不會。」

「我也只能趁佟千遙不在的時候跟你們抱怨，否則在他面前講會被阻止，說什麼『宣艾最近狀況不好要多多包涵』。就因爲這樣，整個社團都必須被她拖累……」那個女孩嘆了口氣，「我就沒有狀況嗎？大家都有各自的問題要面對啊，憑什麼要我們配合她？」

「對對對，我不懂千遙幹麼這麼偏袒她，感覺我們像壞人，明明是林宣艾的問題。」

我雙手交疊在身後，靠在後方牆面，聞言後左胸口忽然一陣抽痛，我垂眸看著光潔地面，靜靜聽著社員們的對話。

自從我穿越後，由於搞不清楚狀況與能力不足導致的種種，讓大家似乎對我頗有意見。即便有佟千遙提供協助，我仍是沒辦法像原本的林宣艾般優秀。

我能理解他們對我有怨言，可是……可是爲什麼不當面跟我說呢？

當我說簡報可能會遲些才能交時，他們總是面帶笑容地告訴我「沒關係慢慢來」；我因路上塞車而開會遲到時，他們也都和善地說「不急，路上小心」。

然而，他們卻在我不在場時說著我的不好，甚至不只一個人這樣做。

明明看不慣我卻要裝作若無其事，醫研社的各位一定很累吧？爲何要假惺惺地告訴我沒事呢？爲什麼不直接與我討論，希望我改進呢？

不好好將話說開，偏要背後議論才行嗎？

這樣永遠無法解決問題的呀……

我趁著他們談話的空檔轉開社辦門把，社員們的表情明顯僵住。

在經過幾秒的面面相覷後，他們紛紛露出微笑與我打招呼。

「宣艾早安呀。」

「早安！我們一直等妳來呢！」

「宣艾終於來啦！」

才怪，你們明明一點也不歡迎我，一點也不想跟我打招呼。

我別過臉，不願與他們對視，即便知道這種場合理應禮貌回應，此時的我卻連開口的力氣也沒有。

「漫漫，妳真的太像小孩了。」

「雖然我們還沒成年沒錯，不過妳這種不夠社會化的同齡人，我倒是很少見。」

我忽然想起過去偶爾會聽見這類評價，也不曉得這麼說的人是否帶有惡意。

是呀，他們說的沒錯，我就像個小孩。

一直以來，別人對我的形容總脫離不了「天眞」與「單純」這種詞彙。

於我而言，喜歡就是喜歡，不喜歡就是不喜歡，若我遇到討厭的對象，我就完全不打算與對方往來。

可是呀，這個世界並不是這樣運轉的，社會不允許這種情況存在，即便不情願也必須掩藏，這就是客套、是虛僞，也是所謂的現實。

沒有對錯、沒有好壞，只差在你我是否接受這類潛在的規則，若大多數人都遵從，代表成爲這樣的人才有辦法適應環境。

對這些人來說，我才是錯誤的、愚蠢的那方吧……

就如同現在，連勾起笑說一句「早安」也做不到的我，肯定是如同傻子般的存在。

已經過了一段時間，我對於他們剛才的議論仍是耿耿於懷。

對於隱瞞情緒這件事，即使我有能力做到也不喜歡，若非必要，我不會刻意僞裝。

然而，此刻就是那個「必要」。

即使心情憂鬱，我還是得若無其事地上台替學弟妹上課，若擺出眞實的臭臉，肯定會招致更多人的反感。

「各位學弟妹好，我是惠雨醫研的教學林宣艾……」

拿著麥克風，我試圖讓自己的身軀與嗓音不帶顫抖。面對這麼多專注的目光，我害怕一不小心就出了差錯，因此盡力勾起從容的笑。

然而，或許是我還不熟練戴上面具吧，午餐時間，我默默待在角落吃便當，佟千遙趁著空檔走來我身邊，第一句話就關心我的心情。

「還好嗎？妳剛剛的表現已經很不錯了，這幾天來的進步我都看在眼裡。」他淺笑，不曉得我煩惱的並非此事。

仔細想想，自我穿越至故事後，眞正對我釋出善意的人，只有宋穎兒與佟千遙。

我喜歡楚楚，但他對我的態度總是冷漠，彷彿不想與我有任何交集。

今天以前，我也以爲社員們是眞心待我好，不過似乎是我自作多情。會不會其實佟千遙也和他們一樣，心中對我有許多不滿呢？

我不是沒想過這問題，只是在有證據表明以前，我都不想懷疑他的好意。

即使大家都說這個社會是殘酷的，我依然相信世上有許多美好的存在，也相信人性光明的那一面。

除了我穿越的祕密，我一點也不想對佟千遙有所隱瞞。

「佟千遙，你不要叫我林宣艾。」

我還沒吞下嘴裡的食物，說起話來不太清楚，「嗯……宣艾也不行。」因爲那不是我。

林宣艾曾是我寄託憧憬的存在，我曾想要成爲她。

而當我有機會體驗到她的生活，表面上成爲了她，卻無法「完全」做好林宣艾。

「不然我要叫妳什麼呢？」他偏頭問：「小艾？」

我嘴角忍不住抽了抽，搞錯了啦！

「漫漫。」我勾起一抹淺笑，而後視線被歡聲笑語所吸引，忍不住看了幾眼。

各個小隊的隊輔正在與學弟妹聊天培養感情，有些隊伍吃飽了開始玩團康遊戲，氣氛看來頗爲歡樂。

我想起了在夕苑時的社團時間，過去我從來沒經歷這類豐富的活動。

我不怎麼熱衷於社團活動，參加的是學校裡最閒的「電影欣賞社」，社課時除了看電影並無其他安排，與惠雨高中的醫研社可說是天壤之別。

看著眼前和樂融融的畫面，老實說，這段時間參與社團事務的過程雖然辛苦，卻也非毫無收穫。

我因爲眾多的社團事務，被迫成長爲一個敢在眾人面前發表言論的人，還培養出做簡報的能力，以前的王可漫已經不在了！

在我回答自己的綽號後，佟千遙的表情看起來很是不解，並詢問了這個稱呼的緣由。

我想也是，正常人都會覺得奇怪，畢竟「漫漫」與「林宣艾」這三個字毫不相干。

在隱瞞與瞎扯之間，我選擇了後者。

「我只跟你說啊！其實我本來的名字叫『可漫』，可愛又浪漫的『可漫』，但後來阿嬤覺得這名字不好，就找算命師取了另一個名字，所以我才叫『宣艾』。」我面不改色地說著，有點想笑，「不過，從小被叫『漫漫』叫習慣了，希望親近的人可以這麼叫我。」

我應該也不算在說謊吧？我有告訴他我叫可漫，可愛又浪漫，而我爸媽的確是以這樣的期許替我取名的。

「原來如此。」他恍然大悟似地點點頭，而後笑了聲，「漫漫。」

「嘿！」好久沒有人這麼叫我了，聽到這熟悉的稱呼，不知怎的，方才的不愉快頓時煙消雲散。

原本在他關心我的心情時，我就打算要與他訴苦了，可是經他這麼一喊，我的壞心情也被喊走了。

我忽然發現，佟千遙似乎總能消除我的負面情緒。

雖然待在楚楚身旁的我也是幸福的，可與佟千遙帶給我的感受有些不同，我說不上來是怎樣的差異。

「除了家人，還有其他人這麼叫妳嗎？」他問，而後補充，「其他『親近的人』。」

我搖搖頭否認。

其實我很希望楚楚能這麼叫我，但現階段似乎無法達成這個願望。

他若有所思地挑眉，「喔」了聲，還拖長了尾音。

佟千遙張了張口，似乎正要說什麼，社長卻在不遠處喚了他的名，說要他檢查待會蛙剖會用到的器材。

「宣艾也一起過來吧，有事要拜託妳。」

社長的眼神飄到我身上，我點點頭，迅速解決最後一口便當。

佟千遙率先起身，拍了拍沾上灰塵的褲子，而後朝我伸手，嘴邊的笑容溫暖和煦。

「走吧，漫漫。」

早自習時，我又被導師叫到辦公室關心。她擔心我家是否遭逢變故，否則我怎會如此反常，在各方面的表現都不如從前。

原因很簡單，因為我沒有林宣艾聰明，也沒有她奮發向上的努力與決心。

雖說我並非名列前茅的優秀學生，可不想墊底的心還是存在的，為了我個人的自尊心，我決定終結第一次段考的悲劇，不讓它再次上演。

我絕不要再看到那種慘烈的成績了！

好歹我也考得進第二志願的夕苑高中，我相信只要多加努力，脫離成績後段班不是什麼大問題……吧？

「穎兒教我！」我癟著嘴，捧著國文講義擠上宋穎兒的椅子，「第四題的答案為什麼不是A？」

對於林宣艾一夕之間變成了笨蛋，同學們乃至師長皆議論紛紛，可我不講，他們就永遠不曉得確切原因，只能持續懷著疑惑。

我尚未想到一套好的解法，於是我決定交給時間，當大家都習慣了這樣的林宣艾，就不會有人覺得奇怪了吧。

「妳來找我幫忙我是很開心啦，但……」宋穎兒嘆了口氣，而後捧起我的臉，將我的頭轉了一百八十度，幾乎環顧整間教室，「我覺得妳隨便問一個同學都比問我好。」

我眨眨眼，疑惑的視線重新回到她身上。

啊，想起來了！宋穎兒最不擅長的似乎就是教別人。

我想起《終不負相遇》中，她曾說過：「閱讀理解這東西就是靠感覺來寫的。」看，我連這種跟主線劇情毫無關係的句子也能記得如此清晰，頒發個「忠實讀者獎」給我不為過吧？

我轉了轉眼珠子，將唇湊到她耳朵旁，「那妳覺得我可以去問楚楚嗎？」

「楚楚？好噁心的稱呼！」她的臉皺成一團，嫌惡地看著我，幾秒後點了點頭，「去吧去吧，我支持妳。」

於是，在一陣深呼吸後，我鼓起勇氣回到座位，悄悄地將椅子往楚楚的方向挪。

「楚……紀楚恆，你能教我這題嗎？」我屏氣凝神看著他的側顏，伸手輕輕地戳了下他的肩。

紀楚恆停下了手邊動作，稍稍撇頭看了我一眼，「哪題？」

我無法從他的語氣揣測他的情緒，不過既然他都這樣回覆了，想必是答應了吧。

對於他不再拒我於千里之外，我感到無比欣喜，嘴角忍不住揚起。

我興高采烈地將身體傾向他，把講義放到他桌上，「這題！」

他專注地盯著題目，而後拿起自動筆在某句話旁畫線，「這句是重點，跟B選項所提到的『冷秋的孤獨與憂思』呼應。」

俐落明瞭的解釋，有如楚楚本人的風格。

「明白了！」我笑了笑，「謝謝你。」

好不容易有進一步的互動機會，我自然不想放過。我抽出數學考卷想要再問他，卻在開口之前被拒絕。

「我沒那麼多時間，妳去問別人吧。」

我愣了下，有些失落地垂下頭，「喔……」

對楚楚而言，我是怎樣的存在呢？

憑著一個故事，我便愛上了這個男孩，在見到他本人後，我的悸動越發強烈。

我喜歡紀楚恆，我眞的好喜歡他，可是我到底該怎麼做才能跟他在一起呢？

前陣子我總是欺騙自己，只要成爲了女主角林宣艾，一定能跟身爲男主角的紀楚恆修成正果。

但我不是瞎子也不是木頭，事到如今，我沒辦法對他的疏離與冷漠視而不見。

對他來說，我什麼都不是。

該用什麼方法才能讓楚楚用特殊的濾鏡看待我呢？

此刻，我能想到的方法似乎就只有一個，也是最爲簡單粗暴的。

「紀楚恆，我有話想告訴你。」我攥著制服裙，有些扭捏地道：「你、你能跟我出去一下嗎？」

「有什麼話不能在這裡說？」他瞟了我一眼，繼續寫著英文練習題。

「就是不行嘛，拜託你跟我走。」

明明不該是開心的狀況，我仍忍不住彎起唇角。楚楚總是有種魔力，在他身邊，即使感到難過、失落，也是一種幸福。

他輕嘆了口氣，似乎是受不了我的任性，隨後站起身，「去哪？」

從後門走出教室，我帶著紀楚恆來到了沒什麼人經過的樓梯間。

我這個人沒什麼勇氣，但爲了楚楚，我願意用盡全力擠出些微的勇敢。

或許他早已習慣了這種情況，也或許此刻的場景並不浪漫獨特，不過總歸是我的一片眞心，獨一無二。

「楚楚……」我還是忍不住這麼喚他，在做了好幾次深呼吸後，我抬眸望進他眼底，看著他那雙深邃到彷彿藏了整個宇宙的眸，「我喜歡你。」

我喜歡你，我身在此處的理由、我願意努力下去的原因，全都是你。

對著一個小說人物抱有情感，對他人來說或許太過荒唐。

然而，過去我迷戀著的虛構人物紀楚恆，現在是眞眞切切地存在於我面前呀！他已經不只是透過文字塑造出的角色了，要我如何能不爲他心動？

「林宣艾，妳——」他不常波動的神情有了一瞬的動搖。

「我知道你還不喜歡我！」我趕緊出聲打斷。

我知道他此刻不可能接受我的告白，「但我、我只是想讓你知道我的心意……就是，我們可以從朋友開始當起，慢慢培養感情，不急的！」

我搔搔頭，試圖掩飾害臊，畢竟這是我的初次告白，怎麼可能不緊張？

紀楚恆沉默了幾秒，再次開口時，眉頭隨之深鎖，「林宣艾，妳真的變得很奇怪。」

從這句話中，我聽出了他的反感。我曾以爲紀楚恆不會對林宣艾出現這種情緒……

他轉身就走，留下有些徬徨無措的我。

第四章

即使過了一陣子，我仍是記掛著當時跟織悅的對話——

「是ＢＥ喔……至於具體的結局，怕傷妳的心我還是別說好了。」織悅尷尬地笑了兩聲，還順道拍了拍我的肩。

我無比傻眼，嘴角忍不住抽了抽，我謝謝妳啊！

「爲什麼呀！」我的音量忍不住提高了些，「我的人生怎麼可能是壞結局？我原本以爲我的未來肯定光明燦爛，我明明這麼努力生活，妳卻這樣對我，太狠了！」

我的情緒一向不輕易外顯——這大概也是這位設定的，因此難得有如此激動之時。

織悅似乎被我的反應嚇了一跳，揪著衣角，「對不起嘛……我就是崇尚悲劇美學，雖然每次虐到的都是自己，但還是忍不住……」

我嘆了口氣，暗暗慶幸她沒有完成這版本，若我眞的過得如此淒慘，肯定會變成惡鬼找織悅索命。

後來我們又聊了些無關緊要的事，由於織悅還要趕稿，我們便交換了聯絡方式，約定改天再見，順道討論解決這離奇狀況的辦法——我不著急就是了。

看著我和織悅的聊天室，她總是不馬上回覆。

織悅的生活似乎相當充實、忙碌，多用課餘時間閉關寫作。在與她閒聊的過程中，我也能感受到她對寫作的滿滿熱忱。

下堂課是社團時間，王可漫加入的是「電影欣賞社」，社課內容實在莫名其妙，就只是觀賞一部電影。對社員的出席率也沒有要求，不強迫社員出席，也歡迎其他學生一同觀影。我實在搞不清這個社團存在的意義，它對學生有什麼實質的幫助嗎？我待的醫研社可是有滿滿的知識與實作，有了這樣的社團經驗，肯定能幫助社員們在未來申請大學時，添上一筆優秀的經歷。

幾分鐘前，社長在社團的群組中提到，今日要看一部十年前的電影《破曉》，這部片我國中時就已觀賞過，也不覺得它值得再看一遍，因此打算利用這段時間去圖書館自習。

圖書館靠窗的座位採光極佳，午後的日光透過窗戶映在桌面，我眨了眨眼，抬頭望向窗外天空，實在蔚藍。

當我意識到時，我似乎已經勾起了唇角。

自從成爲王可漫，來到了這個世界後，每一天我都感到非常幸福，不必爲了成績而煩惱，也不需每日聽著父母的爭執卻無能爲力。

王可漫的家人非常疼愛女兒，不僅不會責罵，還給予溫暖的關懷，關心孩子在學校發生的大小事。

他們給女兒的零用錢也不少，難怪王可漫房間裡有這麼多沒用的小廢物與一整櫃的愛情小說。

除了家人，班上同學的態度也都非常友善，不像惠雨，許多人都充滿心機與算計。

還記得剛升上高二時，熱舞社因爲幹部選拔鬧得腥風血雨，甚至有人不惜放出謠言，只爲了讓競爭者無法如願當上幹部。

於我而言，王可漫的人生沒有任何可以挑剔的地方，她的生活過得悠閒安逸，我在這更是混得風生水起。

如果能跟王可漫說上話，我肯定劈頭就罵她不知足。有這樣的人生還想成爲林宣艾，是傻子吧？既然讀了我的故事，不就應該曉得我一直以來都多麼辛苦嗎？居然還想體驗，實在是腦子有問題。

一陣香氣撲鼻而來，打斷了我的思緒，似乎是剛出爐的麵包。

我疑惑地站起身，走出圖書館打算一探究竟。注意到烹飪教室的動靜不小，香氣大概是來自美食社。

眞是的，王可漫啊王可漫！隨便一個社團都比電影欣賞社好吧？看看美食社，他們還能做麵包！

鬼使神差地，正確來說，是被麵包香氣所吸引的我，回過神來已走到烹飪教室前。正透過門口的小縫偷窺內部，不料，大門忽然被推開，我的臉被狠狠重擊，不禁吃痛叫了聲。

我揉揉鼻子，再度睜開眼時，出現在我面前的，是當初那隻來班上找我示威的小狂犬，也就是被我搶走全校第一名寶座的季策光。

原來他是美食社的呀？

眼前的男孩一臉疑惑，表情還帶著點嘲笑，「林宣艾？妳在這邊幹麼？」

明明是自己的名字，卻已許久沒有聽到別人這麼喚。

猶豫幾秒後，我糾正季策光，「王可漫……但你要這麼叫也可以。」

不如說，我更希望他能叫我林宣艾，讓我感覺我還是原本的我。

「剛剛聞到麵包的味道，好奇這邊在做什麼就過來了。」我回答他的提問，視線同時下移，看見他手中拿著一塊菠蘿麵包。

「妳不用上社課嗎？」他挑眉。

說出「我要去圖書館讀書」的當下，我能明顯感受到他眼神中的敵意。

季策光「哼」了聲，語帶嘲諷，「還挺用功耶，但……」他停頓了幾秒，而後向我吐了吐舌頭，「我下次一定會贏妳，不要太得意！」

不知怎的，我忽然覺得這男孩有點可愛。

我挑眉，有些傲慢地回應：「那就加油囉！不過我不認爲我會輸給你。」

我從容地勾起一抹笑……如果最後我的肚子沒有叫的話……

好丟臉！

臉頰頓時熱烘烘的，耳邊傳來季策光毫不留情的笑聲，我瞪了他一眼，「我要走了啦！」

本以爲他會說出什麼嘴炮的話，出乎意料，他居然將菠蘿遞到我面前，「要不要吃？」

有點心動怎麼辦？不是對他，是對這個提議。

「要。」我點點頭，雖說可能有示弱的意味，可此刻我也管不著這麼多，總不能虧待肚子餓的自己。

接過他手上那塊看來可口美味的菠蘿麵包後，我立刻咬了一大口，酥脆的外皮下是蓬鬆的內裡，咀嚼完畢吞下後，我感到無比滿足。

「好好吃……」語畢，我迫不及待再吃下一口、又一口……轉瞬間，整塊麵包都進到肚子裡。

「至少在這方面妳比不過我。」季策光踐踐地哼笑，話裡透露了這塊麵包是他所做。

我對自己擅長的領域很有自信，偶爾也因此而驕縱，不過，我不吝於稱讚比自己優秀的對象。

我正要開口讚賞季策光的手藝，他忽然眼神一變，認眞地盯著我的雙眸，「恭喜妳加入美食社。」

似乎是看見我一臉茫然，他便解釋，「依照傳統，吃了美食社的食物，便會成爲社員，這就是所謂的『入社儀式』。」

「哈哈，不要騙。」我無情地拆穿他的謊言。

季策光的表情仍然正經，甚至更嚴肅了些，「我認眞的，我會在這個社團，就是因爲去年吃了學長給的蛋塔。待會我會幫妳簽轉社申請單，妳再拿去學務處蓋章就能完成手續。」

不知爲何，明明他的說詞無比荒謬，我卻有那麼點相信。

「眞的假的啊……」我輕喃。

「沒，我騙人的。」季策光聳聳肩，朝我露出一個壞笑，「笨耶！」

我忍住了想要灌這欠揍傢伙一拳的衝動，翻了個大大的白眼，不想再理會他，轉身就要離開這裡。

「妳知道王可漫跟林宣艾合在一起會變成什麼嗎？林可艾。」

聞言，我的腳步一頓，不假思索地說：「白痴。」

過去在他人面前我總是表現出一副有修養且禮貌做足的模樣，或許是近期活得太過愜意，更可能是面前這人實在欠罵，我才下意識脫口而出。

我眼神死且表情無言至極地看著他，季策光又開口：「欸，明天午餐時間去大榕樹那邊找我，我要跟妳談談。」

「我有什麼理由要答應？」我蹙眉，不明白我們有什麼好談的，我們平常不會特別見到面，生活也幾乎沒有交集。

想是這麼想，我也浮出赴約的念頭。

從前的我總計較著許多、考慮是否值得，也從不浪費時間在沒有意義的事上，但以王可漫的身分活著，我學會放空、發呆，也會與同學、朋友閒聊，做一切過去的我認為是對未來毫無幫助、虛度光陰的事情。

我想促使變化的理由，便是因為我不用對現在的生活負起任何責任，又或者說，即便我活得自在些，依然能順利過日子。

見我沒有回應，季策光的眼珠子轉了轉，「附午餐，比學校團膳還好吃一萬倍——」

「成交。」我的嘴先於我的腦做出回覆。

然而，我思考片刻後，得出的仍是一樣的答案。

他大笑，耳上的銀色耳墜晃了晃，在陽光的照耀下閃爍著，就像流星一樣，在轉瞬即逝的片刻劃過我的心上。

「我說啊……漫漫妳到底受了什麼刺激呢？」

早自習時間，我待在座位上複習待會要小考的地理，沈庭珈看見後再度湊上前關心。她並非第一次這麼問，似乎是得不到滿意的回答，才鍥而不捨地詢問。我猜，她大概是覺得「王可漫」的不對勁一些時日便會恢復，沒想到友人卻沒有回到過去模樣的跡象。

「從那天開始，妳就像變了一個人，不僅忘了一堆事，個性也不太一樣，甚至突然考到校排第一……」她神情困擾，「雖然不是壞事，但我是認眞擔心妳啦！」

其實我也明白，即便王可漫身邊的親朋好友表面上對我的態度如常，可他們仍無法釋懷這突如其來的轉變。

昨日晚間，王媽媽語重心長地告訴我，有什麼事都能跟她說，父母永遠會支持與理解。聽到她這麼說，我不禁撇過頭揉了揉眼，我想，我與王可漫的性格一定天差地遠吧……作爲王可漫，沒有煩惱與委屈，也並無任何不順心的事，這讓我好羨慕，盼著自己的家庭也能如此溫馨美滿。

自我有記憶以來，父母總是爭執不休，對我的關愛也寥寥無幾。小時候的我以爲是因爲我不乖，沒有達到他們的期望才會如此。

於是我不斷努力，考了第一名，也積極參與各項校內競賽並獲得優異名次，只爲使他們感到驕傲，從而修復感情。我也不停討好他們，只求父母能多看我一眼，給予我肯定，哪怕只是一句「宣艾好棒」也好。

然而，我卻從未聽過他們對我說過「愛」。

後來我逐漸明白，無論我費盡多少心力，試圖將這破碎不堪的家庭拼圖拼湊完整，一切仍是徒勞。

我們家的經濟狀況不算太好，父母的學歷都只有高中職畢業，會懷上我也只是意外，礙於祖父母的傳統觀念才不得不生下我。這似乎就是一切的起點，現實的種種問題逐漸消磨他們倆的感情，他們都認爲我是累贅，卻又不得不盡義務撫養我。

母親總希望父親能找到待遇較好的工作，可他不僅沒有亮眼學歷，也不懷上進心。也是因爲這樣，我才如此在意學業表現。

現在，我的努力已經不是爲了他們，而是爲了自己，我絕不讓自己像他們那般在社會掙扎，還連累孩子。

我始終不明白爲何他們不願分開，依然不斷折磨著彼此。即使父親在外面有別的女人一事不是祕密，母親卻不肯離婚，甚至偶爾會將怨懟發洩在我身上，埋怨著都是因爲生下我，人生才會如此悲慘。

我討厭我的家，早就受夠了壓抑的氣氛，我想趕快有能力獨立生活。

「……漫！」

耳邊的叫喚將我拉回現實，我一頓，才發現講義上多了一片墨水漬，是我遲遲沒有移動筆尖所致。

「我眞的沒事啦，就當我幡然醒悟，開始爲了未來著想吧！」我微微一笑，繼續讀書。

我不是不想誠實回答，但講出眞正的理由誰會相信？除了織悅，其他人肯定都會覺得我腦子壞了，我只能一次次說出「我沒事」。

這樣不是很好嗎？我取代了王可漫，還讓她往好的方面轉變，大家會慢慢接受且習慣她的變化吧。

「好吧。」沈庭珈嘆氣，「考試加油，雖然妳現在已經不需要我擔心了。」

「妳也是，不會的都可以問我喔！」我點點頭，拍了拍她的肩。

從前的我希望自己能成爲被憧憬仰慕的存在，所以哪怕眞實的自己瑕疵累累，我還是僞裝著自己，不肯卸下精緻的面具。

我不認爲我有眞正的朋友，硬要說也只有幾個稍微要好的同學，因爲我不願與他人有過多的交集，更是不可能與他人分享我的心事或黑暗面。

然而，體驗著王可漫的生活，我鬆懈了許多，時常自然而然地將心裡話脫口而出，與沈庭珈無邊無際的瞎聊，甚至還有閒情逸致說八卦。

這樣好像也不壞呢。

午餐時間，我依約到了季策光說的那棵大榕樹下，那是我們初次相遇的地點，也是他口中「睡覺的地方」。

榕樹前的水泥花圃上放著兩個便當盒與餐具，卻不見半個人影。我猜，季策光可能去洗手間了，便先坐下等候。

幾秒後，圍牆邊傳來一陣聲響，我嚇了一跳，旋即轉過頭查看，只見一顆圓滾滾的頭露出。

我瞧見了那雙大眼，才意識到來人正是季策光——他居然翻牆！

他翻越圍牆，落地，動作一氣呵成，見狀，我傻在原地，震驚到說不出話。

「你、你有病吧！」注意到他手中的手搖飲，我想他大概是爲了買飲料而違反校規溜出學校。

季策光撥撥頭髮，衝著我露出一個大大的笑容，「我常常這樣啊！」

那笑容像夏日正午的陽光般燦爛，同時帶著些許天眞單純，我從沒有看過笑得如此惹眼的男孩。

他說他時常在課餘時間偷跑出校外買東西，得知我沒有這種經驗，還說下次要帶我一起，不過我立刻拒絕了。

雖然口頭上沒有答應，可不得不說，我確實也想做些在原本的世界裡不可能達成的驚人之舉……

他遞來便當盒，飢餓不已的我興致勃勃地打開蓋子，滿滿的飯菜映入眼簾，我不禁垂涎三尺。

蝦仁炒蛋、高麗菜、唐揚雞塊……菜色相當豐富，相較之下，普通便當店的料理頓時遜色。賣相與團膳午餐相比更是雲泥之別。

「你做的？」我現在的眼神肯定閃閃發亮。

接過他遞來的筷子後，我立即吃了一口，超級美味，我滿足地捧著臉頰。

他臭屁地點點頭，嘴角彎出一抹弧度。雖然看起來有些欠揍，可我確實感到佩服。

季策光的廚藝實在了得，若是可以，我眞想天天都吃到他做的便當。

「我大概從國小起就常常跟著我爸一起做飯。我爸以前是飯店大廚，他做的東西比我更好吃。」

我問他如何磨練出這般手藝，他說：「我也常會找食譜親手做，自然就越來越熟練，但過程中也會有失……等一下，我把妳叫過來不是要講這個！」

我撇嘴，「不然呢？」本還想繼續聽下去的。

季策光清了清喉嚨，而後側過頭，表情認眞地盯著我。

他灼熱的目光令我有些不自在，我結巴地問：「做、做什麼？」

「我跟其他人打聽過了，妳以前明明成績很普通，爲什麼突然考到全校第一？」他的眸裡有著滿滿的困惑。

「你要談的就是這個？」我嚼著口中飯菜，發音不是很標準，他聽了忍不住噗哧一笑，我則回敬了一個白眼。

面前的男孩「嗯」了聲，「我想問妳到底是怎麼做到的。」

從他的問題，我明白了這人對成績的不凡執著。

「這裡的考卷難度完全比不上之前我遇上的，在競爭的環境待習慣了，久了自然而然就會變得優秀。」我沒多想便開口。

語畢，我立刻意識到了問題，不過我也沒打算更正。

「什麼？我們不是同個學校嗎？」季策光瞇起眼，表情一副就是「妳在說什麼鬼話」。

我眼珠轉了轉，「換個說法。你就想，我去上了醫科補習班，在受過那裡的訓練之後，夕苑的難度就是小兒科了。」

「喔……能理解。」他張嘴，恍然大悟的模樣有些好笑，「所以妳眞的去補醫科班？」

「沒有啊。」我挑眉，神祕兮兮地笑了笑。

「不然呢？」

我吐舌，學他激動的語氣，「幹麼告訴你！」

他的嘴角一抽，似乎是覺得我非常欠打，卻也無可奈何。

話題結束，季策光的視線也沒有移開，這讓我有些不自在。想就此作罷，可他目光毫無掩飾，實在太過明目張膽地盯著我，於是我忍不住出言詢問。

「因爲妳吃得很香。看到自己做的料理被別人狼吞虎嚥很有成就感啊！」他直言，「不能喔？」

我不置可否，繼續大口大口地吃著美味的午餐，三兩下就解決，連一粒米也沒留，是不浪費食物的好寶寶。

「妳這個大吃貨。」季策光輕笑，指著我手中的便當盒，「洗乾淨之後還給我。」

我沒拒絕，畢竟這是理所當然的，吃了他做的飯菜，自然該幫忙洗碗，連他的份一起洗也不是不行。

不過，他提出後隨即皺眉，抽走了便當盒，「算了，這個很貴，給妳洗我不放心。」

「一個便當盒是能貴到哪去？」我好奇地問。

「我沒記錯好像要兩、三萬，幾年前去法國時我爸買的，好像是一個歷史悠久的品牌……」他說著，我越聽臉色越驚恐。

這個看似普通的便當盒居然要價不菲？不就幸好我剛才沒有隨意對待，否則碰撞或留下刮痕還得了？

而且，季策光該不會是什麼超級有錢人吧？居然買得起這種名貴商品！

「我亂講的，笨。」他敲敲我的頭，神情透出得逞的喜悅。

我無語地盯著他，暗自在心中下定決心，未來再也不會相信這個騙子說的任何一句話！

有大概一分鐘兩人都沒有出聲，我抬頭靜靜地看著樹葉搖曳，唇角輕輕勾起，享受著此刻的愜意悠閒。

不說話的季策光模樣頗爲乖巧，一開口，他那張嘴吐不出什麼好東西，總是在耍我。

不過，目前爲止我們的互動還不算多，甚至連聯絡方式也沒交換，可是待在他身旁時，我一點也不拘謹，反而感到很自在。

「其實我還是很介意，爲什麼妳明明是王可漫，卻跟我說妳叫林宣艾？我想了很久還是不懂，我也找不到有人叫這個名字。」季策光問。他吃完便當後，摸著自己的腹部。

原來這件事讓他如此耿耿於懷。

我想，只告訴他的話，大概不會掀起什麼風波，我也不介意被季策光當作怪人。

「其實我眞的叫林宣艾，是小說裡的角色，來自於王可漫很喜歡的一本愛情小說《終不負相遇》。」說出口的那刻，我竟沒有半點緊張與擔憂，反倒是滿滿的暢快。

「不曉得爲什麼，前陣子我的意識進入她的身體，來到了這個世界。」

他的反應與我所預料的如出一轍——啞口無言，震驚不已。

「至於你的問題……原本我讀的是惠雨高中數資班，成績都有校排前十，所以在這能考第一也不是件難事，還有——」我說著，他卻突然打斷我。

「欸，妳其實不是小說角色吧？」他的神情複雜。

「什麼？」我眨眨眼。

「妳眞正的身分是神經病。」

空氣凝結了幾秒。

我惡狠狠地瞪著他，用力踹他一腳，「哼」了一聲後便起身要回教室。

「你不相信就算了！」

離開前，我對他大叫。

「漫漫，起床囉！再不起床要遲到了！」

睡意朦朧間，我聽見一陣敲門聲，過了幾秒，溫柔嗓音便跟著傳入耳中。

我猛然驚醒，頂著一頭亂糟糟的髮，茫然地看著站在門邊的女人，是王可漫的母親。

「我的寶貝女兒好久沒賴床了，昨天又熬夜看小說了嗎？」她輕哂，目光移到了我放在床頭櫃上的地理講義，笑容霎時多了些異樣。

我仍然有些睡眼惺忪，揉了揉眼後打了個呵欠，才清醒了些。

我記得我有設鬧鐘呀，怎麼會沒聽到呢？

連我自己都不記得上次睡過頭是何時，我想，大概是國小吧。

一直以來，我都保持著早起的習慣，有時甚至不需要鬧鐘便能自己醒來。然而，許是王可漫的生理時鐘，又或是我過得太過安逸，現在的我時常在鬧鐘響了好幾聲後，才迷迷糊糊地醒來。

最可能的原因是，王可漫的床實在太舒服了。

「早安。」

我伸懶腰，看向床頭的時鐘，現在已經七點十分了，第一個想法是「會遲到」。不過想起早自習時間沒有安排重要事項，慢慢來似乎也無所謂。

若迅速準備出門，上學路上再買早餐，自然是能壓線抵達，然而我更想待在家悠閒地享用美味的餐點，飽餐一頓後再出發。

啊，實在越來越不想離開這裡了。

「不如我就捨棄林宣艾的身分，眞的成爲王可漫好了。」

這個念頭一瞬間在我腦海中閃過……

刷牙洗臉後，我走到一樓，餐桌上擺著光看就覺得美味的三明治。

王媽媽每日都用心地準備一家人的早餐，接著再送女兒去上學。在她家，快樂指數簡直破表。

慢條斯理地享用完愛心早餐，我上了王媽媽的白色休旅車，車上播著悠揚的輕音樂，這段期間我已經聽習慣了，舒服悅耳的樂音，就如同王媽媽給我的感覺。

「漫漫，今天爸爸要加班，我就不煮了，妳想吃什麼呢？」

噢，對。王爸爸也是可被稱爲「模範男人」的存在。因薪水足夠養活一家人，妻子可當家庭主婦。而他在返家後若有餘力，也會幫忙做簡單的家事。夫妻即使已結婚多年仍恩愛得很，房間內還掛著甜蜜的婚紗照。

王可漫所擁有的一切，是我怎樣也盼不來的，林宣艾註定無法得到這種人生——誰叫織悅要這樣待我。

若王可漫眞的穿越成爲故事裡的我，不曉得在體驗過我的生活，是否會覺得她的原生家庭無比幸福？

「嗯……」我奢侈地猶豫著要選擇哪家餐廳。

王媽媽又提供了幾個選項，「鐵板燒、義大利麵、火鍋……妳覺得呢？」

「我要吃火鍋！」我笑著說，我知道她在這之中最喜歡火鍋。

有時，我眞產生了「她是我母親」的錯覺，好幾次「媽媽」二字差點脫口而出。

這生活讓我覺得就像扮家家酒。起初與他們往來有些手足無措與尷尬，可經過這段日子的相處，我似乎已經逐漸迷失其中，偶爾理性湧上，才能將自己的情感稍稍抽離。

若我眞不小心叫眼前的女人一聲「媽媽」，那可就完蛋了。

踏進校門，經過穿堂，我注意到左右兩旁的楓樹已染上了黃，仍有不屈服的葉片頑強地保持自身的綠。

我走上前細細觀賞，希望再過陣子能看見楓樹轉紅，肯定美不勝收。

忽然，一陣強風吹過，樹梢上的葉子搖搖晃晃，有幾片無法抵禦強風緩緩飄落。

我伸手，瞄準著一片黃葉，成功捕捉。

「林宣艾！」

即使我抬頭盯著楓樹，只用聽的我也能知曉是誰在叫我。

不是因爲這人的聲音辨識度高，也並非我熟悉他的嗓音，而是，在這裡會叫我「林宣艾」的人，只有季策光一個。

我淺淺一笑，稍稍側過頭，只見男孩頂著一頭接近金色的髮，勾起了某邊唇角。

季策光原本的髮色不是特別黑，但也算是深髮，如今整個人的變化頗大。

不得不說，這髮色還挺適合他的。

惠雨高中並無硬性規定學生不能染頭髮，不過若是學生頂著一頭顯眼的髮色，便會引來教官的關切，因此大部分學生爲了避免被找麻煩而不染髮。如果想改變髮色，也會選擇不那麼明顯的顏色。

因此，季策光身上有著從前我見不著的大膽作風，令我感到新奇。

「原來你會遲到啊？」我調侃。

「我是因爲公車引擎壞掉，必須等下一班車才晚到，不像某個好命人，有專車接送還遲到。」他聳聳肩，泰然自若地反擊。

我翻了個白眼，原來他有注意到我是被載過來的。

「欸，爲什麼不加我好友？」他瞇起眼質問。

聞言，我一頭霧水，歪頭看著他。

他說他昨晚找到了我的社群帳號，並提出好友邀請，但我遲遲沒有同意。

我掏出口袋裡的手機，連上網路，一大堆通知接連響起，其中也包括他的好友邀請。

「我昨天十點以後就關網路了，我不太會花時間用手機。」我點下同意，同時注意到時間，「我要去教室了，掰——」

我沒特別注意他手上提著的袋子裡裝了什麼，逕自將我手中的楓葉塞到他的掌心，便快步朝教室走去。

「等一下！」他喊了聲，可我沒有停下腳步，僅回過頭，「之後再說！」

反正他知道我的班級，也有我的聯絡方式，若有想說的話不是非常容易就能找到我嗎？

轉過頭前，我瞥見季策光正微微鼓著嘴，就像小孩子鬧脾氣般。

嗯……是滿可愛的，但我依然沒有理會。

以往，我不會在下課時間拿出手機，而是整理上一堂課的筆記，再順過重點，這樣之後複習不需花太多力氣，也能憶起重要觀念。

然而，已墮落的我此刻在做什麼呢？

我正玩著沈庭珈分享給我的無厘頭小遊戲——在各式各樣的關卡中，將平底鍋上的培根成功甩到不同的物體上。是一款超奇怪的遊戲，卻有種讓人忍不住一直玩的魔力。

「哈，我成功了！」

我將手機螢幕秀給沈庭珈看，那一關她遲遲破不了。

「喂，怎麼這樣！」她踢了我一腳。

她比我早一天下載這款遊戲，玩的時間也比我多，但關卡進度已經落後於我，看來她沒有這方面的天賦。

我得意洋洋地繼續破下一關。

她「哼」了聲，「不玩了。」

將手機蓋在桌上，她換了話題，「我今天要去剪頭髮，髮尾一直搔到我的脖子，好癢喔！」

「不留長嗎？我很好奇妳長髮是什麼樣子。」我看著她的及肩短髮，在腦中想像著長髮的她，感覺有些違和。

「我高一上就長髮啊，妳忘了？」

不是忘了，是我根本就不知道。

「喔……對，妳還是比較適合短髮。」我尷尬地笑了兩聲。

我打量著沈庭珈的五官，發現我似乎都沒有好好端詳過她的面容，如今仔細一看，才注意到她的長相帶著點英氣，可能是某些女生的菜。

沈庭珈捏了捏我的耳朵，說要去福利社買咖啡，「要不要幫妳買些什麼？」

「幫我買一個菠蘿！」我眨眨眼，目光殷切，「謝謝。」

能自由揮霍王可漫的零用錢，實在是一件幸福無比的事。

她的生活根本是天堂，若我漸漸習慣了，待回到了自己的世界後，又該怎麼辦呢？

中午，季策光傳了句超級沒禮貌的訊息。

「欸。」

於是我也隨便回應他。

「？」

這時，我才曉得早上他想跟我說什麼。

原來，季策光是想問我要不要找時間一起讀書，雖然段考還有一段時間，但他平時就會乖乖溫書。

我好奇他找我讀書的原因，而他的理由很簡單。

「我就想知道妳怎麼讀的，不行喔？」

是怎樣？想偷學我的讀書技巧，藉此在下次考試時成功奪回第一名的寶座嗎？

明明他看不到，我還是對著手機螢幕輕輕吐了舌。想得美，夕苑的校排第一我可是勢在必得。

「本來爲表誠意我還帶了個便當，但因爲有人不聽我講話就跑走，所以便當就給幸運同學吃掉了。」

怎麼這樣！

我打字的速度忽然變得迅速，我敲著鍵盤，「下次我會跟你一起讀書，屆時請再度表示誠意。」

「我倒是還有帶手工餅乾，看妳要不要。」

要，當然要！可我林宣艾有自己的矜持，才不會像狗搖尾巴般乞討食物。

「是可以。」

「那來我們班找我拿，十二點半前，逾時不候。」

我在臉頰上拍了拍——冷靜，那個沉穩的林宣艾呢？我才不是會爲了食物這麼聽話的人，又不是超級餓，何況我還有數學老師給的巧克力……

「季策光是幾班的？」我問前陣子告知我季策光身分的同學。

肯定是王可漫的身體影響了我，我才變得如此貪吃，以前我才不是這樣的。

我滿懷期待地前往二年一班，一踏出教室門，瞬間，我的眼前閃過一道白光。

炫目的光芒令我下意識瞇起眼，當視覺回復時，我看到了不可置信的畫面——

「佟、佟千遙……」

我瞪大雙眼，愣愣地望著面前目光溫柔的男孩。

隨後，我環顧四周，是與我印象沒有太大差別的醫研社辦。低下頭，身上穿的是整齊的惠雨高中制服。

眼前的一切那麼熟悉，卻隱約有些陌生。

「我在，怎麼了？」

不會錯的，這不是幻覺，我所碰到的、看到的、聽到的，都不是假象。

我回到了自己的身體，回到了屬於眞正的我、林宣艾的世界。

第五章

我人生中的初次告白，就這樣失敗了。

雖然早有預料楚楚目前對我沒有動心，可在我向他表白後，他當下的反應讓我明白，他對我的情感是「厭惡」。

在這之後，楚楚的迴避非常刻意且明顯，連宋穎兒都發覺到異常並出言關心。

我不想將事情鬧大，總是輕描淡寫地帶過。

是啊，他確實對我「另眼相待」了，可卻與我的預料南轅北轍，讓我們的關係不只是回到原點，還變得更惡劣。

本來還慶幸是鄰座，無論如何楚楚也不可能避開我，結果昨日下午導師便宣布換座位，我被換到窗邊的位子，楚楚則是在中間前排，因此，我失去了能自然地與他互動的機會。

對於他顯而易見的排斥，即使我再喜歡他，也難免感到沮喪。

不過，我不願輕易放棄，仍想盡辦法要慢慢靠近他的心，哪怕速度緩慢，只要有所進步就行。

「紀楚恆，我知道你可能覺得我有點花痴、有點莫名其妙……如果我的告白讓你感到困擾，我真的很對不起，我的本意不是這樣。」

大清早的掃地時間，我望著楚楚專心掃地的背影，輕輕吐出了想說的話：「我希望你別討厭我，如果我有什麼你不喜歡的地方，告訴我，我會改的。」我的態度很卑微。

我鮮少對他人這般低聲下氣，但此刻我只希望楚楚別對我反感，不然我實在不曉得該如何找到繼續在這個世界生活的動力。

見他遲遲沒有回應，我的頭越來越低，像隻喪氣的小狗。

嘆了口氣，我默默地做著打掃工作。

畚斗滿了，我繞到楚楚身旁的垃圾桶，打算倒掉落葉。

「林宣艾。」

他終於出聲。

楚楚瞥了我一眼，眼神裡有著我最不願看見的疏離和冷漠。

「嘿！」他願意回應我就該感激，於是我打起精神應聲。

他手中的動作沒停下，「妳爲什麼喜歡我？」

我垂眸，隱約能猜測出他話語中的含義。

楚楚不喜歡膚淺的人，而他那張帥氣的面容，偏偏吸引了許多愛慕他的女孩。對他而言，我肯定也被歸類在「只看臉就喜歡他」的那類吧。

可並不是這樣的呀！

我深呼吸，《終不負相遇》的種種劇情在腦海中浮現，我喜歡紀楚恆才不只是因爲他的外表，一切的一切都是我喜歡他的原因。

「明明表面上跟誰都不親近，卻默默地關注他人。」我莞爾，啟唇道：「喜歡貓咪卻嘴硬不承認，會定期捐款給流浪動物之家。」

他略微睜大眼，頗爲詫異地盯著我瞧。

「認眞對待每一件事情，即使是自己不喜歡的工作也很負責。別人有困難的時候都會私下幫忙解決。」

我繼續說，心頭暖暖的，好像又找回了對楚楚最初的悸動，「還有很多很多，都是我喜歡你的原因。」

沉默了一陣，他給出的回應與我想像的全然不同。

「爲什麼妳知道？誰告訴妳的？」他蹙眉，「還是妳是偷窺狂？」

「才不是！」我大聲反駁，臉頰熱熱的，「反正、反正我就是知道……」

不知怎的，方才楚楚說的話明明像是嫌棄，從他的語氣，我卻忽然覺得他對我的態度溫和了些，似乎不再帶有厭惡。

「要打鐘了，快掃完回教室吧。」

故事中有提到，每當他感到不知所措時，就會試圖轉移話題。

無論如何，我們的關係似乎沒那麼糟了，對吧？

很快地，第二次段考要到了。

自從我扮演林宣艾後，生活總是在忙碌中度過，不僅要準備考試，也需要處理不少社團事務。

經過上次的慘痛經驗，我養成平時就複習的習慣，然而惠雨高中是我考不上的學校，成效實在有限。林宣艾要是得知我將她的學業表現搞得天翻地覆，肯定恨不得把我千刀萬剮。

我時常想，若是我回到了現實，這個書中世界又會變成什麼樣子呢？

即使絞盡腦汁，都還是無法得到解答……

「漫漫。」

窗外傳來一陣動靜，熟悉的聲音、熟悉的稱呼。

低頭整理化學筆記的我立刻抬起頭。

「哈囉！」我側身倚在窗台邊，與外頭的佟千遙四目相對。

不得不說，這位置還挺不錯，上課時可以靠在牆上休息，無聊時也能望向窗外發呆，偶爾還能看養眼的帥哥美女經過。

面前的佟千遙，也是非常極品的帥哥。他的清純面容，見著便讓人感覺如同春日微風吹過般舒心，看起來乖巧，還帶著些許溫柔。

「給，我做的筆記。」他勾起唇角，遞給我一本淺藍色簿子。

平時我們會聊到課業，前幾天佟千遙知道了我不擅長自然科，提到要替我整理筆記，幫助我複習。

「謝謝你！」我開心的接過簿子，稍微一翻，裡頭滿是用了黑、藍、紅三色的筆寫下的工整字跡，幾處還特別以螢光筆標示出重要的觀念。

我有些疑惑，「怎麼沒有上次段考的內容呀？」

他的手臂壓在窗台上，「我平時沒有做筆記的習慣，這是我這幾天寫的，把二段的考試範圍整理成清晰易懂的版本。」

佟千遙讀書時都直接讀課本，若老師上課時有補充說明，也都記在課本空白處。換言之，他特地爲了我做了這本專屬於笨蛋漫漫的祕笈。

好暖！

我眨眨眼，懷著滿腔感激注視著他，「你人怎麼這麼好……」

佟千遙輕笑，「這沒什麼，能幫上妳就太好了。」

這麼吸引人的角色，怎麼最後出版時被作者刪掉了呢？不過，我似乎也能理解，有這麼有魅力的角色存在，即使與女主角沒有感情牽扯，也極有可能搶走男主角的風采。

關於楚楚的興趣愛好我知道很多，然而，佟千遙沒有出現在出版的實體書中，我對他的了解甚少，就算穿越後我與他的互動最多，仍不清楚佟千遙是什麼樣的人，他又喜歡什麼？

「你平常有什麼休閒愛好呀？」我偏頭問，想要更深入地認識面前的男孩，「有空時都在做什麼？」

「怎麼忽然問這個？」他反問。

我笑了笑，「就想知道呀，告訴我嘛！」

佟千遙頓了下，鼓起嘴，吐出一口氣，「那妳聽了不可以笑我，我不太跟別人分享。」

他看來有些難爲情。

「我才不會笑你呢！」我拍拍胸脯向他掛保證。

我搶先說：「我的興趣是看愛情小說。雖然有些人覺得很愚蠢，但我一點都不覺得有什麼問題。對我來說，每個人喜歡的事物都應該被尊重。」

聽我這樣說，佟千遙笑了笑，似乎是放心了。

他搔搔頭，「我喜歡坐在電腦桌前，一邊打遊戲或看動畫、漫畫，一邊吃零食。」

我忍不住「哇」了一聲。沒想到佟千遙是個宅男，這與他平時的形象落差甚大。不過，這樣的反差挺有趣的。

「眞的呀？好酷喔。」我揹著嘴笑，「那你都看什麼作品呢？我偶爾也會看動畫，說不定你喜歡的作品我也看過。」

他開口正要回答，視線卻往旁邊一瞥，「嗨。」

我好奇地順著他的視線方向看，是楚楚。他輕輕抬手回應，正準備進教室。

「你們認識啊？」我壓低聲量問：「對了，你跟穎兒又是怎麼認識的？」

佟千遙點點頭，「我跟紀楚恆是國中資優班的同學，不過並不是很熟，只是路上見到會打招呼的關係。」

他頓了下，勾起嘴角，「然後，穎兒高一也是醫研社的，妳忘了嗎？」

啊……宋穎兒也是醫研社這件事，的確是書中有提到的部分，方才一時沒有想起。

不過，既然他跟楚楚同窗三年，或多或少對他有些了解吧？或許我能從佟千遙身上挖出有關於楚楚的情報。

「對了，我有個忙想請你……」話尚未說完，便被鐘聲打斷。

「有什麼事傳訊息告訴我，我要趕去上體育課，要遲到了。」他合掌，不好意思地說：

「再見！」

「掰掰！」我用力揮手，看著他匆匆離去的身影，順道提醒，「不要跑太快！」算了，改天再說吧。

這堂是國文課，我走到教室後方的置物櫃，拿上課會用到的補充教材。這時，宋穎兒湊了過來。

「宣艾！」她攬著我的肩，「妳最近跟千遙關係還不錯耶！我看他常常過來找妳，是在討論社團的事嗎？」

我視線往上看，想了想後搖搖頭，「不算，剛剛他是來借我筆記。妳也知道，我成績退步很多……」

宋穎兒點點頭，看起來若有所思，而後對我笑了笑，「妳不是說要努力跟紀楚恆打好關係嗎？」她語氣輕快，「就別花心思在其他男生身上了吧。」

宋穎兒的表情俏皮可愛，笑起來還會露出兩顆小虎牙。然而，不知怎的，明明她應該是在開玩笑，我卻感到有些不對勁。

應該是我誤會了吧？

早晨的掃除時間是我跟楚楚難得可以獨處的時刻，因此我總是非常珍惜。

今日氣溫相較之前降了不少，是入冬的預兆，可惜我出門前低估了這份冷意，只帶了件薄外套便匆忙地追公車。

而此刻，我還愚蠢地忘記將那件薄外套穿在身上。

風一陣又一陣地吹過，冷空氣使我不斷流鼻水，我不停地吸鼻子，還搓搓手臂取暖，想必在外人眼裡很莫名其妙。

與我不同，楚楚做足了保暖，認眞地掃著操場上的落葉。

我實在不曉得這些葉子都是從哪裡生出來的，有時前一天才剛清空，隔日又積了不少。

「紀楚恆，你段考複習的還行嗎？」我要掃楚楚身後的落葉，便順勢湊到他身旁搭話。

「林宣艾，妳應該知道，我不喜歡妳。」他連看都不看我一眼，「希望妳有自知之明跟我保持距離，避免私下的互動。」

好絕情啊……前幾日我認眞訴說著喜歡他的原因，他那時放軟的態度跟反應彷彿是假的，他其實還是很討厭我。

我佯裝無事微微一笑，但只有我知道，這笑意有多尷尬。

紀楚恆不喜歡我，我比誰都還要清楚，可是親耳聽到他決絕的表明，說不難過肯定是騙人的。

我啊，到底是爲了什麼留在這個世界呢？

我努力撐過了這段日子的委屈與壓力，爲的就是要與他更進一步，並發展感情。

然而，我就像熱臉貼冷屁股般，總是遭到他的拒絕。他不僅對我不理不睬，甚至還感到厭惡……

「希望妳有自知之明跟我保持距離，避免私下的互動。」

他的話使我整個上午都心神不寧，理性知道上課該專心聽講，感性卻讓我毫無動力，只能靠在牆上發呆。

驀然間，腦海中浮現了佟千遙的身影。

我記得他說過，他中午時常待在社辦，午餐偶爾也會帶過去吃，他喜歡獨自一人待著的自在感受。

再五分鐘便是午休時間，我想佟千遙應該吃完午餐了，便決定碰碰運氣到社辦找他。

抵達門口，我悄悄探頭，想在佟千遙發現前，偷偷觀察他一個人的時候都在做什麼。

他坐在桌前，戴著藍牙耳機，有時轉筆，有時在本子上寫寫畫畫，不曉得是在讀書，還是在準備社課教材。

我往前走幾步，他仍然沒注意到我。

我輕輕地轉開門把，走進社辦，佟千遙還是專注在自己的小世界裡。

難道耳機音量很大聲嗎？

我竊笑，躡手躡腳地湊到他身後，瞧見他面前的是歷史課本，我眼睛一亮，「歷史！」

許是被我突如其來的喊聲嚇到，佟千遙抖了一下，接著回頭看向我，捂著胸口，「嚇死我了……妳什麼時候來的？」

即使受到驚嚇，他的語氣仍是一貫的溫和，讓我好奇這人有沒有脾氣暴躁的時候。

「剛剛呀，但你都沒有發現我。」我得意洋洋地回，接著手指向桌上的課本，「歷史是我最擅長的科目喔！」

「妳擅長的不是一直都是數學嗎？不然就是物理。」他失笑。

「呃，也、也挺擅長的啦！」我搔搔臉頰，心虛地別開視線。

佟千遙點點頭，「相較之下我很不擅長歷史呢，每次都最擔心這科。」

他都說了，我有不出馬的理由嗎？

「我來教你！」我拉了張椅子，坐到他身旁，「你有哪部分比較不懂？」

我的歷史科有自信能與第一志願的學生匹敵，這次段考範圍的內容我也瞭若指掌，教他應該是沒太大的問題。

「這時期的幾個運動我很容易搞混，也沒辦法硬記。」從他的表情就能看出他的困擾。

我站起身，雙手擺在身後，走到白板前，一手做出推眼鏡的動作，清了清喉嚨。

「漫漫老師的家教時間要開始了，千遙同學請認眞上課喔！」我燦笑，順道附贈了一個眨眼。

我拿起黑色白板筆，在空白處畫出一條時間線，不同於課本上依照發生地點的編排，我將在該世紀發生的大大小小歷史事件，照著年分順序一一寫下，並用藍筆將有所相關的事件連在一起。

「請問爲什麼會發生這個革命呢？」我指著其中一項，向佟千遙拋出問題。

「因爲……人民不滿國家頻繁發動戰爭，造成國內經濟衰退。」佟千遙瞄了眼課本，回答問題。

「叮咚叮咚，正確。」我向他豎起大拇指，「不過還有個更重要的原因，當時許多國家都逐漸推翻君主專制，因此人民便順應風氣。你剛剛提到的理由就是反抗的起點。」

也不知道佟千遙懂了沒，他回應了一聲長長的「喔」，眼睛張得很大。

「會提到這點，是因爲上面所寫的事件，幾乎都是源於這個原因，這是大重點喔，要好好記住！」

我又詳細介紹了各種事件的重要參與人物、成果與後續影響，試圖化繁爲簡，讓佟千遙不用刻意死背也能融會貫通。

講解完，我比出勝利手勢，「有比較懂了嗎？」

「當然，我頓時豁然開朗。」他微笑，我也獲得了滿滿的成就感。

「我終於能幫上你了！」我興奮地道：「以後有任何問題，都超級歡迎你來問我，漫漫家教永遠免費提供服務。」

最讓我開心的是，一直以來，受到幫助的人是我，我很高興終於有機會解決佟千遙的小煩惱。

接著，他關心我的物理，因爲這次的範圍比較難理解，他擔心我會不知所措。

見我臉皺成一團，他勾起嘴角，而後模仿我方才的動作，緩緩走到白板前。

他喊我過去，並拿起白板筆，迅速地在白板上寫出一道題，而後將筆交到我手上，「解解看吧。」

我遲疑了幾秒，在腦中回想起曾背過的算法，將數據套進公式，把過程寫在白板上。

當我列出了第一個算式，我便意識到不對勁，也不曉得怎麼算，只能愣在原地。

佟千遙輕輕接過筆桿，「別擔心，我們先來複習一下概念吧。」

他空著的手插進制服褲的口袋，頓時飄散出一股痞氣，但配上他的面容與整齊衣著，竟讓人莫名有種他是……斯文敗類的錯覺，不過，他認真的模樣極有魅力。

我用力搖搖頭，試圖甩開內心的糟糕想法，專心聽講。

正當我陶醉於他的說明時，開門聲打斷了我們。

我們兩人同時回過頭，只見醫研社的總務走進社辦，「嗨，原來你們在這裡啊，在做什麼啊？」

我瞇起眼，一點也不想回應。

我很記仇，這男的便是上次偷偷在社辦說我壞話的某一位。

佟千遙瞥了我一眼，答道：「我們在複習段考，你呢？怎麼過來了？」

「我來把昨天去影印的發票放進資料夾。」那人回答。

從他進來到他離開社辦，我都沒與他有任何互動，而是將頭別過滑著手機。

那人走後，佟千遙大概有察覺到我的不對勁，不如說沒有意識到才奇怪，畢竟我表現得很明顯。

「發生什麼事了嗎？看妳臉有點臭。」他好奇地問。

我沒打算隱瞞他，因爲我相信心態成熟的佟千遙，不會因爲聽了我的話影響到自己，也不會造成社員分裂。

於是，我一五一十地與他分享事情原委。

「我討厭他們，如果沒必要，一點都不想跟他們講話。」我「哼」了聲。

「但不覺得該做做樣子嗎？」他笑了笑，輕拍我的頭，「妳的討厭都寫在臉上了呢！」

「我才不要！」我嘟嘴，語氣堅定。

我也並非不懂得做表面功夫，可我不願違背自己的內心，只要是討厭的人，我就完全不想與對方往來，除了逼不得已的情況。

我不曉得爲何人們都心口不一，總是活得虛僞。不用僞裝的生活更自在不是嗎？爲什麼不能將最眞實的感受表現出來呢？幼稚又如何？不成熟就是錯誤嗎？

「我知道自己的想法像小孩子一樣，但我不認爲這樣不好。」我道出內心深層的想法：「我想要保持最單純的模樣，可是其他人不是這樣的，我反而在這個社會格格不入。」

說著說著，我感到沮喪。

我極力不被這種「長大」同化，可或許總有一天，爲了生存我也不得不如此，那是我最不願看到的未來。

我只是想無憂無慮且快樂舒心地做自己呀！

佟千遙神情認眞地盯著我，許久都沒有出聲，似乎在思考些什麼。

良久，他終於回應我，眼神誠懇而堅定，「漫漫，妳這樣很好，眞的。」

他的語氣很溫柔，「我希望妳一直都是這樣，別管其他人怎麼想，現在的妳就是最棒的樣子。」

我沒料到他會肯定我，我原本只是想訴苦罷了。

他彎起嘴角，笑容裡帶著暖意，「無論別人怎麼看待妳，我永遠都會站在妳這邊。」

儘管爸媽疼愛我，儘管朋友與我和睦相處，他們都還是希望我能稍微改變，才不會在未來的人生路上遇到阻礙。

然而，這是我有生以來第一次聽到他人對我這麼說。

渾渾噩噩地上完下午的課，回想一整天的事，我的心情有點複雜。我曾認為只要有楚楚在，我願意忍受加諸於「林宣艾」這個身分上的壓力，也有勇氣面對大家的閒言碎語。

可是今早，楚楚明確地表示了他不喜歡我，想跟我保持距離，一想到這件事，我便覺得洩氣。

屢屢受挫的我，開始懷疑身在此處的意義與理由，也逐漸喪失了俘虜他心的自信。

然而，中午時與佟千遙分享我的自我認知和與周遭的衝突時，他贊同我的想法，還希望我能一直保持著純真。

最真實的我能被他人肯定，內心有種說不上來的幸福與喜悅。

想了想，這兩人對我而言的意義有著根本上的不同。

楚楚象徵著我初次的悸動，他的存在使我願意來到不同的世界，也是支撐我在這裡生活的動力。

他就像我望眼欲穿卻遙不可及的夢，是看不見終點的追逐。

而佟千遙總能使我敞開心胸，說出心底最真實的想法，不管情緒是好還是壞，都能向他分享。

如果這是場馬拉松，楚楚即是我漫長追尋的終點，而佟千遙就像陪伴在我身旁的隊友，身兼補給站的角色，在各種事情都給予我幫助。

要是佟千遙也出現在我看的故事版本中，並且是個要角，我想，曾深受溫柔男角吸引的我，無法信誓旦旦地說最愛的是紀楚恆。

門外吵架的聲音打斷了我的思緒。

這些日子來，我早已習慣了林宣艾父母的爭執。

幸好他們的爭吵對我的心理狀態並無多少影響，只是偶爾會覺得煩躁，而我也不由得佩服林宣艾居然能長期忍受。

其實，《終不負相遇》中都有提及，她的父親外遇，而母親明明知曉，卻為了保住家庭，不撕破臉。表面上是為了小孩的成長與心理健康，實際上說難聽點，就是死要面子不想被他人看笑話。

不過，客觀而言，她是個及格的母親，我對她並沒有太多意見。

我撐著頰，試圖去理解林宣艾——

小時候的她總是極力討好父母，認為他們會吵架都是因為自己不聽話，於是她努力成為一個人見人愛的乖寶寶，以為父母的關係會因此和好如初。

笨蛋，才不是這樣呢。

這些事完全與妳無關，也不該是妳需要承受的責任。

幸好林宣艾後來清醒了，認為這種家庭一點也不幸福，父母不如早點分開對彼此都好。

外頭的聲響越來越大，我甚至聽到女人在吼，我扶額，完全無法專心進行手邊事務。

再過幾天就要考試，我感覺好像讀不完。

壓力好大，永遠有處理不完的事，沒有能閒下來放空的時間。

社團的活動一個接著一個，身爲醫研社的教學也無法不參與，但我卻不懂許多專業知識，得花更多時間在社團。

然而，除了社團還要抽空複習課業，誤闖天才雲集之處的我，就算讀了書也不見得能脫離成績墊底的慘況，可不碰的話就眞的要被當光光。

來到書中的世界後，我逐漸意識到，原來的我是多麼幸福，曾經的習以爲常，此刻想來都是求而不得的。

現實世界究竟成了什麼樣了呢？

我嘆了口氣，今天是爸爸的生日，我好想念我的家人……

這時，外頭傳來的碎裂聲嚇了我一大跳，我再也無法忍受，用力地轉開門把。

一開門，地上的馬克杯碎片映入眼簾。

瞥了兩人一眼，「我不反對你們吵架，但請不要這麼激動，我還要讀書。」我皺眉，「而且馬克杯也是錢嘛。」

氣氛一度變得非常尷尬，畢竟這是我第一次在他們吵到一半時出面阻撓。

這話聽起來頗欠揍，我有點害怕會被他們打，但印象中他們不會對孩子使用暴力——如果舊版故事也是這個設定的話。

「沒大沒小。」林宣艾的父親「嘖」了聲，而後拿起披在椅子上的外套，頭也不回地出門，留下臉上滿滿是怨念的女人收拾現場的馬克杯碎片。

「我幫妳清吧。」我暗示她，「我覺得……妳不用再忍受了。」

換作是我，哪管別人怎麼想，肯定二話不說就離婚，順道讓所有人都知道那男人外遇。

「妳哪懂？」她哀怨地道，語氣滿滿無奈，「回房間讀書吧。」

這就是大人吧，有著太多的身不由己。

是我最不想成爲的模樣。

這次的段考，我想我的表現依然不理想，可我確實已經盡力了，只是無論如何都無法勉強自己達到不可能的高度。

是啊，我是王可漫，不是成績優異的林宣艾，我永遠不可能成爲她。

就像在我閱讀的小說中，紀楚恆喜歡的是林宣艾。令他爲之動心的，是那個藏起自己的軟弱與悲傷，只以完美姿態示人的女孩。

並非誰都可以是林宣艾，即便我掛上了林宣艾的名號，我依然不會是她。

我想，若是想讓楚楚對我動情，或許我就得像林宣艾那樣吧？我的個性、我的表現……跟「王可漫」天差地遠的每一面。

這眞的是我想要的嗎？

如此一來，我將不會再是「我」，扮演著別人與楚楚交往，這樣的我會快樂嗎？

我不願拋下眞實的自我成爲林宣艾，然而我不曉得如果身爲林宣艾的我無法與楚楚在一起，後續會如何發展，又該如何回到現實世界。

紛亂的思緒，使我日日陷於困擾之中……

本來我想去社辦散散心，無奈其他樓層的施工聲使我無法專心，於是我應了佟千遙的邀約到圖書館。

惠雨高中的圖書館配備完善，不僅有供學生休息的沙發區，還有舒服的空調，午休時間不少學生都選擇待在這裡。

我與佟千遙穿梭在書牆間，尋找著待會能拿來打發時間的書，令我意外的是，藏書裡居然有愛情小說。

「佟千遙，你手上的是什麼呀？」他抱著幾本漫畫書，是我沒看過的作品。

「這部比較冷門，沒聽過也正常。」他失笑，向我介紹著這部背景設定在末日後的作品，「不過似乎有要動畫化的消息，這樣一來會有更多人看見吧。」

他的表情很是愉悅，對於他的喜悅，我也能感同身受。

平時我會在小說網站上尋覓優秀的作品，當找到一部非常精采卻鮮為人知的故事時，我便會替作者感到可惜，由衷期盼這個故事能獲得更多曝光機會。

當念想成真，即便我並不是作者，我也能理解作者心中的幸福。

此時，我看見架上的一本小說，作者名令我頗感詫異——織悅，《終不負相遇》的作者，創造這個故事的人。

我好奇地眨眨眼，抽出書櫃裡的《無言的青春》，越看越覺得熟悉。

彷彿一道電流竄過腦中，我想起這是織悅在網站上連載的第一部小說，講述著男女主角因某些誤會而錯過，再相遇時已不是當初的自己，最終仍然無法走到一塊的ＢＥ作品。

或許是大眾較無法接受悲劇的結局，《無言的青春》並沒有出版，即使人氣與評價還不錯，仍是沒有獲得出版社的青睞。

在織悅創造的世界中有這本書，是不是暗示著，她的心底其實對於出版這部作品有所渴望呢？

「問你哦。」我回眸問，待身旁的男孩應聲後我繼續說：「如果我告訴你，這個世界都只是一本小說中的內容，我們都是被創造出來的角色，你會有什麼想法呢？」

「我想想……」佟千遙托著下巴，神情認眞，似乎絞盡腦汁。

過了一陣子，他說：「一開始會很驚訝，但我認爲不會有什麼改變。就算一切都被安排好，我還是不曉得下一秒會發生什麼。既然如此，即便這個世界都是被寫下的『故事』也無所謂吧。」

頓了頓，他繼續說：「不管是不是在故事裡，或許所有人、所有事早從一開始就註定，從宇宙起源的那瞬間就決定了。」

這一句話讓我覺得很有說服力。

「漫漫，我一直很想告訴妳……」

許是上個話題已告一段落，佟千遙忽然停下腳步，表情眞摯，「妳不必認爲自己得長大，長大會失去很多東西。妳現在就是最好的樣子。」

我一頓，對上他的雙眸。

我明白我的性格與同齡人相比顯得幼稚單純，而佟千遙明明跟我一樣大，相較於班上的男孩卻成熟許多。

他的語氣彷彿是長輩在叮囑年輕人，我忍不住失笑。

「別笑，我是認眞的。」他鼓嘴，語氣有些委屈，似乎是認爲我在笑他的發言。

並非如此，能聽到佟千遙這麼說，我眞的非常開心，不過我又該如何永遠保持著純眞，在變化的潮流中屹立不搖呢？

若想適應這虛僞多變的社會，我想我不可能永遠不改變。每每思及此，我總感到一陣無力，這與我的理想有所衝突，勢必得妥協於現實。

「我沒有笑你！我也想這樣呀！可是這願望大概沒辦法靠自己的力量就達成。」

我不是住在城堡中備受保護與寵愛、無憂無慮的公主，我無法不諳世事、無法不食人間煙火。

「我會……」佟千遙欲言又止，微微咬著唇，而後搖頭，臉色的異樣一閃而逝，「沒事，別理我。」

他支支吾吾的模樣，令我好奇他想說的話究竟是什麼呢……

「如果現在跟妳說我家的事會很奇怪嗎？」他又開了個新話題，不曉得跟剛剛講的有無關係。

我眨眨眼，「不會呀，我想聽。」

我喜歡聽別人分享自己的故事，若佟千遙與我分享了較爲私密的話題或感受，代表我被他信任著。

聞言，他露出了笑容，娓娓道來。

「我爸媽三年前離婚了。從我有記憶以來他們就不合，對於該如何教養孩子各持己見，再加上一些難以用三言兩語解釋的原因，他們決定分開。」他頓了頓，接著說：「到了最後，他們反而是和平結束這段關係，不再起爭執了。」

「可能因爲我爸薪水比較高，比較能負擔我的開銷，於是我跟著他生活，但我跟我媽還是有聯絡，偶爾會一起吃飯。」他一手插到口袋裡，語氣平靜，聽不出任何不對勁。

「我父母離婚後沒多久，我爸就因爲工作的關係常常出差，所以我大部分的時間都是一個人在家。」

我專注地聽他說明，也注意著他表情與語氣的變化，不過佟千遙似乎對這件事沒有什麼負面情緒。

他告訴我這些的目的是什麼呢？

「一個人待在家會很孤單嗎？」我蹙眉，想像著同樣的情況發生在自己身上，會是什麼模樣。

不行，我根本無法想像爸爸媽媽感情不好，腦中也沒有家裡只有我孤身一人的畫面。

「一開始當然會，但也漸漸習慣了，就不會在意這些事，畢竟情況也改變不了呀。」他苦笑，「大概也是因爲這樣，我的個性才會有很大的轉變吧。」

佟千遙說，他在國二以前就像個小屁孩，個性衝動、惹事生非、說話前不會多加思索……種種我無法在他身上想像到的形容，都是他過去的模樣。

正是受到了現實的逼迫，他在自己都沒察覺的情況下長大了，驀然回首，才發現已經找不回當初那個男孩。

我問他遺憾嗎？他說不至於，只是想起從前的自己，心底總會湧上無法言喻的感慨。

佟千遙伸出掌，輕輕覆上我的髮頂，「漫漫，所以妳不用長大，總會有人護著妳，讓妳不必面對世界的惡意。」

誰會這麼做？

疼愛我爸爸媽媽？我求而不得的紀楚恆？

又或者是你呢？佟千遙。

我沒將心中所想問出口，只是垂下頭看著地面。

佟千遙與我訴說這些往事，我是不是也該講些自己的事？

可是，關於我的、關於「王可漫」的一切，我能毫無顧忌地說出口嗎？

「從有記憶以來父母總是在吵架，家裡一直都爲了錢的事情而煩惱。父親外遇了，母親不肯離婚，剩下的只有名爲『家庭』的空殼，這之中是感情早就分崩離析的三個人。」

我語氣淡漠，以第三人稱敘述著與我無關的狀況，「這就是林宣艾的家。」

語畢，我隨口補了句，「別介意，我就說說而已。」

我的家庭可是非常幸福美滿，有非常疼愛並總是關心女兒的父母，與林宣艾的家庭截然不同，自然不會養成她的性格，如今也不太受她的雙親影響。

想到不知何時才能回到我的家，見到我好想念、好想念的人，喉頭便一陣酸澀，視線所及之處也被一層霧氣遮蔽。

我揉揉眼，往前走了幾步，不料迎面撞上來人。

「不好意——」話音未落，我便抬頭查看對方的情況。

沒想到居然是楚楚。

我迅速調適好心情，朝他展露大大的笑容，「哈囉！你怎麼會在這裡？」

楚楚盯著我，不曉得在想些什麼，好幾秒後才開口：「當志工，登記服務學習時數。」

他的視線往後，對上了站在我身後的佟千遙，點了點頭後再度看向我。

「怎麼了嗎？」我疑惑地歪頭，楚楚平常連多看我一眼都懶，如今我們的關係如此疏離，他竟然還願意施捨目光在我身上。

被楚楚這樣看著，左胸口的悸動越發明顯，即便他已經把話講清楚了，我依然不爭氣地對他一次又一次的心動。

是真的很喜歡呀，沒辦法。

「沒事。」他別過頭，將手中抱著的書照編號一一排到架上。

見他認真做事，我也不打算打擾。今天是跟佟千遙一起來的，我不該將他晾在一旁。

我與佟千遙帶著書籍到了沙發區，我抱著懷中的小說遲遲沒有翻開，他則一頁又一頁地翻看漫畫。

「佟千遙，其實我喜歡紀楚恆。」我喃喃道，雙眼目光失焦，我也不曉得在盯著哪，「我前陣子跟他告白過，但失敗了。」

如果想回到現實，是不是就一定得讓楚楚喜歡上我？這也代表了我必須捨棄「王可漫」，努力去扮演好林宣艾這個角色。

但我是個任性的人，我想保有我自己，也想成功得到楚楚的心。

是不是這樣的貪心，才註定什麼願望都無法實現？

「你覺得我該怎麼做，才能讓他喜歡上這樣的我呢？」

我垂眸，沒有看佟千遙此刻的表情。

等了好久，佟千遙都沒有回應，不曉得是他專注於漫畫而沒有聽見，還是根本就不想理會我的感情抱怨，我也不打算再說一次。

但我想，是前者就好了。

第六章

令人匪夷所思的現象只持續了幾秒。

當我正爲回到屬於自己的世界而詫異時，刺眼的光芒再度閃過眼前，再次睜開眼，眼前的佟千遙不見了，取而代之的是原先我即將要踏出的教室門。

那瞬間彷彿僅僅是我的錯覺，可我無比清楚那並非假象。

後來，我沒有心思再想其他事，向季策光拿餅乾的事也早已拋在腦後，立刻聯絡織悅，向她報告這不尋常的狀況。

本想找間店坐下聊聊，可織悅不大喜歡外頭的環境，也討厭充滿嘈雜聊天聲的咖啡廳，因此織悅和我約在她家。

放學後，本該由王媽媽接回家的我，以「要跟朋友去吃飯」爲由，赴織悅的約，來到她的住處。

「宣艾，妳還記得這個狀況是哪時候發生的嗎？」織悅咬著唇，面露擔憂，她的表情我看不太懂，也猜不出她的情緒。

狀況發生的時間點我記得很清楚，於是我馬上回答。

她點點頭，思索了一陣後開口：「那正好對得上。」

她看起來像是知道什麼隱情似的，我歪頭，疑惑地問：「怎麼回事？」

織悅別開眼，手指摩挲著，「我那時候正好打開稿子偷偷寫了一點點後續……」

我瞪大眼，她的回答出乎我意料，原來連結兩個世界的關鍵與織悅有關。

她說，她爲了找回手感打了一小段文字，沒想太多，也沒料到這小小的舉動會左右我。

那王可漫呢？在那個時間點她發生了什麼？她回到這個世界了嗎？

無奈時間只有短短幾秒，我並沒有與他人互動，無從得知她的情況。

「妳再試試看寫些什麼，說不定會再發生一次。」我指著她桌上的筆電。

「喔……好。」織悅點點頭，隨後點開文件，在短暫猶豫過後敲下了內容。

「不要看！很羞恥！」她見我湊過去便驚呼。

我撇撇嘴，不情不願地退開，與她保持一段距離，到一旁慢悠悠地閒晃，不想讓她感到不自在。

幾分鐘過去，鍵盤的敲打聲終於停止，我卻沒察覺到絲毫異狀。

「沒反應……該不會其實今天中午只是幻覺——」

「我真的回去了！我看見佟千遙了，他還跟我說話，不可能是假的。」我打斷她，篤定地反駁。

「妳說千遙？妳看到他了？」她面露驚喜，「千遙他——」

「突然這麼激動做什麼？」佟千遙有什麼特別的？

織悅嘿嘿笑，說她太喜歡佟千遙這個角色了，很想知道他長什麼模樣，是不是跟想像中的少年如出一轍。

沒理會她，我突然想到了一個假設。

「織悅，既然妳寫了一段文字我就會短暫回去，那會不會妳一直寫下去，完成這個故事，我就能眞正回到我的世界呢？」我提出猜想。

雖說並無證據能支持這個假設，然而，我在這個世界待了一段時間，除了織悅今天的舉動，我完全沒被其他事物干擾，我想不到其他的可能。

織悅抱頭哀號，「我不知道！我眞的不曉得啦……頭要爆炸了。」

自己寫下的文字能夠左右眼前人的命運，想必是一件需要花許多時間來接受的衝擊吧，換作是我一定也如此。

我搖搖頭，「妳別著急，我們有的是時間來想解決方法。」

「爲什麼妳看起來不是很想回去？」她看著面帶笑容的我問。

「我待在這事事順利，生活也過得幸福，有什麼回去的理由？」我瞇起眼，理直氣壯地雙手環胸，「還不是妳給我設定這麼悲慘的背景，換作是妳，會想過我的生活嗎？」

織悅咳了兩聲，我一看就看出她的心虛與尷尬。

「不譴責妳了。」我輕嘆，盯著她的筆電螢幕道出疑惑：「我想知道，妳怎麼突然打開這個故事繼續寫下去？」

明明已經有了出版一陣子、評價不錯的新版，爲何還要回過頭續寫尚未完成的初稿？

「還有，既然妳這麼喜歡佟千遙，爲什麼我看的實體書完全沒有他的戲份？」

織悅一頓，而後讓我坐到沙發上，她抓起了一旁的靠枕緊緊抱著。

「妳的出現又讓我想起這個故事。」她斂下眼，語氣裡有著明顯的失落，「宣艾，妳知道我成功出版的作品只有《終不負相遇》而已嗎？」

我搖搖頭，對於織悅所言全然不知。

本以爲她花了那麼長時間在寫作，肯定是個常出書的暢銷作者，沒想到在她好幾年的寫作生涯中，自從約莫一年前出版了這部作品後，就再也沒有後續。

「因爲我的文幾乎都是BE，可能其中一個主角死了，或是因爲一些安排，男女主角錯過了，又或者某些因素使兩人最終分開。」織悅苦笑，「對我而言，比起幸福美滿的結局，帶著遺憾的故事，能讓人感到更加刻骨銘心。」

我暫且將她因爲私心而打算把我寫向不美滿結局的事給拋開，仔細思考她所說的內容。的確，即便我閱讀的文學小說不多，但從我看過的影視作品中，也發現了同樣的道理——帶有缺憾的劇情才會長存於心。

然而，一想到這道理也適用於我這個「角色」身上，便覺心情複雜，織悅爲了達成令讀者印象深刻的目標，筆下的角色成了犧牲品。

「既然這樣，爲什麼《終不負相遇》的結局會是那樣？」我瞥了她一眼。

雖說我實在無法想像與紀楚恆在一起的樣子，可就書中的劇情來看，這確實是個完美結局——林宣艾達成了她一切的目標，還揮別過去的陰影，展開全新的人生。這也是我理想的終點。

「跟預想的結局差這麼多，我自然是不願意的。」她向後仰，靠到沙發椅背上，嗓音微啞，「可是，那是我盼了好久的機會，我可是寫了八年呀！歷經了好多次投稿失敗，好不容易《終不負相遇》被編輯看上了，說想要出版……我自然不想放棄這個機會。」

織悅闔上眼，「後來編輯告訴我，考量到市場取向，希望我能更改故事情節，並且給角色一個幸福快樂的結局。就這樣，結局改了，千遙也因爲對劇情沒幫助，又會影響楚恆的魅力，所以修稿時刪掉了。」

她將心裡的話盡數傾訴，而我則是在旁靜靜聽著，「出版的時候，看著一片好評跟大家的喜愛，我的心裡卻覺得好空虛呀……」

我不是創作者，無法完全理解她的感受，但我試圖同理她。我想，這大概就是感到迷失的心情吧？就像一個原本立志懸壺濟世的醫師，受了高薪的誘惑選了好賺的皮膚科。

織悅深呼了口氣，再度開口：「我經歷了好一陣子的迷茫與自我懷疑，認爲這不是我寫作的初衷，所以即使後來的作品不受青睞而遲遲沒有出版，我還是只想寫我想寫的。」

最後，她朝著我微微一笑下了結論，「要在這個世界保持初心，是非常困難的一件事呢……」

「人啊，難免會被金錢、名氣與他人的喜愛誘惑。」

「所以我們只能在理想與現實間找出最佳的平衡吧？」我回應。

後來，織悅又跟我分享了許多她在創作上的心路歷程，還叫了外送邀請我一起吃晚餐，飯後閒聊一陣後，由於時間不早了，我便與她道別，回到王可漫的住處。

經過今天，我想，對於織悅這個人以及她創作的心情，有了更深的理解。

午休時間，我睡不太著，想起季策光曾提到他總是在那棵大榕樹下睡覺，便打算去找他爭奪地盤。

那天，因爲短暫地穿越，我沒有心思再去找他拿餅乾，他似乎也很好奇我怎麼會不想要，放學鐘響時，親自帶著餅乾到我們班上。

我急著去找織悅，仍收下他的好意，畢竟我實在無法拒絕那看起來可口的格子餅乾。

爲了報答他的餵食，前往大榕樹前，我特地到福利社買了一條軟糖打算送他，也特別挑了我喜歡的口味，如若他不願意收下，我還能自己吃。

當我抵達大榕樹，果眞看到了季策光躺在水泥花圃上，後腦勺墊著運動外套，雙手抱胸熟睡著。

第一次見他的睡顏，我感到有些新奇，便沒有立刻叫醒他，而是端詳了一陣子。

他睡覺時看起來頗乖巧，嘴還微微嘟著，有點可愛。

他的睫毛較常人垂些，讓他在睜眼時，睫毛更爲明顯、纖長。

看著看著，我覺得季策光眞的跟小型犬很像，雖然動不動就吠，安靜時還是挺招人喜歡。

我掏出手機，記錄下他睡著的模樣，隨後拿出口袋裡的軟糖，放到他的人中上。

「季策光！」他依然沒有醒來，我蹲下身，在他的耳邊輕喃。

只見他顫了下，而後瞪大眼，稍稍偏頭後與我對上眼。

「林宣艾！」他大吼。

我摀著耳朵，狠狠瞪他，「我快聾了！」

我發誓，他方才的音量絕對是故意的，跟博美或吉娃娃這類小型犬一樣，叫起來會讓人減壽。

季策光低頭瞥了眼，便撐起身探頭，「這什麼？」

「路上撿的。」我「哼」了聲後答道。

本以為他聽到這話會不敢吃，沒想到他只是回了句「是喔」，便拆開包裝，丟了一顆到嘴裡。

「你不怕有毒啊？」我皺眉。

「包裝封得好好的，有毒我會去告食品公司。」他一邊嚼著軟糖，口齒不清地回答。

「其實這是我買給你的。」既然他都吃下去了，我索性道出事實。

「這麼貼心喔？」他挑眉，口氣欠揍得很。

我「呿」了聲，「這是為了報答你之前請我吃便當跟餅乾。」

「喔……那妳想吃嗎？」他晃了晃手中的糖。

我點點頭，伸出手準備要接過，不料他遲遲沒有動作。

「我就問問。」他燦笑。

聞言，我彎下身，抓起地上的一把落葉砸到他的臉上。

這人是不是校排第一我不曉得，但欠揍第一名肯定是沒錯。

「二段快到了，準備得如何？」忍住想要給他一拳的衝動，我換個了話題。

「不跟妳講。」

我覺得我快要習慣季策光這張嘴跟他的回答方式了，好怪，明明我們相處的時間不算多，為何和他一起總令我感到自在？

「不說就不說。」

我撥了撥頭髮，整理有些凌亂的髮絲。王可漫的頭髮比我原本的還要短一些，大概在胸上，整理起來還算方便。

「反正我這次會贏妳。」他輕哼，盤起腿，身體像不倒翁那樣晃來晃去。

「你想跟我比？」我不禁失笑，出言挑釁，「憑只考得上夕苑的你？」

「林宣艾！」季策光似乎是真的控制不住音量，他咬牙，眸中的怒火熊熊燃燒，「我當初的分數是可以上惠雨的，只是因為想讀夕苑。」

「是嗎？就算你考得上惠雨，那數資班呢？」我挑眉，繼續質問。

「我不要理妳了！」他「哼」了很大一聲，嘴巴鼓鼓的，頭一撇，像個賭氣的小孩，「妳這個傲慢的傢伙。」

傲慢？我倒是不否認。

後來，季策光再也不說話了，甚至站起身準備離開。

「你要去哪？」我問。

他要走我是不介意，可他離開的方向完全與教室相反，是……朝著圍牆走。

「季策光！」他沒有理會我的呼喊，到了牆邊後輕輕一躍，轉眼間就流暢地翻過牆。

我呆了幾秒，不自覺起身，當我回過神，我已站到了圍牆邊。

忽然有股追上去的衝動。

我試著模仿季策光的動作，一跳，可惜沒有成功，脛骨還因摩擦落下一道紅痕。

我吃痛地「嘶」了聲，圍牆外的男孩聽到動靜一臉傻眼地盯著我瞧，一語不發。

我不氣餒，拍拍裙子再試一次，終於成功攀上圍牆頂端。

我回過頭，看了此刻寧靜的校園一眼。我知道這時間是該待在學校，也知道這不是一個好學生該做的行為，但……

我縱身一躍，一直都無法隨心所欲的我，也想爲自己任性一次呀。

等我發現姿勢不太對時已經晚了。

「呀啊——」

我放聲尖叫，做好會受傷的準備，餘光瞥見季策光大步衝來，下一秒，我落入溫暖的懷中。

安全是安全了，就是……距離有些近。

我與他相隔不到一個手掌的距離，面面相覷，下一刻，兩人同時別過頭。

「謝、謝了。」我咳了兩聲，抿抿唇，試圖忽略剛剛發生的事。

他滿臉嫌棄，耳根越來越紅，「妳這個翻牆菜鳥可以別這麼衝動嗎？好歹也請教一下經驗豐富的我吧？」

「誰叫我是沒違反過校規的乖寶寶。」我理直氣壯地回應。

「呵……」他雙手插進口袋轉身，走到了斑馬線前等紅燈，「妳跟著我幹麼？」

「你管我。」我學他不回答問題。

「那我就不管妳囉。」號誌一變綠燈，他馬上大步大步走，絲毫沒有要等我的意思。

我小跑步追上，伸手敲他的頭，「你要去哪？」

「買後門那家古早味冰棒。」他回答：「好吃耶！」

「我也要。」

「那就走啊！」

討論關於吃的話題時，我們之間就和平了許多。

我拿著酸梅口味的冰棒，季策光則拿著百香果口味，我們再度回到了學校圍牆旁。

這回我一次就成功翻越牆，我向他炫耀著自己的天賦異稟，「看來，我做什麼事都很有天分。」

才怪，其實我在課業上一點也沒有才能，必須花好多心力和時間，才勉強追得上那些天才。若他們也很努力，那我們之間的差距是多麼令人絕望……

「我第一次翻就成功了喔！也沒有差點跌死的問題。」

季策光的嘴總是說不出什麼好話，不是在糊弄就是嘲諷，然而，跟他待在一起，我似乎也變得如小學生般幼稚，真是可怕。

季策光說，今天的天氣如此舒服，不應該只待在大榕樹下睡覺，於是他拉著我到操場前方的司令台。

操場上除了我們兩人，還有零星的身影，有些是儀隊成員，有些是聊天的學生。

坐在司令台的邊緣，我輕輕晃著腿，拆開冰棒舔了一口，酸酸甜甜的滋味讓我滿足地捧著頰微笑。

「我想吃一口你的。」我舔舔嘴唇，虎視眈眈地盯著他手中色彩鮮豔的冰棒。

他的表情有些怪異，「我、我已經舔過了！」

「又沒關係。」

我任性地張大嘴巴，湊上前將他的冰棒咬缺了一角，好吃。

季策光的表情像懊惱，我想是因爲我咬了他的冰，他才擺出這種表情。於是我釋出善意，將手中的酸梅冰棒遞到他面前，「也給你吃一口。」

沒想到他拒絕了，不曉得是出於什麼心態，該不會是像小學生那樣在意「間接接吻」吧？拜託，我們都是高中生了耶！

不吃拉倒，我繼續舔著冰棒，想著下次一定要買兩種不同口味的冰棒。

幸福——我的腦中不停浮現這個詞彙。

對於過去的林宣艾而言，幸福是遙遠的、是必須用盡全力才有機會觸及的、是現階段無法獲得，只能指望未來的。

我眞無法想像有天我會翻牆出校。

然而現在，僅僅是一次翻牆、一枝冰棒，便能令我有這種感受。

在跨出牆的那一步，自由的暢快隨之而來，那種滿足是什麼也無法取代的。

天空好藍、風好輕、冰棒好甜。

我想，這就是我從未體會過的，青春的模樣吧！

「林宣艾，我還是很難相信妳說的，但……妳眞的不像在講幹話。」

季策光突如其來的話語打斷了我的陶醉。

我吃了一口冰，「你是說『我是小說角色』這件事嗎？」

他點點頭，「前幾天到書店讀了《終不負相遇》。雖然我對愛情小說沒興趣，可出於好奇還是勉強看完了。」

一想到他邊讀邊嫌棄的表情，我就覺得好有趣。

「我一開始也跟你一樣覺得『怎麼可能』，但現在我已經坦然接受成爲王可漫這件事了。」我莞爾，「總之，要不要相信隨便你囉！」

他皺眉，「但我覺得妳跟書中的女主角不太一樣啊？」

我想了想，他的意思應該是指我與《終不負相遇》中所描寫的林宣艾個性有落差。

「這好難解釋……你就想像那是壓抑眞心的我就好。」

我迅速解決冰棒，沒想太多便往後躺，欣賞著大片藍天，「如今我已經不必承載那些壓力，自然就活得自在許多。」

見我如此，季策光也跟著躺下，與我一同仰望蒼穹。

「欸，所以妳其實有喜歡的人？就是那個叫紀……紀什麼的。」許是因爲姿勢，他的嗓音有點沙啞。

「紀楚恆？才沒有！」我大聲反駁，實在不明白織悅爲何要將我與紀楚恆配對，明明我對他一點也沒興趣。

「說來話長，反正我跟他沒什麼交集，也對他沒任何意思，我一心只想考上好大學。」

季策光「喔」了聲，尾音拖得很長，像是還想講些什麼。

「妳真的沒騙我嗎？」他又拋出一個問題，「妳真的是小說裡面的人物？然後莫名其妙來到了現實世界？」

「眞的。」我將頭轉向他，眼神誠懇。

他回望我，噘起了嘴，「這樣妳什麼時候會離開這裡？」

在日光的照耀下，季策光的一頭金髮閃著碎光，我不由得多看了好幾眼。

他總能輕易抓住我的目光，即使是在校風較爲自由的夕苑高中，只有他戴了這麼多的飾品，也只有他染了一頭惹眼的金髮。

對我而言，他更是格外特別的人，除了織悅，我只有告訴季策光自己穿越的事。

最重要的是，只有他會叫我「林宣艾」。

即使我想生活在王可漫的世界，我卻更希望能被當作「林宣艾」來看待，他每一次喚「林宣艾」，都讓我深切感受到我的靈魂還確實存在。

「不曉得。」我別開眼，大概是因爲太陽很曬而感到燥熱，「如果可以，我想一直待在這裡。」

「妳快點回去吧，這樣就沒人跟我搶第一名了。」

「自己努力好嗎！」我吐槽。

我想，現在的季策光肯定還不曉得，未來的他絕對會後悔說出剛剛那句話。

我很常想，若我再度短暫回到書中的世界，該做些什麼才好。

趕緊跟身邊的人說，林宣艾被盜帳號了！不，不僅沒有任何好處，還會被當精神病。

我想當務之急，是要讓王可漫知曉我取代了她的身分，讓她明白事情的嚴重性。

雖說我已做好了隨時會回書中的心理準備，可我沒想到意外竟發生得如此突然……

就在段考的當下呀！

當我意識到我身處惠雨高中的教室時，我腦中閃過了不計其數的想法，甚至跳出「如果因爲這場意外考不贏季策光該怎麼辦」的念頭……

我搖搖頭，沒心思想多餘的事，打算把握時間留言給王可漫。

迅速冷靜下來，我自筆袋抽出一枝原子筆，翻開講義。

瞧見角落的小小塗鴉，一旁還寫著「數學好難」。我抽了抽嘴角，也不管字好不好看，趕緊在空白處留言——

「王可漫，我是林宣艾，在妳的世界代替妳生活。」

「之前一瞬間的穿越，是因爲織悅重新打開舊稿往下寫才發生，但我不知道這次是怎麼回事，不過我們有在討論這件事，希望還有像這次的機會告訴妳後續。」

寫完後，仍然沒有任何異狀，我還在書中世界，於是翻閱起講義，在她的塗鴉旁補了一句話——

「那就花時間好好讀吧。」

完成了留言任務，便有心力觀察四周。我抬起頭，看向身旁好久不見的同學們，心情有些複雜。

這是我最熟悉的世界，也是我最討厭的世界。

翻到講義的下一頁，我一筆一畫地緩緩寫下我內心深處的疑惑——

「妳在這裡過得快樂嗎？」

當最後一筆落下，一道白光閃過，我再度回到了現實。

我很意外自己居然能對第二次的靈魂互換冷靜以對，或許是事先做好了心理準備。

當我重新睜開眼，發現周遭的視線皆投向我，監考老師甚至還站在我的前方。

「同學，妳還好嗎？」老師關心地問。

剛剛發生什麼事了？

我趕緊回了一句「沒事」，大家才轉移注意力。

我仍是滿腹疑問，甩了甩頭，打算先好好考試，等等再問其他人發生了什麼事。

「漫漫啊！」

果不其然，鐘聲一響，監考老師一離開教室，沈庭珈便衝來問我：「妳剛剛到底怎麼了？中邪？」

「我剛剛怎麼了？」我反問。

沈庭珈告訴我，方才考試考到一半，突然有一聲驚呼嚇到了大家，只見「王可漫」滿臉慌張，像是見到鬼一樣。

「妳還害我忘記好不容易想到的公式！」這明明是她沒有複習精熟的問題。

這下我能百分之百確定，在同一時間，王可漫肯定也回到這個世界。完全搞不清楚狀況的她，當下肯定非常驚慌失措，才會做出那種反應。

「我也不知道……可能眞的中邪吧。」我乾笑。

聽到我的回答，沈庭珈用力晃著我的肩，說放學後要帶我去學校附近的廟收驚，還說她表哥也發生過類似的情況，喝完符水後就好了許多。

「才不要。」我一臉嫌棄。

隨後，我們聊起剛剛的物理考試。

沈庭珈拿著她的試卷與我的比對，看到第二頁，她的臉色越發鐵青，「不對啊，我怎麼就下意識把妳的當成正確答案了？」她停下，一臉不屑，恨不得將考卷撕爛。

沈庭珈捏了捏我的耳朵，「說不定妳之前都只是被物理之神附身，這次就會回到原本的實力——分數跟我差不多。」

「祝福妳。」我輕拍她的肩，「這份考卷只有兩題我不確定，但我對的機率也不低。」

無視沈庭珈哀號後衝出教室的怪異舉動，看看時間，發現距離最後一科公民的考試還有半小時，我便抓緊時間看手機訊息。

「我這次絕對會考得比上次好，贏妳的機率很高。」一打開螢幕，便跳出季策光幾分鐘前傳給我的訊息，還附贈一個欠揍的吐舌表情符號。

看到這段文字時，我不禁笑了出來，能想像他向我宣告時的表情有多得意。

「那也是多虧了我。」

前幾日，季策光主動約我放學時到圖書館複習考試，但我不想錯過王媽媽的好手藝，因此我只答應他去一天。

令人意外的是，那日他領著我去的地點並非圖書館，而是烹飪教室。

他說他很常借學校的烹飪教室做料理，偶爾也會邀請朋友來替他試吃。他的廚藝了得，大家都很樂意捧場。

「我也很樂意。」我一邊吃著他剛做好的蝦餅一邊回應。

本以為他會用那張討人厭的嘴拒絕我，沒想到他居然欣然答應，還說要我擔任他的御用試吃員。

或許是被食物誘惑，我將複習各科的訣竅傾囊相授，沒有因為他是對手就有所保留，甚至還在他遇到解不出的難題時出手相助。

在過程中我發現季策光確實是個聰明的學生，他理解的速度很快，從他所整理的筆記來看，也能看出他在課業上費的心力。

「如果來惠雨，身邊都是強者，你會更進步。」我向他提議，畢竟他在校內沒有太多競爭者，一直以來都是第一名。如果他是惠雨高中的學生，想必競爭的環境與優秀的師資能給他更多機會，將他這顆寶石打磨得更加閃耀。

「但現在有妳在啊。」他撐著頰，語氣自然得很。

雖然很不想承認，但現在想來，我確實因爲他的這句話，產生了那麼一絲悸動。

「最後女主角就……妳猜我目前預計的結局是什麼？」

「跟醫生在一起？畢竟他仍然是她最愛的人，跟他在一起也不會遭到什麼阻撓。」我回答著。

此刻，織悅正與我分享新作品的劇情構想。

她滔滔不絕地講述人物設定與故事背景，臉上的表情彷彿散發著光，感覺得出來她對寫作眞的有十分的熱愛。

織悅酷酷一笑，伸出食指左右晃了晃，「答錯了！」

「不然呢？我認爲她不可能選總裁，因爲對方沒辦法不在意她當初接近自己的目的，而且他的家人不願意接納。」我分析道。

她攬著我的肩，告訴我她不打算讓女主角跟任何一個男角在一起。

她娓娓道來她的想法，並露出心滿意足的表情，我開口問：「所以我今天來就是聽妳講這些的？」

織悅一頓，笑了兩聲後拍拍我的肩，「我只是剛好想跟妳分享新靈感，否則我們每次見面的話題都只有《終不負相遇》。」

「不然要聊什麼？」我皺眉，織悅又不是我要好的朋友，我會找上她也只是出於她的作者身分。

聞言，我翻了個白眼。

她鼓嘴，「妳可是我的『女兒』耶！怎麼這麼不親近我。」

「織悅，我覺得妳不用將舊版的故事寫下去了，這沒有意義。」這是我今日來找她的目的。

「我不想回去了，我想一直待在這，現在的生活這麼幸福，我沒有非得回去的理由。」如今的我過得自在安心，不願意回到那個充滿壓力與磨難的世界。

要說我自私也好，可當初我會來到這，並不是我所引起的奇蹟。

「不可以！」她用力搖搖頭，「宣艾，妳現在占據了一個不屬於自己的身體，如果這個身體的主人其實很想回來呢？妳要把人生還給王可漫才是。」

「我現在會在這裡，就是因爲她想要成爲『林宣艾』！」我有些激動地說：「我只是被動地來到一個不是我該存在的地方。難道我從頭到尾都不能決定自己的命運嗎？就因爲我是被妳創造出來的角色？」

我咬著唇，爲什麼我不能留在這？明明當初也不是我自願的，說來就來，說走就走，我是任人操控的提線木偶嗎？

織悅深呼吸，「宣艾。」

我撇過頭，不想回應她的叫喚。

「如果我回去，會有幸福的結局嗎？」沉默一陣後我啟唇問，聲音很輕，不曉得織悅是否有聽到。

「我……」織悅欲言又止。

幾秒後她告訴我，在她心中，舊版《終不負相遇》的構想是不完美的結局，這是我早就知道的事。

「如果不是我想要的快樂結局，我就不要回去了。」我斂下眼。

「可是、可是妳不是王可漫呀……」

「我為什麼要在乎她呢？」我笑得淡漠，「織悅，妳應該是最了解我的人。」

當連自己都顧不好的林宣艾，好不容易有重獲新生的機會，她會做出什麼選擇——她不會輕易放棄的。

「我認為王可漫一開始也不認為這夢想會成真，所以當她真的成了女主角之後，大概也會很後悔。」織悅嘆了口氣，「就像我看到妳出現在我的面前，和妳實際互動過，我才對妳感到愧疚。誰能想到小說中的人物不只存在於幻想呢？」

她拿起桌上的馬克杯喝了一口，接著輕撫我的頭，「宣艾，我會讓妳過得幸福。」

換作哪個不知情的人聽來，這就像是求婚宣言吧？我在心底吐槽著。

我明白她的意思是會替我寫下一個完滿的結局，只是，那會是怎樣的結局？像出版的《終不負相遇》嗎？

「我不要跟紀楚恆在一起。」我撇嘴，記掛著她亂湊ＣＰ的事。

明明在方才織悅與我分享的新劇情中，結局的女主角一個人也可以過得很好，爲何當初織悅卻堅持要把紀楚恆配給我？我是眞的不喜歡那位跟我沒什麼互動的男同學，相較之下我跟佟千遙都還比較熟。噢，我也對佟千遙沒興趣！

織悅失笑，「把那個故事當作平行時空就好，對我來說，妳跟她已經是不同的個體了喔！」

我「哼」了聲，指著她的筆電，「我要檢查妳都寫了些什麼，不準亂寫奇怪的東西。」

「不可以！」織悅嚷嚷，張開手擋住我湊上前的身軀，「妳這是違逆天命！」

我一臉無言地盯著她，「天個鬼。」

「我就是妳的媽媽、妳的神。」她仰著下巴，敲敲胸口，「而這份文檔就是妳的命簿，妳提前得知的話可是會遭天——」

「我要走了，再見。」我站起身，不想理會胡言亂語的織悅。

正要轉開她的房門，無奈織悅再度將我拖回。

織悅正經地告訴我，她想與我多聊聊。

雖說林宣艾是她設定的角色，可是關於我的事，她並不是全都一清二楚，因此她想深入了解我，才能爲我寫出一個最適合、理想完美的結局。

「不要寫成愛情爲主的小說。」我吩咐道。

就算要談戀愛，那也不是跟紀楚恆，他才不是我喜歡的類型。

此時，腦海中閃過一道身影，該死，爲什麼季策光會浮現在我腦中？

後來我們又認眞地聊了一陣，織悅開啟各種話題，並詢問我的想法，不時記下我的回答。

過程中，她不時喃喃著「原來如此」和「眞假」等等的感嘆字句，似乎是對於我所擁有，她當初卻沒設定到的喜好或特點而訝異。

在結束了與訪問相似的談話後，離開前，我忽然想起一個很久之前就想問的事情。

「織悅，這個名字是妳的本名嗎？」

我回眸看著她的側顏。她創造了我，還很了解我，我卻對眼前的她不甚認識。

「編織喜悅，就是這個名字的意思。」她答非所問，嘿嘿笑了笑，「妳猜呀，我不會告訴妳的。」

聽到她的回覆，我無言地抽了抽嘴角。

她寫的小說劇情跟「織悅」的含義可是完全相反呀！

在交換彼此的成績前，季策光向我提出一場狡猾的賭局。

如果段考總分我比他高，我便可以指定他一桌菜，他會親自下廚替我準備；若他的分數贏過我，我便要在頒獎時間穿著夏季制服，忍受寒風刺骨並接受校長的表揚。

聽起來很怪又不公平，但我仍欣然接受這個提議，因爲我對這次考試有十足的把握。

結果揭曉的地點，季策光很有儀式感地選在那棵大榕樹下，要求當場打開教務系統，點到成績的頁面後，交由對方查看。

「你們眞的有病！」

沈庭珈覺得我跟季策光在一起時有智商降低的趨勢。上次我與她分享翻牆買冰棒的事，她表示，一個乖寶寶就這樣被帶壞了。

「季策光說，巓峰對決是神聖的。」想到他說這話時的認眞表情，我忍不住笑了出來。

她瞇起眼，隨後擺擺手，表情看起來很無奈，「不管妳了，你們兩個笨蛋開心就好。我要去討債了。」

最近班上要訂複習講義，沈庭珈身爲總務股長，她所說的「討債」便是指要向遲交的同學催繳費用。

她時常向我抱怨這是個麻煩的工作，畢竟關乎到錢，一旦出了什麼差錯，是非常大的責任。而個人置物櫃無法上鎖，她只能將裝錢的透明收納袋放在書包裡最隱密的地方。

「那我走啦！」我揮揮手，揚起嘴角，「等我帶著勝利回來。」

「祝您武運昌隆喔。」她呵呵笑。

離開教室前，我瞥見她用力敲了一個男同學的頭，叫他快點交錢。

抵達了約定的大榕樹下，我的敵人季策光早已在那等待。

他打了個大大的呵欠，嘴巴大得像是要把一整個人都吃下。

「季策光！」我手插腰喚了他的名。

這時，一陣風吹來，捲起一地落葉，替我增添幾分氣勢，好不威風。

他眼角微彎，看著我輕輕吐舌，「準備來迎接妳的落敗了？」

我揚起笑，「該這樣說的是我吧！」

我自認到剛剛為止我都表現得很從容，然而……

「哈啾！」一個噴嚏卻害我當場出糗，還流下一行鼻水……

我趕緊吸吸鼻子，希望他別注意到這愚蠢的模樣。

中午天氣並不冷，於是我沒想太多便沒有穿上外套。失算了，這裡沒有太陽照耀，只有冷風颼颼地吹。

「笨蛋。」季策光噗哧一笑，三兩下便走到我面前。他脫下身上的外套，「新聞就有說今天會降溫啊。」

本以為他會粗魯地直接往我臉上丟，沒想到他輕輕地將衣服披在我肩上，我第一次將「溫柔」這個詞與他聯想在一起。

「我只是放在教室忘了拿。」我咕噥著，抓著有他餘溫的外套，小聲地講了句「謝謝」，臉頰有些熱熱的，原本直直看著他的眼神也變得飄忽不定，即便如此，我想季策光應該感覺不出我的害臊，他才不是那種能觀察到他人細微變化的貼心男孩。

「你不冷嗎？」我又問。

「冷了我再搶回來啊。」

我一屁股坐到水泥花圃上，雙手覆在嘴上呼了一口氣。

「蔥爆牛肉、清蒸鱸魚、一杯中卷……」我一一講出想吃的菜色，還不時吞嚥口水，明明才剛吃飽，我感覺又餓了。

季策光皺眉，眼神嫌棄，「妳幹麼？」

「反正我會贏，先讓你記一下我想吃什麼。」我笑得燦爛。

他也明白我刻意激怒他，伸手拉了他剛借給我的外套，「妳好糟糕，還我！」

我拉緊身上的厚外套，「不要，好冷！」

他嘴角抽了抽，最後無奈地鬆開手，用拳頭往我頭頂輕輕一敲。

「我這幾天都一直想像，妳在司令台上冷到不行，還得眼睜睜看我拿回第一名的畫面。」他揚起下巴，笑了兩聲。

他示意我趕緊打開成績頁面，他老早就準備好了。

我「喔」了聲，卻一點都不覺得緊張。

我迅速點開教務系統，打開顯示成績的頁面後交出手機。即便還沒看到他的成績，可早就知道自己分數的我非常有自信，認爲不可能會輸。

此時，季策光遲遲沒有伸手，表情看來頗是忐忑。

「怕了？」我問。

「才沒有！」他咬牙切齒，「我只是、只是讓妳多開心一下，妳等等就笑不出來了。」

我晃了晃手機，示意他趕緊拿走。他接過手機後立刻閉上眼，看起來對於要面對眞相感到非常緊張。

而我在拿過他的手機後沒有逃避，立即看了他的成績——不出所料。

內心沒有太大的波動，也沒有勝利的狂喜，畢竟結果我早有預料。

將大把時間都投入在課業上的林宣艾，若是連少數能拿來說嘴的成績都被人比過，那會是多可悲的一件事。

其實，我對季策光考贏我這件事不抱希望，不是因爲我看不起他的實力，而是我對於自己的能力很有自信。

不過，他這次已經表現得很棒了，比上次進步不少，可惜還是差我一些。

我沒有立刻出聲，而是等著他揭曉結果。

幾秒後，季策光緩緩地睜開雙眼，我瞧見他的表情在看見畫面的那一刻凝固，嘴角也霎時垮下。

他的感受我能明白，那是知道自己無論怎麼努力，都還是贏不了他人時的沮喪失落。

這就是殘忍的現實呀，是我過去無數次所經歷的悲哀……

季策光一語不發，面無表情地抽走披在我身上的外套，「我不要理妳了。」

他在跟我賭氣！看著他像小孩子般鬧彆扭，我覺得好氣又好笑，「眞的不理我了？」

「對。」他用力撇過頭「哼」了一聲。

「那我的勝利大餐呢？」

「再說。」他微微噘嘴。

看著他轉身而去的背影，他似乎是眞的暫時不想理我了，也好，是該讓他冷靜一下。

不得不說，季策光耍脾氣的樣子挺可愛的，讓人想要揉揉他的髮，雖然他很可能會抓狂，像隻小型犬一樣，只差不會咬人了。

第七章

「宣艾，怎麼感覺妳最近對紀楚恆的態度都很消極呀？」

下課時間，宋穎兒坐到我前方的位子，捧著臉問我。

「不要放棄嘛，我覺得你們很配！」

我這才想起，我還沒有告訴她我已經跟楚楚告白的事。我並非不想與她分享，也不是不信任她，單純就是覺得……有些難以啟齒。

畢竟結果是我被拒絕，即便我和楚楚又有什麼互動，彼此的關係還是像陌生人。對我，他冷漠以對卻似乎不再反感，因為我這陣子也少去叨擾他。

我想，會開口跟佟千遙訴說對楚楚的真心，肯定是一時腦子迷糊。雖然他大概率沒有聽到我的話，否則以他的個性，不應該不回應。

「我只是覺得他不會喜歡我。」我苦笑，回頭瞥向楚楚。

為什麼他也在看我？

我一愣，趕緊轉過頭，看著宋穎兒裝作沒事，「妳應該也看得出來他對我沒興趣。」

「是這樣嗎？」宋穎兒淺淺一笑，語速放慢了些，像是在施展魔咒，「他剛剛一直在看妳喔！我倒覺得紀楚恆只是不擅長表露自己的情緒……說不定他其實對妳有意思。」

「才不是呢！」我反駁。

「雖然妳最近狀況不太好，可是撇除這些，妳的條件的確很優秀呀！爲什麼沒有這樣的自信呢？」她歪頭，表情很純眞，「如果妳覺得他這陣子對妳有負面印象，那現在重要的是讓他改觀，而不是……」

宋穎兒不曉得眞相，站在旁觀者的立場才會這樣想，可我早就知道楚楚對我的好感大概敗光光了。

我太仗著「女主角」的身分，認爲做什麼他肯定都會喜歡我，卻忽略了我終究只是披著林宣艾皮相的冒牌貨。

「而不是？」我示意她繼續說。

「嗯……就例如，妳常常跟干遙待在一起，親密的樣子很容易讓外人誤會吧！芷琳之前就問過我，你們到底有沒有在一起。」

宋穎兒口中的芷琳是醫研社的社長，她們倆關係似乎不錯，我常常看到她們放學後相約一起吃晚餐。

宋穎兒托著頰，似乎很煩惱，下一刻，她彎起唇角，「如果紀楚恆也多想了怎麼辦？」

我一直都很喜歡宋穎兒的笑容。

《終不負相遇》描寫的宋穎兒，笑起來會露出兩顆小虎牙，總帶給他人無邪可愛的印象。當我進到了書中的世界且與她互動過後，覺得書裡的敘述跟她本人很相符。

然而，很偶爾，我的心中會浮現那麼一點點違和感。好比說，她明明臉上掛著微笑，說出來的話卻不是令人覺得開心的內容。

「我跟佟千遙沒什麼啦！」我用力搖搖頭，「妳知道的，我喜歡紀楚恆……」

聽到宋穎兒的話我有些意外，我從沒想過我與佟千遙的相處，在他人眼中看來不只是普通朋友。

他確實幫助我許多，可我並不覺得我們之間有什麼特殊火花，就只是跟他待在一起時會感到自在安心罷了。倒也不用擔心楚楚誤會，畢竟他最清楚我喜歡誰。

宋穎兒盯著我一語不發，看起來並不像無話可說，而是像在思考如何表達。我也認眞地看著她，等待她的下文。

噹——

就在此時，上課鐘聲響了。

她朝我燦爛一笑，接著站起身準備回座位，「總之，我很支持妳跟紀楚恆喔！加油！」

她元氣滿滿的鼓勵聽起來眞誠得很，我點點頭，回以一個微笑。

是呀！我看過那麼多部小說，無論是男方還是女方，許多角色是抱著鍥而不捨的精神，才成功與心上人在一起。

他們都那麼努力了，犧牲那麼多才換來這個機會的我，怎麼能輕易放棄呢？

回頭望著楚楚的側顏，我在心中替自己打氣——王可漫，再堅持一下吧！

不曉得這堂課開始了多久，我有些昏昏欲睡，仍是強撐著精神，專心看著數學老師解答考卷上的難題。

我敲敲頭殼，感覺腦袋快要超負荷。

忽然之間，一道白光閃過我眼前！

前陣子也有類似的經歷，那是我短暫回到現實世界的幾秒幻覺。

刺眼的光芒使我下意識瞇起眼，待視覺恢復，我看到的是一張寫了一半的數學試卷。

我瞪大眼，揉揉眼睛看看四周，只見周遭的人都穿著夕苑高中的制服專注地寫考卷，而老師在台下巡查走動。

是幻覺？還是我在做夢？

我盯著答案卷右上方的姓名欄寫著「王可漫」，卻與我的字跡相差甚大，我的字跡可愛圓滑，並非這般秀麗工整。

看著題目卷上密密麻麻的公式，我一頭霧水，不曉得上一秒還在上數學課的我，怎麼轉眼間就產生了回到現實的幻覺。

莫非我眞的不小心睡著了？那爲何一切都不像假的？

黑板上的日期與時鐘顯示的時間，和我幾秒前待在書中世界時相符，這似乎不只是巧合。

然而，我瞥見了考卷右下角寫著小小的「林宣艾」。

爲什麼林宣艾的名字會出現在這張考卷上？

我還來不及仔細思考便下意識地驚呼，不料所有人的目光頓時集中在我身上，其中也包括了從前跟我最麻吉的沈庭珈。

「珈——」我正想喊她，一道身影擋住我的視線。

面前這位大概是監考老師的中年女性正要開口，一道炫目光芒再度使我睜不開眼……

如果沒有看到講義上的那些字，方才的狀況我肯定不會多想，認爲只是幻覺。只是……

「王可漫，我是林宣艾，在妳的世界代替妳生活。」

看著講義上的字，我的大腦像是當機般，傻了好幾秒才回過神。

若我沒有笨到理解錯誤，這句話就代表……當我取代林宣艾的同時，她的靈魂也穿越到了現實中「王可漫」的身體裡？

我扶額，本以爲自己的身體失去意識後無法運作，猜想現實世界會因此停擺，這樣看來，兩個世界同步運轉著。

爸爸媽媽肯定擔心死了——我第一個浮現的想法。

林宣艾跟我在就像光譜的兩個極端，我身邊的人們絕對會發現不對勁。

「之前一瞬間的穿越，是因爲織悅重新打開舊稿往下寫才發生，但我不知道這次是怎麼回事，不過我們有在討論這件事，希望還有像這次的機會告訴妳後續。」

讀到這段文字，我也明白了之前我突然回到現實的事並不是幻覺。

織悅……意思是作者會影響兩個世界的交集？所以關鍵在於織悅嗎？

我抿唇，感到極度焦慮，不曉得林宣艾將「王可漫」活成什麼樣子，會搞得一團糟嗎？還是如此優秀的她反而更招人喜歡？

「那個……」我轉過頭喚了聲後方的女同學，想做最後的確認，「我剛剛有睡著嗎？」

「沒有啊。」

看來這是眞的，我與林宣艾確實進到了彼此的世界裡，扮演著對方生活。

「妳在這裡過得快樂嗎？」

從看見這問句開始，林宣艾留下的問題便在我心頭縈繞，久久無法散去。

我現在快樂嗎？

若這個問題拋向剛到這裡的我，我肯定會回答「超級幸福」。我成了夢寐以求的女主角，見到了最喜歡的楚楚，期待與他來場羅曼蒂克的戀愛。

只是現在呢？

社團成了我的壓力來源。醫研社的大家似乎都不怎麼待見我，我知道那不是他們故意針對。與眞正的林宣艾相比，我的能力差強人意，總是造成他們的困擾，直到最近我逐漸找到生活的平衡，並且漸漸熟悉各種事物，他們對我的態度才比較和善，我也才不那麼抑鬱。

而家庭更是影響著我的心情。林宣艾父母的爭執，總讓我心情煩躁，每天，我一點都不期待放學回家，反而希望能待在學校久一點。

楚楚就更不用說了，雖然我決定要振作，用不同的方式與他變得更親密，但實際上，他還是一點都不喜歡我，對我頗為反感。

面對種種不順與阻礙，待在這個不講理的、滿是壓力的世界中，我快樂嗎？

我拿起筆，正要在她的字跡旁寫下大大的「才不快樂」，落筆前，我卻想起了佟千遙，還有他那總是溫柔的笑。

如果我的身旁沒有佟千遙，我肯定已經受不了了吧。

我曾經以為我身在此處的意義一切都指向楚楚。然而，在這樣滿是壓力的情況下，我還能展露笑容、還能發自內心感到快樂，除了多虧面對楚楚時的悸動，更是托佟千遙的福。

「在故事結束之前，我無法確定答案是什麼。」

「只是，在這裡我遇見了很重要的人，遇見了能驅散我的難過，並變成喜悅的人。」

看著鏡子裡的自己，我才發現在寫下這些回應時，我露出了淺淺的笑。

自從聽了宋穎兒的建議後，我再度試圖與楚楚拉近距離。

我嘗試自然而然地推進對話，並非如以前般帶有企圖，或勉強自己刻意找話題。

我想，這對於楚楚而言，也是比較舒服自在的相處模式。

我一點也不像林宣艾，所以對他，我想展現最眞實的模樣。若最後仍是無法令他動心，對我來說也是不小的打擊，代表了我整個人都被他給否定了……

天氣越趨寒冷，樹葉也掉得差不多了，我跟楚楚偶爾還能提早結束打掃工作，返回溫暖的教室。

當我正在腦中複誦中午社團開會要演練給社員看的教學內容時，楚楚的一聲叫喚打亂了我的思緒。

「林宣艾。」

我眨眨眼，停下手邊動作，「怎麼了？」

我沒想到他會主動跟我搭話，在這種聽起來不像是要說壞事的情況下。

他掃起最後一團落葉倒入垃圾桶，坐到樹旁的台階。

見狀，我湊了過去，趁機坐到他身旁。

我忍不住露出笑容，一邊偷偷覷著他線條分明的側顏，一邊期待他的開口。

「妳跟佟千遙關係很好嗎？」他開口問。

若是從前的我聽到這個問題，肯定會花痴地想「楚楚是不是吃醋了」，但就他現在對我的態度和說話的語氣，感覺只是單純好奇，又或是，這個問題只是開頭，實際上並不是對話的重點。

「不錯呀，很多方面他都會幫我，我很感謝他。」我莞爾，「他說過你們是國中同學，你們以前熟嗎？」

「還好，不會特別互動。」他的回答與佟千遙的說法相似，「只是……他有段時期變化很大。」

我抱著膝，腦補著楚楚過去默默觀察著佟千遙的模樣。

他一直以來都善於察覺他人的變化，就連已經習慣僞裝的林宣艾，他也能發現她的不對勁，更遑論性格轉變巨大的佟千遙了。

「那天在圖書館，你聽到了嗎？」

我忽然想到，那天我跟佟千遙正聊著彼此的家庭，意外碰見了做服務學習的楚楚。當時我們對話的音量並不算小，若是他與我們相隔不遠，或許能捕捉到某些訊息。

「嗯，所以大概了解他以前爲什麼那樣了。」他輕輕點了點頭，而後側過頭看向我，「但妳……」

他看著我的眼神有些直接，像是要把我整個人都看穿，令我感到有點不自在。

「我、我怎麼了？」我有些結巴。

我曾以爲我很了解楚楚，憑著看了好幾次的《終不負相遇》，就能把他整個人都摸透。實際上並非如此，他的性格與我理解的不同，尤其是他對我的態度反覆，我搞不懂對他而言我是什麼樣的存在。

到底是初稿與最終的人物設定有些出入，又或者我其實並沒有把「紀楚恆」這個角色看得透澈？

「我不明白妳怎麼能這樣。」

一頭霧水，我才不明白你的意思是什麼呢！

大概是看我滿臉疑惑，他補充：「如果我聽到的是眞的，在那樣的家庭生活，妳就像異類。」

我歪頭，一時之間理不清他的話是褒是貶。

花了一些時間釐清後，我開口問：「你是覺得我的個性不像是從『這樣』的家庭中養成的嗎？」

他點點頭，我的推測正確。

「說出來你也不會相信吧。」我輕聲道。

「什麼？」

我想，這次確實是風帶走了我說出來的字句，才會讓楚楚再度開口確認。

我搖搖頭，「沒什麼。」

楚楚倒也沒再追問，就讓這個話題過去。或許是我的表現讓他以爲我有難言之隱，不想多談家庭。

我並不是不願談論，只是林宣艾的家庭壓根就與我無關，我的性格也與她的父母沒有一點關係。我只不過是偶然有機會『體驗』她的生活，才會讓楚楚察覺異樣。

她的家庭我不容置喙，那是屬於她的人生，從來就不是我的，何來資格高談闊論呢？

我們出生在截然不同的家庭，王可漫與林宣艾才會成爲兩個性格南轅北轍的個體。

「妳最近狀況還好嗎？」

聽到這句關心的當下，我還以爲是幻聽。

我有些雀躍而彎起了嘴角，看來楚楚對我的反感漸漸消失了，他願意主動關心我，至少代表他不討厭我，也可能是在向我釋出善意。

只是，不知為何我卻不像之前那樣歡喜無比，樂得在腦中手舞足蹈。

「跟前段時間比的話，好多了。」我抱膝，順著他視線的方向望去。

校貓煤炭在圍牆上優雅漫步，小小的身影黑不龍咚地移動著。「煤炭」這名字取得還真是貼切。

小說中有提到楚楚喜歡貓咪，但關於他最喜歡的品種沒有特別描述，織悅在故事外的分享也沒提過。而他母親害怕有毛的小動物，因此他也沒機會實際飼養貓咪。

我想著「貓」或許是個好話題，便出聲問：「你喜——」

「妳喜歡貓咪嗎？」

他同時開口，我們想問一樣的事，我忍不住笑了出來。

「喜歡啊！但我是狗派，更喜歡狗狗。」

我想起姑姑家養的黃金獵犬，國小時我常躺在牠身上睡午覺，偶爾也會帶牠到附近公園跑步、玩飛盤。

我還知道，佟千遙在貓狗之間難以抉擇，看到兩者都只會說「好可愛」……不對，我不是在跟楚楚對話嗎？怎麼會突然想起他？

似乎因為講到了楚楚感興趣的話題，他難得多話，在回教室的路上也跟我聊了許多。

這是我第一次與他聊得這麼多，氣氛也融洽得很。

林宣艾的人生似乎沒有特別悠哉的時刻，好不容易忙完了段考，社團事務又緊接而來。社員們正爲了三校醫研社的聯合寒訓而開會。在這個活動中，大家除了本來的幹部工作，還需要處理額外的事務。

「宣艾，待會妳就可以把申請表交到總務處簽核了。」芷琳看了看行事曆，「不要拖到放學，不然主任可能又不在位置了。」

我點頭回應，「主任的假結束了？」

「應該吧。」她嘆了口氣，「都找不到人，害我們拖到最後才能申請。聽說大傳也想跟我們搶場地，但他們最快大概也要下禮拜一才能交，因爲他們還沒給體育組簽名。」

「我知道了，等等我就拿過去。」

後來，芷琳又交代了一些事項，今天的會議便到此結束。大部分的人都離開社辦了，剩下幾位美宣組的組員留下，準備活動時會用到的道具。怕打擾到他們，我與佟千遙走出了社辦。

「你今天怎麼看起來這麼累呀？」回二年級大樓的路途中，我看著佟千遙的倦容，關心地問他。

我很少看到他這樣，莫非是發生了什麼狀況？

「沒有啦。」他莞爾，隨後打了個大大的哈欠。

這下可無從辯駁了。

我伸出手指輕觸他眼下淡淡的黑眼圈，「你是不是熬夜了？」

「昨天一口氣把一部很好看的動畫追完了，二十四集。」他的表情有些不自在，似乎是覺得這原因很丟臉，「看完後心情太亢奮，還打了好幾場遊戲，不知不覺就天亮了。」

聞言，我先是愣住，隨後看著他大笑。

「佟千遙，我很喜歡你這樣！」我揉揉眼，覺得這個答案實在好玩。

他倒抽了口氣，神情浮現些許慌張，「我怎樣……」

我指著他，「這種時候你就會讓我有『佟千遙眞的是高中男生』的感覺。」

佟千遙性格溫和、脾氣不衝動，讓人感到非常可靠，平時的行為與想法相較於同齡人成熟許多。因此當他表現出不同面貌時，我總覺得特別新奇有趣。

不過，他偶爾也會令人望而卻步，產生距離感。然而，我沒有太大的感受，畢竟如今我與他的關係應該比常人親近。

「聽起來不像是稱讚。」他失笑，「但感覺妳喜歡我這樣。」

「你哪種樣子我都滿喜——」話說到一半我才驚覺這句話容易讓人會錯意，咳了兩聲後急忙換了個說法，「都不錯啦……」

一陣冷冽寒風吹過，我將外套拉鍊往上拉了些，搓了搓手掌後，蹦蹦跳跳跑到他身前，「那我呢？」我指著自己。

「妳？」

「我有高中女生的感覺嗎？」我停下腳步，踮起腳更靠近他，讓他能好好觀察我。

佟千遙托著下巴，很配合地端詳了一陣。

我睜著圓滾滾的雙眸盯著他，好奇他的回答。

「對我來說『高中女生』不是某種確切的模樣，所以我不想要以這個名詞來定義妳。」他伸出手指，輕輕戳了戳我被冷風吹到有些發紅的鼻尖，「我只能說，妳對我而言非常特別。」

聞言，一陣燥熱從胸口蔓延至臉頰，彷彿發燒了。明明前一刻內心還毫無波瀾，卻因為一句簡單的話，心跳頓時亂了套。

我突然發現，我似乎也不是那麼了解佟千遙。

我無法確認他話語中的「特別」蘊含著什麼意思，又是何種的「特別」。

「特別」呀，被這樣看待的感覺好難以言喻。不管怎樣，總不可能是貶義吧？

「那、那很好！」我縮回了身子，退回原本的位置。

禮拜五最後兩堂的課是單雙週交替著上，分別有「自主學習」與「社團時間」兩種安排。這週是前者，大部分班級都會利用這時間自習或小考，我們班在最後一節課安排了化學小考，因此不少同學趁著空檔溫書。

「妳怎麼又跟千遙一起走了呢？」

我一走進教室，宋穎兒便立刻湊過來挽住我的手，「你們這樣真的很容易讓人誤會。」

我沒有馬上回答，而是在思考自己爲什麼又跟佟千遙走在一起了？跟他一起行動、待在同一個地方，好像成了我的習慣。

待在佟千遙身邊時，我總是自在舒心，不用怕說錯什麼、做錯什麼，也不必擔心被他嫌棄排斥。

許多事情我第一時間想和佟千遙分享，不是宋穎兒，更不是楚楚。而我們的聊天紀錄，也已經到了怎麼往上滑都找不到盡頭的程度。

怎麼會這樣呢？楚楚是我所喜歡的對象，我在他面前自然會拘謹。但穎兒呢？爲什麼我跟她的關係沒有比我與佟千遙好？明明我們兩人同班，同爲女孩的我們，理應有更多話題和互動。

「穎兒，妳覺得我們是很好的朋友嗎？」我問。

大概是我答非所問，她的表情僵了下，隨後展露燦爛笑顏，「當然呀！」

我緩緩點了點頭，隱隱對「事實」感到疑惑。

現下我理不清思緒，索性處理其他更重要的事。

我輕輕撥開她挽住我的手，走到教室後方打開林宣艾的置物櫃。

「妳要拿什麼呀？」宋穎兒在一旁詢問。

因爲與芷琳交好的關係，高一同是醫研社的宋穎兒很了解社團大小事，甚至也會義氣相挺，在寒假活動幫忙社員們。

我告訴她我要拿社團要用的場地申請表給總務主任簽名，她便說要陪我一起去。

我點點頭，接著在置物櫃裡翻找了一陣，遲遲沒有看到申請表。

我明明記得申請表好好地收在資料夾裡，為何現在裡頭是空的？我沒有特別拿出來呀？不安與慌張逐漸湧上心頭，或許是見我臉色明顯不對，宋穎兒出言詢問狀況。

「我找不到……」

我咬著唇，櫃中的物品全都拿出來翻了遍，還是沒見著申請表的蹤跡。

「我幫妳找！」宋穎兒自告奮勇到了我的座位翻找，「有沒有可能在妳的抽屜？」

可無論我們怎麼找，在同樣的地方翻了多少次，就是找不到。

我吞吞口水，感覺下一秒就會著急到哭出來，可眼淚不能解決問題，我強忍著淚。

宋穎兒拍拍我的肩，「宣艾，有可能是不小心跟其他東西一起丟掉了……沒事！跟芷琳說一下，她能諒解的。」

我垂下頭，心裡頭滿是對社員們的愧疚，我怎麼什麼事都做不好呢？

事已成定局，我只能面對並且接受我找不到重要文件的事實，勇敢向社員認罪。

我已經能想像他們會在背後如何議論我了，可這次的確是我活該，是我沒有保管好重要文件，造成大家的困擾。

我沮喪地回到座位，掏出放在抽屜的手機，點開社團的群組，緩緩輸入文字說明情況並道歉。

有不少人在第一時間讀取訊息，第一個給出回覆的是芷琳。

「……」

「不見？」

她的訊息充滿顯而易見的無奈與不滿。

「我不是說大傳在跟我們搶？就算妳現在重跑一次流程，我也不覺得能比他們快。」

其他成員也紛紛出聲表達意見，表示當務之急是趕緊再跑一次流程，並同時尋找備用場地，以免情況更糟。

因為我的疏忽，原本應該借到的場地，不僅可能被其他社團占走，活動安排也可能有所更動。

「沒事的！」宋穎兒仍待在我身旁，臉上滿是擔憂，「宣艾，妳不要太自責。」

我垂眸，仍在心中不停譴責自己的大意。

這時，一個同學喚走宋穎兒，要與她一同討論下禮拜的公民報告。

「我等等再跟妳聊聊！」最後，她給了我一個擁抱，走向那名同學。

手機螢幕亮起，是佟千遙傳了訊息過來。

他也會覺得我拖累了大家嗎？

我忐忑地點開訊息，映入眸中的是一句簡單的話。

「妳還好嗎？」

一點都不好，糟透了。

我不是擅長強顏歡笑的人，此刻的我根本沒辦法回覆「沒事」。

「不好。」

我還下意識在句尾加了個難過的表情符號。

「林宣艾。」

眼前忽然一暗，我抬起頭，是楚楚遮住了光源。

他站在我的座位旁，單手插著口袋，「妳怎麼了？」

我不會僞裝，所以我老實告訴楚楚我把社團的重要文件搞丟了。

「妳確定是妳弄丟的？」他眉頭蹙起。

我握緊拳頭，感到一絲委屈，「我記得我眞的有保管好，就放在置物櫃的資料夾裡，可是就是找不到。除了不小心丟了，想不到其他可能。」

他蹲下身，「妳不覺得是有人刻意陷害妳嗎？」他直視著我，眼神裡的情緒我猜不透。

「怎麼可能……」我低頭對上他的視線，苦笑一聲，「沒有人會無緣無故做這種事，這樣對他們有什麼好處？何況我不覺得有人會這樣對我。」

大傳社的人還有可能會，然而我們班上並沒有這個社團的社員，若有別班的人跑進我們班，應該也不會沒有人注意到。

至於其他人，對我有意見的大多是醫研社的人，縱然對我有什麼不滿，倒也不至於做出這種損人不利己的事。

「妳好像總是覺得這個社會是善良、美好的。」他的語氣隱隱讓我感覺他在質問，「明明這個世界充斥著謊言與僞裝，爲什麼還這麼容易相信別人？」

我知道的啊。

這個世界並不是那麼善良，我明白的。

只是，因爲那一點的汙濁，就認爲整個社會都是那般骯髒，會不會太辛苦了呢？

「因爲充滿猜忌地活著太累了。」我垂眸，嘴角微微彎起，「在確定事實以前，我想相信大家是好人，不想對這些人有所防備。」

他眉皺得更深，「我不明白。」

楚楚的口頭禪是「不明白」嗎？他之前也對我說過類似的話。

我覺得我應該很好懂，什麼想法與情緒幾乎都寫在臉上，可一向擅長觀察人的紀楚恆卻總是對我說「不明白」。

「妳為什麼能這麼單純？」

「不明白也沒關係呀。」我眨眨眼，望著他露出一抹笑，「這就是我活著的方式。」

單純不好嗎？為什麼在楚楚的口中，好像成了一種負面特質？

王可漫看待世界的模樣，佟千遙能夠同理並支持，但紀楚恆卻無法理解。他沒有錯，只是我們的想法似乎有差異。

看來我與他之間的距離，不僅僅是我所想的這麼簡單……

「漫漫。」

背對窗台的我，後頭一聲叫喚嚇了我一跳。

我猛然轉過身，是佟千遙，他正站在我身後，還微微喘著氣，看起來像剛運動完。

他是跑步過來的？本以為佟千遙頂多就在訊息上關心。

「在叫她嗎？」楚楚出聲。

我的眼神不停在他們兩人之間游移，楚楚的表情看起來有些疑惑，畢竟他不曉得「漫漫」這個稱呼。

佟千遙點點頭，露出一個客觀而言表示友善的微笑，「我有事找她，你能迴避嗎？」

楚楚瞥了我一眼，沒留下什麼話便乾脆地離去，那意味深長的眼神，讓我看不透他。

佟千遙將雙臂靠到窗台上，而我因著方才發生的事，對於身爲醫研社員的他感到心虛抱歉，沒能直視他的雙眸。

「漫漫，別煩惱剛剛那件事。」他伸手拍拍我的髮頂，輕輕一笑，「不用擔心，我會陪妳一起處理。」

這種時候佟千遙明明不需要這麼溫柔。

「但這是我造成的。」我有些喪氣。

他撐著頰，語氣像哄小孩般輕聲細語，「誰沒有犯過錯呢？事情都發生了，我們只能努力找出解決辦法。」

我彷彿能想像若佟千遙有了自己的小孩，他的兒女肯定會被這連犯錯也不譴責的爸爸給寵壞。

「喔……」不得不說，他的方法確實很有效，聽他這樣講，我的心情不再低落，難免仍有幾分愧疚。

我換了個話題，「怎麼會突然來找我？」畢竟有什麼事用訊息就好了，何必匆匆跑來當面說？

他掏出手機，點了幾下後將螢幕轉向我，畫面上是我們兩人的聊天室，「因爲妳說『不好』，我不想讓妳一個人面對這種情緒，但……」

他苦笑，「看來被紀楚恆搶先了。」語氣聽來莫名有一絲落寞。

我一頓，隨後搖搖頭，「他沒有安慰我！」

這話應該令人感到心酸，面對我的自責，楚楚好奇的是我天眞的性格，而非關心我的情緒。然而，看到佟千遙因爲我的回答而眼神一亮，此時，我居然覺得「太好了」。套句楚楚說的，我不明白。

「佟千遙。」我咕噥著，微微嘟起嘴，「你爲什麼要對我這麼好？我狀況一堆，讓你增加很多額外的工作，你還沒有任何怨言……難不成我上輩子救過你嗎？」

他眼珠轉了轉，似乎是在思索該如何回答。而後，他招招手，示意我將耳朵湊過去。

我聽話照做，感受到他的臉靠近而傳來的熱氣，以及變得清晰的吐息，「想對一個人好不需要理由。」

他的氣音流入我的耳中，就像ASMR，不對，前者的衝擊感更強烈。

我還來不及反應，佟千遙便與我拉開距離，留下一個燦爛的笑容，說他要回教室，揮揮手快步離開。

那是他少見的，笑得如此開心的時候。

佟千遙不行這樣！織悅怎麼可以寫出這種角色？這樣的男孩，怎麼可能只是一個小小的配角？

我滿臉燥熱，決定到洗手間洗把臉冷靜一下。

看著鏡中映出的面容，我才發現，我的臉頰泛著淡淡粉色，耳朵更是像櫻桃般紅得不得了。

活動場地的事件算是告一段落了。

看社團群組的討論，似乎是佟千遙出面與大傳社協調溝通，成功借到了原本規畫的地點，而大傳社選擇退一步，租借沒這麼寬闊卻可以容納人員的教室。

由於場地的問題順利解決，也沒有造成多餘麻煩，因此社員們對我並沒有太大的怨懟不滿，只有叮囑我下次不准再發生。

爲了不影響大家準備下週的模擬考，芷琳趁著中午時間召開小型會議，討論重點事項。

在盛好午餐後，我前往社辦，才剛到門口，裡頭的談話聲便傳入耳中。

「場地不是千遙借的嗎？我跟你們說，聽說是因爲大傳的活動長跟他同班，人家好像喜歡他才讓步。」有個女生出聲，我分不太清楚是誰。

「眞假，大傳活動長很正耶！」另一個男生回應，我知道那是副社長的嗓音。

「佟千遙跟她很配啊！有什麼好驚訝的？」芷琳微微低沉的音色很有辨識度。

「話說回來，千遙跟林宣艾到底是怎樣？」副社長又開口：「雖然他們以前關係就不錯，但他們二上開始突然變得很親密。」

「穎兒跟我說他們沒在一起，不過我也不知道到底是怎麼回事。」芷琳笑著說：「超想直接問佟千遙。」

「還是問林宣艾？」

我曾經以爲，第一志願的惠雨高中只是一群會讀書的人聚集在一起的場所。然而，自從我來到這裡，我才發現他們跟其他人沒什麼不同，平常也會聊別人的八卦。

不過，剛剛那是怎樣？大傳社的活動長喜歡佟千遙？

我鼓起嘴，莫名感到一股醋意湧上心頭。

我深呼吸，轉開門，裝作什麼都沒發生，坐在大桌子的角落，默默吃著午餐。

他們並沒有因爲我的到來而停止閒聊，而是繼續窸窸窣窣地對話。

格格不入的我，難免感到不自在。

「對了。」

我還是沒辦法壓抑想要澄清的衝動，「我跟佟千遙沒有在一起。」

此話一出，空氣瞬間凝結，所有人都立即閉上嘴，有默契地看向我。

「妳剛剛聽到了？」副社長抓抓頭，尷尬地笑了笑。

我點點頭，大方承認，「對。」

幸好不是在說我的壞話。

雖說芷琳跟某幾名幹部平時對我的態度不算溫柔友善，出事時的責備也直接且不留情面，甚至讓我覺得他們有點凶，可是總比表面待我友善，私底下卻議論著我的傢伙好多了。

「那你們……曖昧中？」芷琳毫不掩飾地表現她的好奇心。

我愣了會，「嗯……也沒有。」

「那你喜歡千遙？」她追問，絲毫不給人反應時間。

其實，我大可回答「沒有」，只是，不曉得是哪根筋出了問題，我感覺我沒辦法那麼篤定回答。

「不告訴你們……」我撇過頭，即便眾人群起譁然，我也不想再理會他們八卦的心。

我眞的不明白我的內心，我明明喜歡楚楚，爲什麼如今對佟千遙卻有所動搖？

我這樣該不會就是所謂的花心？難不成我是渣女？這樣就算渣女嗎？

我不明白！

一陣風暴在腦內展開，我的思緒混亂無比。

「抱歉抱歉，剛剛去找數學老師……啊，原來我不是最後一個。」佟千遙進門，環顧四周後摸摸後腦勺，不好意思地笑了笑。

而後，他動作極爲自然地拉開我身旁的座椅，一屁股坐下。

縱然我努力讓自己看起來從容，可我仍沒辦法欺騙自己，那逐漸加速的心跳只是錯覺。

「宣艾，妳要去哪？」

鐘響，我拿著講義正要走出教室，這時宋穎兒叫住了我。

我指著胸口抱著的物理講義，向她解釋我要去找物理老師。

前幾日，物理老師在下課後將我叫到門外，關心我最近的學習狀況。

他發現我從高二第一次段考開始，表現變得差強人意，於是打算趁中午的空檔替我輔導，希望能讓我的成績有所起色，回到過去的水準。

從老師當時的說法聽來，他對林宣艾青睞有加，甚至有意訓練她參加全國性的專題科展，無奈我取代了她、替她生活，根本達不到她的程度。

即便林宣艾過去的表現再優秀，老師也不可能強行培養一個成績一落千丈的學生達成這樣的目標。不過他仍願意挽救我的課業，眞是個好老師。

能得到物理老師專門的輔導是非常難得的機會，因此我沒有多想便答應。

今日便是我與老師約定的第一天。

「哇，瀚哥親自輔導耶！」宋穎兒拍拍我的肩，「也幫我遊說一下吧！我覺得自己也挺需要的。」

她口中的「瀚哥」是學生對物理老師卓瀚的稱呼。

由於他看起來非常年輕，加上教學氛圍輕鬆，與學生的相處比較沒有嚴師的距離感，因此許多人都這麼叫他。

「妳物理成績不錯呀，不需要啦！」我調侃道。

宋穎兒在校排名算是前段班，跟林宣艾一樣都是理科比文科強一些。

離開教室後，我到了走廊盡頭去搭電梯。

平常的我較少有機會去教師辦公室，倒是經常聽佟千遙分享老師們的事。

他是班上的數學小老師，常常需要去拿試卷或繳交成績登記表，也因此偶爾會聽到老師們在閒聊。

還記得有次他告訴我，其實他們班導與十班的導師交往很久了，若非正巧聽到老師們討論訂婚的話題，他完全看不出來他們是情侶。

不曉得我有沒有機會捕捉到什麼有趣勁爆的八卦？

午休時間，有些老師趴在桌上休息，有些則在批改著學生的作業或考卷。

「老師。」

好不容易找到了物理老師的座位，見隔板後方的男人正滑著手機，我便輕聲呼喚引起他的注意。

「拉張椅子趕緊坐下吧。」他莞爾，笑容和藹。

卓瀚一直是校園裡很受歡迎的老師之一，除了年輕帥氣的外表，他的教學風格與方式讓學生們能輕鬆理解，受到很多人的愛戴。他也培養出不少參加科學競賽得名的學生，大家更打趣道，若是他開間物理補習班，肯定能賺得盆滿缽滿。

我點點頭，拉了張塑膠椅坐到他身旁。

或許是因爲座位狹窄，我感覺和老師的距離有些近，但他似乎沒察覺到問題，於是我也不敢說什麼，只能乖乖聽著他替我講解書本上的重要觀念。

「還記得比較簡單的公式是什麼嗎？」老師指著標題的「向心力」，「我沒有把妳當笨蛋喔，只是要確保妳沒有忘記基礎。」

我失笑，「我知道老師沒有那個意思。」

我拿起筆，在紙頁上寫下「$F=m\frac{v^2}{r}$」，也寫下其他幾種能用來計算力的公式。

「很好，都有記得呢！」他稱讚道。

我腦海裡正想著「他實在是個有耐心的老師」，此時，我握著筆那隻手，手背忽然覆上一陣溫熱。

察覺到是物理老師的手，我的腦袋像當機般，好一陣子都無法思考。

我輕輕抽開手，說服自己他應該只是不小心的。

他是那麼受學生歡迎的老師，肯定不會做出什麼糟糕的事呀。

坐在書桌前背著英文單字，外頭的施工噪音惱人得很，不僅如此，還有林宣艾父母的吵架聲。

每次遇到這種狀況，我都很好奇她究竟是如何忍受這麼多年還不發瘋。

「如果你們都受不了就趕快分開，這樣對誰都好，對我也是。」

「這個家早就不完整了，眞的不用強撐著，我看著都覺得好痛苦。」

這是林宣艾一直想說出口的，也是她只敢寫在紙上，最後只能揉爛的眞心。

在《終不負相遇》裡，紙球成了紀楚恆初次看見她內心的契機，從而想要進一步了解她。若林宣艾沒有來自家庭的心理壓力，他們兩人還會相愛嗎？

又過了大概十分鐘，門外仍是爭執不休，他們似乎是在爲親戚的事而吵架——林宣艾的外婆住院了，她父親卻沒有想要探望或關心的意思。

到底還要持續多久呢？這樣的日子。

當我回過神，我已經打開房間門，走到他們身旁。

「欸，你們要不要乾脆離婚？」

兩人看著我的眼神滿是詫異。

我看向女人，「爲了家庭而強撐著這段支離破碎的婚姻會比較好嗎？妳別忍了，我看了也很痛苦。」我嘆了口氣，就像林宣艾的代言人，替她將內心的話通通宣洩。

「你們眞的覺得我什麼都不知道嗎？」我瞪著男人，「還有你，整天喊著沒錢，沒辦法給我生活費，連水電費也遲繳，倒是可以跟其他女人開房間、跟朋友喝——」

啪——

響亮的巴掌落在我左邊臉頰，被打的地方熱辣辣的，我想肯定紅得顯眼。

憑什麼打我啊？我又不是你的女兒！就算是女兒也不能這樣啊！

從小到大爸爸媽媽都捨不得打我，沒想到現在居然被這糟糕的男人呼巴掌，眞的好痛。

我咬牙，覺得實在委屈死了，但我眞的忍不住，看小說時，我對林宣艾家的劇情就非常不爽了。

雖說不曉得織悅對初稿的規畫，但在出版的故事中，他們仍是以離婚收場。既然遲早都要分開，不如早點散了，省得彼此互相折磨，雙方和無辜的小孩都被搞得精神耗弱。

「妳可以放心，我不會因爲沒有完整的家庭就變成性格扭曲的人。」我沒有理會搧我巴掌的可惡男人，轉過身看著林宣艾的母親，「我長大了，就算一個人生活也沒問題。」

我做的這一切可能沒有任何意義，但能暢所欲言的感覺眞好。

學著點吧林宣艾！

我在心中得意地向遠方的她宣告。

模擬考當天，一到班上我便看見大家都在埋頭苦讀。將書包掛上座位旁，我也拿出講義複習。等等考的第一科是數學，對於早上醒來總是昏昏沉沉的我，無疑是一大挑戰。

我曾在林宣艾的置物櫃中看見她上次模擬考的成績單，上頭的數字是我這一輩子都不可能達到的。她優秀的校排、區排名，讓我深深地體會到人與人之間的巨大落差。

才剛要認眞，宋穎兒便拉著椅子湊到我的座位旁，說要跟我一起複習，「希望等等的題型都是我熟練的。」

「我只希望我能背好三角函數的公式。」我苦笑。

「妳是不是眞的有雙重人格呀？還是失憶症？」她調侃著，「當初教公式的時候妳馬上就背起來了，我考妳默寫妳還全對。」

面對她輕鬆的語氣，我只能乾笑，做不出其他回應。

考試前十分鐘，我趕緊去了趟洗手間，怕內急會影響思緒，答案都解不出來。

經過楚楚的座位，猶豫了片刻，我還是停下腳步，看著他專心複習的模樣搭話，「讀得還順利嗎？」

我發現，我對紀楚恆的想法似乎有點不同了。

說不上是怎樣的變化，可我好像不再對他有過去那般的迷戀。

我想那份喜歡或許依然存在，不過只剩下幾分。

我與紀楚恆合不來，他沒辦法理解我的處世態度——大概是因爲意識到這點，「喜歡」也就不再如此強烈。

「沒什麼大問題。」他回應，停下翻著筆記的手，抬眸看著我，「妳呢？」

過去他很少反問我，對於他的不同以往，我感到有些意外。

契機是什麼呢？是之前我們聊了貓咪的事，讓他開始想主動與我交流了嗎？

「就盡力囉。」我聳聳肩，彎起嘴角，「加油！」

語畢，我準備要走，他卻叫住了我，「林宣艾。」

「嗯？」

「妳也是。」

他講這話的同時，唇角微微勾起，露出了好看的淺笑。

他居然對我笑了！

鐘聲響起，我翻開題本，沒想到選擇題第一題便是我不擅長的二項式定理。

我扶額，聽著周遭筆尖與紙張摩擦產生的聲響，餘光掃到班上同學游刃有餘地列式計算，我的心情逐漸變得焦慮。

我的思緒甚至還飄到佟千遙身上，好奇他做題的狀況，想知道他是不是也會困在某些難題上？

最後，我決定跳著寫，從較有把握的題目開始寫。

第七題是關於排列組合的問題，敘述的條件相較於課本講義的習題複雜了些，我列了三個式子都覺得不太對。

題本的空白處被密密麻麻的筆跡填滿，我正要掏出橡皮擦，卻在翻找筆袋時看到一張奇怪的紙條。

出於好奇，我沒想太多便打開摺起的黃色便條紙——上頭寫著三角函數的幾個公式。

爲什麼這會出現在我這裡？

「同學。」

完蛋了——我腦中浮現這三個字。

「妳手上的是什麼東西？」

安靜的教室內，監考老師的聲音格外響亮，全班同學似乎都聽到了，紛紛看向我，表情充滿疑惑。

「不要東張西望，同學們請繼續考試。」

爲了不影響考試進行，老師示意大家專注在測驗上，也順利地讓同學將視線從我身上移開，不至於引起騷動。

不過事情不是就這樣算了，考試結束後，我仍被導師叫到辦公室。

無論我如何辯解，可事實擺在眼前，的確有張寫了小抄的便條紙出現在我的筆袋裡，毋庸置疑。

導師似乎也對這個消息感到驚訝，但隨即便表現出可以理解的態度。

「宣艾，我知道妳是一時心急才會做出這種事，可是作弊是不對的，就算是模擬考也一樣。」導師語重心長，說出口的話卻是滿滿的責備，「妳想想，這麼做對其他認眞準備的同學公平嗎？」

她像是認定林宣艾太想要考出好成績，才會在情急之下做傻事，用這種不正當的方式，讓他人重新肯定自己。

然而，我何必這麼做？這是模擬考，對校內成績不會有半分影響，除了滿足虛榮心，沒有其他好處，作弊可說是弊大於利的荒唐行為。

「我眞的沒有……我知道這很沒有說服力，可那張便條紙眞的不是我放的。」我無力地再度反駁，心底默默做好了被所有人討厭的準備。

我想，大家肯定會覺得我是個糟糕卑劣的人吧……

如果是佟千遙會相信我嗎？還是在證據確鑿的情況下，他也會對我感到無比失望呢？

「老師，我剛剛也作弊了。」

我猛然抬起頭，紀楚恆不知何時出現在一旁，講出了不得了的言論。

「楚恆，老師正在處理重要的事，你別——」

「如果要處分林宣艾的話，連我一起懲罰吧！」他的語氣沒有一絲徬徨，堅定得很。

導師揉了揉太陽穴，似乎是感到非常頭痛，「不要鬧了，你不是會做這種事的人，別在這時候逞英雄。」

「那為什麼覺得她就是呢？」他提問。

「因為紙——」

「就因為便條紙？但要如何確定那是她寫的，甚至是她親手放進去的？」紀楚恆笑得輕蔑，「如果這就是證據，那我也可以說，我只是事後把證據銷毀，剛好沒被發現而已。」

「誰這麼無聊要陷害宣艾？」導師反問。

是啊，誰這麼無聊呢？

可發生這樣的事，我該如何不去相信真有人在背地裡想毀了我的名譽？

「紀楚恆，你不用這樣。」我低聲道，不希望他蹚渾水，甚至被我拖累。

我垂下頭，放棄了對此的辯駁與掙扎，「就看老師要怎麼處罰吧，成績歸零或是記過都無所謂了。」

我明白這就像在自暴自棄，但還有什麼辦法呢？

「只是老師，我是真的沒有作弊。」不管結果如何，我仍是想強調自己的清白，「我知道我的成績已經好一陣子都不如以往，但我很努力讀書，我也不想透過這種方式欺騙自己……」

導師沉默了一陣，加上紀楚恆堅持要同我連坐，她的表情看起來很煩躁。

「宣艾，下不為例，如果再發生類似的事，我絕對會嚴懲。」良久，她開口，伴隨著長長的一聲嘆息，「這次就不追究了，如果真的是他人有意為之，妳自己也要注意，別重蹈覆轍了。」

最後，導師讓我們回教室，還不忘叮嚀紀楚恆別隨意開玩笑，這可是與前途息息相關的大事，不得兒戲以待。

明明沒有獲得任何懲處，我卻一點也開心不起來。

走在回教室的路上，我的步伐沉重無比，不單單只是因爲害怕面對全班不友善的目光，更是因爲我知曉了有人刻意針對。

「紀楚恆，你爲什麼要幫我？」我輕聲問著身旁的男孩，他與我並肩，配合著我緩慢的腳步。

他看著前方，「妳不會做這種事。」

你又知道了？我想這麼吐槽，卻沒有餘力。

「如果你眞的被老師處罰怎麼辦？」

「我不介意。」

他眞是個強大的人，爲了所堅持的信念，即使被波及也覺得無所謂。

「妳還覺得大家都是好人嗎？」他停下腳步望向我，眉頭皺起，「類似的事一再發生，很明顯就是針對妳。」

「我累了。」我苦笑，「這種時候可以靜靜陪著我就好了嗎？我不想被質問。」

我究竟做錯了什麼呢？

明明我沒有傷害誰，也沒有對誰懷著任何惡意呀。

第八章

「接下來頒發的是第二次期中考表現優異的同學。」

朝會時間，司儀的聲音透過音響傳遍操場。

「二年三班王可漫、二年一班季策光……」

伴隨著唱名聲，站在台下的我依著指示緩緩走上台，站到了司令台中央，面向操場上的全校師生。

接受著殊榮的我，卻感覺與大家格格不入。

我看見許多人的視線都盯著我瞧，我感到非常不自在，因爲我知道他們眼神中的情緒肯定不是佩服，而是……

樂隊在一旁演奏頒獎樂，校長已站到我面前。他正要頒發獎狀，我卻忍不住打了個噴嚏，「哈啾——」

「噗……」

雖說沒有轉頭確認，可那訕笑聲肯定、百分之百是站在我右方的季策光發出來的。

「同學加油，要繼續努力喔！」接過獎狀，校長拍了拍我的肩勉勵我，我吸了吸鼻子，點點頭。

此刻的我身著夏季制服，從出門那刻，所有人都出言關心我，王媽媽、校門口的警衛伯伯、沈庭珈……

眾人視線所代表的意義，絕對是「這個女同學幹麼穿成這樣」！

「妳幹麼穿這樣啊？」走下司令台後，季策光沒有馬上回到班級的隊伍裡，而是待在司令台後方與我閒聊，「不是考贏我了？」

我抱著肩發抖，他似乎不忍見我如此，脫下了身上的外套披在我身上，「笨！」

「還不是爲了你！」我踢他一腳。

眞是好心被雷劈，爲了讓季策光不那麼沮喪，即使我贏了，仍冒著被當神經病的風險穿上短袖短裙，結果換來的居然是他一句「笨」？

見他滿臉疑惑，我手插口袋，微微撇過臉不看他，「因爲、因爲你這次分數的進步幅度比我大，在這方面你贏了……」

我爲什麼要對季策光這麼好，這麼替他著想？

我聽到他爽朗的笑聲，隨後感到髮頂一陣壓力，是他將手掌放到我的頭頂，「好蠢，妳一直在流鼻水耶！」

「還不是你害的。」我瞪他一眼，一拳揍在他的胸口。

他捏捏我的臉頰，看起來非常愉快，就像忘了他在比賽中落敗。

我下定決心，下次才不要再幹這種愚蠢的行爲了，原以爲季策光會因此感激涕零，結果不僅沒得到他的感謝，還讓自己身陷酷刑般的寒冷。

回到教室，我冷得連忙搓手取暖，甚至還搶過沈庭珈帶來學校的玩偶。那企鵝玩偶中間有個洞，將手放進去，不一會兒就熱烘烘的，溫暖得很。

「還我！」沈庭珈追著我跑，我跑得沒她快，立刻就被她追上。

我垂死掙扎，緊緊抱著玩偶不放，「不要——」

我們在教室後方上演了一場大戰，沈庭珈不停搔我癢，想逼迫我鬆手，我哭笑不得，憋得很痛苦。

最後，我只好投降，企鵝玩偶就被她奪走。

「這本來就是我的東西耶！」她瞪大眼，反駁我的碎碎念。

我吐舌，「我不管，見朋友有難而不救，是爲不義。」語畢，我也忍不住笑出來。

跟沈庭珈相處的時光非常快樂，我從不覺得我能跟她變得這麼要好，可隨著日子一天天過去，她已經成爲了我心中重要的存在，是非常親密的朋友。

我想，若我們不是在這種情況下相遇，而是在我的世界、在惠雨高中就認識了，肯定不會是現在這種緊密的關係。

在這個世界所獲得的一切，每每想起，我都充滿感激。隨著與這裡的連結越來越深，我更捨不得輕易斷開各種情誼與關係。

織悅曾說我很自私，沒有考慮到王可漫的處境。那又如何？人本來就該爲自己多想。

「不理妳了，我要去找書商付錢了。」她彈了下我的額頭，走回座位，掏出一個鼓鼓的透明收納袋。

她將袋子丟到我桌上，「幫我數有多少。」

「剛剛不是說不理我了？」我抽抽嘴角，才過幾秒，怎麼馬上就反悔？話雖如此，我仍乖乖替她點算金額。

我一一將鈔票、硬幣擺上桌，此時，我發覺了不對勁。

擔心是粗心數錯，我再確認一次，跟方才點算的結果一模一樣。

見我面色有異，沈庭珈勾上我的脖頸，「怎？」

「少三千。」我皺著眉，「全部人的錢都收了嗎？」

「什麼？」沈庭珈沒有控制好音量，站起身一臉不可置信地看著我，「不可能啊！我昨天有收齊大家的錢，手機裡的備忘錄都打勾了。」

我拉著她坐下，壓低聲音問，「妳收錢後都有再算過袋子裡面的總額嗎？」

「沒有……」她「嘖」了聲，吐出一句髒話：「煩死了，誰拿走的啊？」

她沒有每次都清點總金額，就無法得知那三千元是在何時不見的。我嘆了口氣，犯人無從找起。

「現在要怎麼辦……」她仰頭，看起來很煩躁，「我等等就要付錢了耶。」

我身上目前沒這麼多錢，只好拍拍她的肩安慰她，建議她先跟導師說。

「妳把班費搞丟了？」

站在沈庭珈身後的男同學忽然大聲開口，他毫不掩飾的言論幾乎讓教室裡的所有人都聽到了。

或許是我們剛才沒有放低音量，才會讓後方的同學有機可乘。

我扶額，瞪了他一眼，「你別亂講。」

他非但沒有閉嘴，還變本加厲繼續說：「但我看沒有整包不見啊，還是妳挪用公款，拿去吃大餐了呀？」

在這樣的情況下，他的加油添醋已經不是白目，而是該被社會教訓的程度了。

沒過多久，就有其他同學跑來關心班費。

我忍著心底的怒意，拉著沈庭珈走出教室，沒打算理會其他人的閒言閒語。

「漫漫，怎麼辦啊？我會不會要自己補那三千元……」沈庭珈慌張地看著我，手足無措，「我會被我爸罵死，這不是小數目啊！」

她急得都要哭了，而我無能為力，只能講些安慰的話，希望她能暫時放下焦慮。

班會時間，導師語氣嚴肅地向大家宣布了班費少三千元的事。

他說他相信沈庭珈，認為有同學被不小的數目迷惑，不懷好意地起了貪念，若對方趕緊私底下找他自首，這件事就算了，不會公開犯人，也不會再追究。

老師一說完，班上同學便開始竊竊私語，討論著有誰會做出這種事，我甚至能聽到有人在斥責沈庭珈不收好錢。

「難道這麼多錢，她永遠都要隨身帶著？上體育課、朝會的時候也是？」我忍不住出言反駁，「就是有人趁著沒人注意的時候做出這種事，你怎麼不去罵偷錢的人啊？你放在桌上的餅乾被人偷吃了，我是不是也要說你活該？」

這社會永遠都不缺檢討受害者的人。

「是啊，庭珈肯定也不是故意的，就別責怪她了吧！」鄰座的女同學芸芸附和，拍著我的肩，讓我別這麼氣。

我雙手環胸重重嘆了口氣，無法接受已經很自責的沈庭珈還要被責備，明明她很努力在保管那筆錢了呀。

芸芸拉開書包，拿出皮夾，輕撫胸口，「呼，我帶了不少錢，幸好沒有被拿走。那人眞的太可惡了！」

我看著她錢包裡的一小疊鈔票，叮囑她之後別帶那麼多錢來學校，免得有人心懷不軌。她抽出鈔票一一清點，這時，我眼尖地瞧見了一張有著星星標記的千元鈔票。趁她還沒來得及收起錢包，我趕緊用力地攫住了她的手臂。

「好痛！」她叫了聲。

無視她眼中的疑惑，我硬是將她拖出教室，「妳跟我過來。」

今天並不是我第一次幫沈庭珈數錢。

前陣子，沈庭珈收了一半同學的款項，那時我就有替她點收金額。在收來的鈔票中，我發現一張千元鈔票，左下角被黑色麥克筆畫了星星符號，上面的印記明顯，我便跟沈庭珈討論是否能使用。上網搜尋後，確定了小小的印記不會有任何影響。

現在，那張特殊的鈔票卻出現在芸芸的皮夾裡，就算是找錢，講義費一人只需繳交七百元，不會有找一千元的情形。

沈庭珈一直將班費收得好好的，不會隨意拿出來，因此難有機會流入他人手中，若她是清白的，只有沈庭珈跟她換錢的可能性存在了，可直覺告訴我，機率微乎其微。

「妳跟庭珈換過錢，對嗎？」爲了不讓她用這理由當藉口，我直截了當地質問。

「沒、沒有啊，怎麼問這個？」她一臉慌張，「怎麼了？」

這下能百分之百確定，是她拿走了沈庭珈保管的班費。

「為什麼要偷班費？」我漠然盯著她。

芸芸倒抽了口氣，用力搖搖頭，「妳別這樣亂誤會人，我沒有偷！」

「妳皮夾裡的某張鈔票上有我很有印象的符號，庭珈也記得。」我將被風吹到額前的髮撩到耳後，「妳敢說不是妳嗎？」

「我不知道妳在說什麼。」她咬唇，「可漫，汙衊人是不對的，妳根本沒有證據就亂造謠。」

「偷竊也是不對的。」我無奈地看著面前嘴硬的女孩，「如果妳不承認，那我先去找老師說明這個狀況，看後續怎麼處理。」

語畢，沒打算理會她的辯駁，我轉身就要走。

我頭也不回地朝著導師辦公室的方向走，忽然間，後方一道聲音叫住我。

「等一下！」

我微微勾起唇角，迅速拿出手機開啟錄音程式，放進口袋後回頭，「怎麼？」

「我、我不是故意的……」芸芸捏著衣角，為了讓錄音更清晰，我靠近她。

「我是真的有苦衷才這樣做的……妳能不要跟老師說嗎？」她垂著頭，語氣哽咽。

我追問她，芸芸才老實說。

她跟朋友約好寒假要一起參加某歌手的演唱會，可是父母不允許，她身上也沒有這麼多零用錢，怕食言會被討厭，才出此下策。

這不是偷錢的正當理由啊！偷竊就是犯罪，這舉動還造成沈庭珈的困擾。

「那今天放學前，妳必須私底下向庭珈坦承跟道歉，把三千元還給她。」我瞪著她。

「好，眞的對不起……」芸芸啜泣著，不時揉揉眼。

看著她，我絲毫沒有一絲同情，反而感到厭惡。我不明白她怎麼做得出這種事，明明有這麼多種解決方案。

我以前連繳班費都困難重重，忍受父親的臉色還不見得能拿到費用，照她這樣說，我是不是也能偷別人的錢？

我不想再跟她多說，快步走回教室。

放學回家後，我收到了沈庭珈的訊息，她說，她已經做好心理準備，要用一個月的零用錢補償損失。

這代表芸芸沒有還錢。

怒火湧上心頭，我打算到班上的群組揭發事實，此時一條通知跳了出來。

「可是，晚自習前，我發現抽屜裡多了一張一千元，還是我們之前討論過的那張有星星符號的鈔票。」

她是不是以爲還回有問題的鈔票就沒事了？我緊握拳頭，這比完全不還錢還惡劣。

我深呼吸讓自己冷靜、不要衝動，畢竟若將事情鬧大對誰都沒好處，更可能影響到王可漫的生活。

於是，我告訴沈庭珈，讓她再等一、兩天，說不定犯人迷途知返，錢就跟著回來了。

隔天，我一到學校便怒氣沖沖地瞪著芸芸，她卻一副想裝沒事的模樣，看著我時嘴角勾起看似從容地笑。

我實在佩服她的勇氣，這已經不是厚臉皮，而是不要臉。

我壓抑不住心裡的怒火，叫她跟我到走廊上談談。

與昨日不同，她絲毫不承認自己犯下的錯，我以老師來威脅，她也一副無所謂的樣子。

「妳知道我有錄下昨天的對話嗎？」見她沒有悔改之意，我亮出底牌，「我警告妳立刻向庭珈還有老師說出眞相，否則妳等等就會在班群聽到那段錄音。」

這是赤裸裸的威脅，若她眞鐵了心逃避自己的錯，我是眞的敢這麼做。

「妳！」從她緊張的神情看起來，她總算是怕了。

於是返回教室後，芸芸便跟著我走到沈庭珈的座位旁，老實地交代來龍去脈，也在第一節下課時被我拉去辦公室向導師坦白。

這個事件便在私下解決之下完美落幕。

沈庭珈因爲這件事受到不小的創傷與衝擊，導師因此決定，從此以後她只要負責收錢、記帳，由導師來保管費用。

我想，要是我當初沒有靈機一動錄音的話，芸芸大概打死也不會承認是她拿走三千元。

聽完我一連串的抱怨後，季策光笑得很開心，像是在幸災樂禍，直說這是兩個心機女的對決。

「我這叫『有頭腦』好嗎？」我「哼」了聲，催促他趕緊動作。

今天是季策光履行承諾，親自替我做一桌菜的日子。據他所言，他一早便提著大包小包的食材來烹飪教室備料，非常辛苦。

我讓他下次爭氣一點贏過我，不過我想這不太可能就是了。

季策光站起身，穿上格紋圍裙，「好啦，看妳都快餓扁了，我盡快。」

「那倒是其次……」我咕噥著：「冬季天黑得很快，我不喜歡很晚回家。」

話音剛落，我才想到如今我以王可漫的身分生活著，有家長接送的我，不用擔心走夜路回家。

或許是過去的恐懼早已深烙腦海，我養成了下意識的防備心。

「爲什麼？」

「因爲很害怕呀！」我回答。

季策光問我是不是怕黑，這只占了一部分，其實是我會怕人。

「人？治安這麼好，爲什麼怕？」他不解。

看著他疑惑的表情，我忽然感到莫名來氣，「治安好就代表什麼都沒發生嗎？」

我接著說：「你懂連走在路上都要小心翼翼的感覺嗎？」我緊緊攥著衣襬，「從前每天回家我都要注意誰走在我身後。有奇怪的人離我很近，我卻什麼都不敢做，你能理解這種感受嗎？」

說到後來，我有些激動，記憶一幕幕浮現在腦中——

過去的我因爲留校晚自習，總在將近晚間十點多到家。回家路上燈光昏暗，常常會戒備走在我身後的人。

有一次我被中年男子尾隨、搭訕，我拒絕後他仍緊跟著我，我只得趕緊走到便利商店，還請一對情侶陪我走回家。

明明造成他人困擾的是那些人，爲何擔驚受怕的卻是我？

「別不開心了。」季策光不知從哪變出一顆軟糖，在我眼眶微微泛淚時，迅速拆開包裝塞入我的嘴裡。

「如果妳現在還怕，我陪妳回家啊！」

我眞懷疑他是不是倉鼠，總將食物塞在不可思議的地方，還能適時地拿出來餵食我。

「好吃。」我嚼著糖，口齒不清地說，沒有回應他後半句話。

只是，我心底仍默默想著，如果他說的話能成眞就好了。

如果過去讓我膽戰心驚的每個夜晚，都有季策光陪著就好了。

吞下口中的糖，我趴在桌上，看著他準備著食材，無奈地分享，「以前我晚上幾乎都待在學校，參加社團活動或讀書。」

我與他分享我在惠雨是醫學研究社的成員，他笑著說：「妳眞的很想讀醫學系耶，爲什麼？」

如今他似乎對我說自己是小說角色的事已不再懷疑，只有偶爾會開玩笑地罵我「神經病」，他眞的相信這件事了嗎？還是我自以爲是？

「社會地位高，薪水也高。」我沒有遲疑便回答。

季策光打開瓦斯爐，「妳喜歡嗎？」

「不討厭。」我走到他身旁，看著他料理，「就算讀了喜歡的科系，從事嚮往的工作，眞的能一直保持熱情嗎？」

我曾與織悅談過相關的話題。

我問她未來是否想當全職作家，她毫不猶豫地說「絕對不要」。她覺得只靠寫小說就能養活自己的人少之又少。當純粹的興趣成爲了工作，並且與「錢」扯上關係，她無法保證還能寫出眞正想寫的作品。

「但我爸爸到現在還是很喜歡做菜。」他用他父親的例子反駁我。

「那是少——」

忽然間，視野一片黑暗，我下意識驚叫了聲，緊緊抓住季策光的手臂。

不知道發生了什麼，似乎是停電，餘下的只有瓦斯爐的火光。

季策光大概是爲了避免發生什麼意外，也趕緊關了火。

「不是說只有一點點怕黑？」相較於被嚇了一大跳的我，他的語氣顯得從容不迫。

「不一樣……晚上的路才不會黑成這樣。」我咕噥著。

我待在他身邊等待著復電，少了抽油煙機的聲音，烹飪教室內一片寂靜，偌大的空間更顯陰森，尤其這裡還是學校的角落。

「哈！」

突如其來的聲響讓我整個人都抖了一下，忍不住抱上一旁的男孩，才後知後覺地發現，他就是出聲嚇我的人。

「你幹麼！」我差點被嚇出眼淚，講話帶點哭腔。

他大笑，輕拍我的頭，「妳怕鬼喔？」

這瞬間，電燈亮起。

「你管我！」我重重踩了他的腳一下，爲剛剛的事復仇。

我也不曉得我方才是怎麼回事，腦袋壞掉了嗎？怎麼會害怕到抱住他？還有，要不是電燈及時亮起，我也不會發現季策光的耳朵居然紅成一片。

今日下午，織悅特地約我到她的租屋處，說有事想要跟我商量。

原以爲她想講的是與初稿相關的內容，當她開始訴說煩惱時，我才驚覺，壓根就跟我預料的全然不同——織悅居然找我諮詢她的戀愛煩惱？

「妳不是寫愛情小說的嗎？應該很擅長吧！」聽著她分享她與別系學長從認識到心動的過程，我覺得實在荒唐，忍不住調侃。

「小說跟現實才不一樣！」她反駁，羞澀模樣就像是情竇初開的少女，「而且我沒有談過戀愛呀……都是幻想的。」

我無情大笑，差點將剛吞下的飲料吐出來，「妳沒談過戀愛啊？母胎單身？」

她瞪著我，「宣艾，妳來到這裡之後越來越放肆了。」

我咳了咳，表示會正經一些。織悅現在有我的把柄，是掌控我命運的人，若我惹她不開心，指不定她會心血來潮把我的故事寫得更悲慘。

「我以爲妳的人生有小說就夠了，沒想到還會想談戀愛。」我在床上滾來滾去，看著電腦椅上那位爲情所困的女子，「妳喜歡那個學長什麼？」

「我也不知道怎麼說，但就是心動了呀！我們之間發生的一切都很像小說情節……」她咬著唇，「陪我等公車、替我圍圍巾，這樣不夠嗎？」

我無奈地看著她，忍住了說「不夠」的衝動。

這人活到現在怎麼還沒被騙走？學長只是做了些小事，他們甚至才認識幾天，只聊過幾句話，就喜歡上了？

她知道對方喜歡吃什麼嗎？知道對方平常有什麼嗜好嗎？都不了解的話，不就是網路上常在說的……那什麼，暈船？是這樣講嗎？

「但……妳想想看，妳寫的小說不是都有許多鋪陳跟情節，才進展到心動的嗎？」看過她一些作品的我反問。

「小說跟現實才不一樣！」

她拿同樣的話堵住我的嘴，我決定乖乖聽她說話就好，不再反駁。

陷入愛情的人最大，永遠都有成千上萬個理由可以講。

晚餐時間的飯桌上，我與干爸爸一同聽著王媽媽分享前幾天與大學朋友出國旅遊的有趣經歷。

她去了當地最大的滑雪場，雖然是第一次滑雪但很快就上手了。晚上還去泡溫泉，外頭白雪皚皚，景色實在美麗得很。

「我也常帶妳去泡溫泉呀！」王爸爸「哼」了聲，「怎麼跟朋友出去玩就比較開心了？」

「跟老公去泡溫泉也開心呀！」她勾著丈夫的臂，臉上洋溢著幸福。我想這就是大家所說的「嫁給愛情」，王可漫能出生在這樣的家庭眞好。

「我也想出國。」我又盛了一碗白飯，心裡話脫口而出：「感覺滑雪很好玩。」

因爲家裡的經濟狀況不太理想，我從小到大都沒有出國旅遊的經驗。數資班不乏家境富裕的同學，長假後，我總能聽到大家分享寒暑假去了哪個國家、體驗了什麼新奇的事物。

升高二的暑假，有個到國外科學機構採訪，並與當地高中交流的學術活動。校方只補助一部分的經費，若想參加必須自費。好多同學都開開心心地參與，而沒有出國的同學大部分是因爲行程衝突，幾乎沒有像我一樣是受限於經濟問題的人。

說不羨慕是騙人的。我常常想，爲什麼我必須生活在這樣的環境，可現在一切都明白了，都是因爲織悅。

會埋怨她嗎？多少有點吧。可她肯定也沒有想過會發生違背科學的意外，好像也不能將責任全都歸咎於她。

「不然媽媽來安排暑假去南半球玩怎麼樣？」王媽媽眼睛一亮，「之前都還沒去過南半球，漫漫肯定也想體驗吧？」

王媽媽在對女兒說話時，經常以「媽媽」來自稱。我想我不太可能喚她「媽」，即便她是一個慈愛的母親。

從國小畢業後，或許是對雙親逐漸失去信心，我慢慢不稱呼他們「爸爸」、「媽媽」，而此刻代替王可漫生活的我，也無法輕易改變這積累已久的習慣。

而且我根本不是他們的女兒，要如何能心安理得地說出一聲「爸爸」、「媽媽」？其實，我總對他們感到抱歉，我取代了他們寶貝女兒的人生，在溫馨無比的家庭裡享受著親情，眞正的王可漫卻在我的世界體會苦難與壓力，要是他們知道眞相會怎麼想？

我點點頭，「好哇！」

表面上雀躍地回應，但我明白我大概是待不到那個時候了。

上次與織悅見面，她告訴我目前故事已經寫到了劇情後段，即將進入尾聲。看著滿心期待的她，我無法眞心誠意地恭喜她。

她爲我撰寫的新故事，會比我待在這裡的生活還快樂嗎？

如果我眞的回到她所創造的書中世界，爲了讓劇情順利發展，我在這裡的記憶肯定也不復存在了吧……

我會忘了織悅、忘了總是跟我聊八卦的沈庭珈、忘了面前對我好的這兩個人，也會忘了與我一起揮霍許多時光，體驗過許多第一次的季策光。

我會忘掉一切。

好殘忍呀，織悅……妳總是將「妳是我的女兒」掛在嘴邊，如果妳眞的是這樣看待我的，爲什麼不能選擇我最渴望的那條路呢？

我知道這樣很自私，可我是眞的很喜歡王可漫的人生啊……

午休時間我沒什麼睡意，便從書包裡掏出日記本打算記錄下這幾天發生的事。

來到現實世界後，我買了一本精美的硬殼筆記本，打算將在這裡經歷的一切與所見所聞都寫進去。

我本就不是習慣寫日記的人，只有前三天很有毅力每天記錄，到後來我約莫一個禮拜才會打開一次，統整囤積了好幾天的日常。

「可漫，妳現在有空嗎？」

正要動筆，一名男同學走到我的座位旁輕聲詢問。

「有空，怎麼了嗎？」我眨眨眼。

「我有事情想跟妳講。」名爲蕭宇凱的男孩說。

有什麼事不能在這裡講？既然他特別提出了，代表他有所顧慮，於是我點了點頭，跟著他走。

本以爲到門外便足夠，他卻一路走到沒什麼人會經過的走廊盡頭。若不是他平時對我的態度還算友善，加上這裡有監視器，我都要懷疑他是不是想對我不利。

「什麼事？」我看著頂著寸頭短髮的他問。

蕭宇凱是籃球校隊的隊員，比我高上許多，也比季策光高不少。個性爽朗大方，在班上的人緣還不錯，不過平常我和他沒什麼往來。

「可漫，我喜歡妳。」他的表情很是真誠。

但、但他說什麼？喜歡？我現在是被告白了？

「時間不長，但我是真心的。」他語氣堅定，「我一直都在關注妳，不是一時衝動才向妳告白。」

我別開眼，覺得有些不知所措。

不是沒有被告白的經驗，只是真的太少了。況且這次還是替王可漫找來了桃花。

「你……喜歡我什麼？」我眼神游移，不敢看著他。

「妳很優秀呀，做事也非常認真，之前英文課跟妳同組我很開心。而且，妳笑起來的樣子很可愛。」他毫不羞澀地誇獎，不同於某個姓季的小鬼的扭捏態度。

「我喜歡這樣的妳，能給我一次機會嗎？」

我招架不住！

「我、我……」我結結巴巴，不停嚥口水，「現階段我想專注在學業上。」

他應該聽得出來這是委婉的拒絕吧？

會不會這人跟王可漫真有發展的機會，卻被我親手斬斷緣分？但我總不可能答應呀！

「林宣艾！」

此時，季策光的聲音傳到我耳裡，我環顧四周，沒有看見他的身影。

我想到烹飪教室就在樓下，我靠向欄杆邊俯瞰，果真看到了小小的季策光。

我朝他揮揮手，繼續跟蕭宇凱對話。

「希望妳先不要拒絕，讓我有機會慢慢展現真心。」他微笑，「我可以等。」

「很抱歉，但我眞的不想耽誤你。你很好，可是……就不是我喜歡的類型。」我心虛地開口：「這不是你的錯！只是剛好不符合我的條件。」

我不覺得喜歡是努力能得來的，這種事只會發生在愛情小說裡。現實是，即便這個人再怎麼好、再如何全力以赴，對方不來電也是徒勞。

「妳喜歡什麼類型？」

他怎麼可以這麼堅持呀！我該怎麼回答才好？

「很有錢的……」我亂答，同時在心底跟王可漫道歉，對不起讓妳變成了拜金女。

他靠近我一步，「我家是開生技公司的，不敢跟大集團比，但——」

天啊！這人還眞的符合。再次抱歉了王可漫，讓妳失去了嫁入豪門躺平的機會。

我趕緊打斷，「我喜歡比我聰明的！」

這下他總算是啞口無言，我終於在他的表情上看出了喪氣。

「我知道了，我會努力的。」

眞的不需要！

我實在不曉得該怎麼辦，打算讓這個爛攤子一直拖下去，反正只要他沒有考贏我的一天，我就有正當理由不接受他的告白。

「沒事的話我先走了。」留下這句話，我趕緊快步跑下樓，飛奔到烹飪教室，走到季策光的身旁戳戳他的背，「我剛剛被告白了。」

他嘴巴張得很大，就像黑洞一樣。

看到他的反應，我「嘖」了一聲，不明白他爲什麼這麼驚訝。

「意外？」我雙手環胸，「我條件不錯啊！姑且不論外表，我可是連續得了兩次全校第一呢！」

我還一併分享了剛剛蕭宇凱的稱讚。

「有什麼了不起，我六次！」到頭來，季策光還是只在乎校排第一。

我抬起下巴，表情得意，「那是因爲之前我還沒有來到這裡。」

他將我拉到走廊，遠離風較大的區域，「那……妳、妳怎麼回覆？妳對他有興趣嗎？」

他剛剛是結巴了嗎？

我竊笑，開口前就已經做好了逃離現場的準備，「不告訴你！」

話音落下的同時，我一邊笑著一邊往教室的方向跑。

既然季策光那麼想知道答案，我就偏偏不說。

一波寒流襲來，氣溫降了不少。這種天氣非常適合躲在被窩裡睡上一整天，今天我還難得賴床了幾分鐘。

「大家，雖然眞的很冷，但等等是體育課，還是要過去司令台前集合喔。」體育股長在講台上宣布。

這種寒冷的天氣，一抵達室內，我就再也沒有踏出教室的欲望。

此刻，我與沈庭珈窩在一塊，她滑著社群軟體，而我靠著她取暖。聽到講台上女孩的話，我們不約而同地「嘖」了一聲，我還附帶了個白眼。

沈庭珈瞪了一眼身爲體育股長的芸芸，隨後將我拉起來，「面對現實了，走吧！」

發生偷錢事件後，我們都極度討厭芸芸，光看見她都覺得反感。

我跟她甚至是鄰座，我完全不願意與她有任何互動。

「好冷！」我抓著企鵝玩偶，打算帶它一起出門。

鐘響，體育課開始了。

老師要我們跑兩圈操場當作暖身運動，跑完便能自由活動。

雖說是「跑」操場，可是這種天氣，大家都沒什麼活力，同學們跑了幾步後，紛紛停下腳步用走的，其中也包括了我與沈庭珈。

「漫漫，我最近很煩惱。」

走操場時似乎特別適合談心事，空間廣闊，不用擔心有什麼人會偷聽。

「怎樣？」我踢著跑道上的小石子，讓它沿著跑道滾，還追著它讓小石子滾在正軌。

沈庭珈嘆了口氣，「我最近喜歡上一個人了。」

最近是桃花盛開的季節嗎？明明天氣那麼冷，怎麼我身邊的人一個個都桃花開，有了戀愛煩惱？莫非天冷缺乏溫暖，她們才想藉由愛情來填補空虛？

「哇……誰啊？」我詫異，「我們學校的？」

她搖搖頭，「網路上認識的。」

居然是網友，我追問：「見過面了嗎？」

「沒有！」她忽然大喊，神情懊惱，「就是這樣我才很煩，都沒見過面我就這樣了，超像白痴。」

前陣子有個高一學妹跟她表白，讓我大受衝擊。也是在她跟我分享這件事後，我才從她的言詞中明白一件事——沈庭珈對男性沒有興趣，她喜歡的是女生。

從前我身邊沒有喜歡同性的人，因此我那時甚至問了她一個很蠢的問題：「妳有天會不小心愛上我嗎？」

換來的是一個大大的白眼與一個敲在腦袋上的拳頭……

這次讓沈庭珈煩惱的，是她打遊戲認識的一個姐姐，居住地與我們相隔遙遠。

兩人平時除了在遊戲上閒聊，私底下也會互相傳訊息，聊天內容已經不局限於遊戲。

她煩惱的不只是兩人素未謀面，而是對方的感情狀態。

對方曾提起過往感情史，她交過三任男朋友，因此沈庭珈覺得她有很大的機率對同性沒興趣。

「妳喜歡她什麼？」我發現我很愛問這個問題，對織悅、對向我告白的蕭宇凱，以及身旁的沈庭珈。

她聳聳肩，「我也不知道怎麼講耶，跟她聊天就很開心啊！難道喜歡一定要有確切的理由嗎？」

聽了她的回覆，我沉默了幾秒思考這個問題。

好像其實也不一定，對嗎？

就像我不喜歡蕭宇凱，我也說不上來爲何不喜歡。

或許喜歡跟不喜歡都是相同的，不需要特別的理由，只是一種純粹的感覺。

就算兩人做了同樣的事，能讓對方心動的，也只有其中一個罷了。

「王可漫妳眞好，都不會爲情所困。」沈庭珈用手肘頂了一下我的腰，「畢竟妳有季策光了，這就是餘裕吧！」

「亂講！」我推了她一把，「我又沒跟他在一起。」

「總有一天會的吧！」她笑，「你們那麼要好，感覺不只是普通朋友。」

「我對談戀愛沒興趣。」我不知道該如何反駁，只講得出這句話。

「鬼才相信！」她吐槽。

也是，王可漫感覺就是恨不得跟校園裡最帥、最體貼的男孩交往，其他什麼都可以不管不顧的戀愛腦。

跟沈庭珈的對話，讓我不禁想，其實我不曉得喜歡一個人是什麼感覺。

過去，我幾乎不將心思與時間花在這種事情上。

唯一一次較接近「喜歡」的感情，是剛上高中時認識了一個非常厲害的同校學長。可那份心情更準確地說是崇拜跟仰慕，我一點也不了解他，只是憧憬他優異的課業表現，與多采多姿的校園生活。

我想，身爲林宣艾的自己，現階段與「戀愛」還扯不上邊，那是太過遙遠的感情了。

段考後，陸陸續續有發生幾次穿越的情況，大部分都是在晚間，相較於發生在白天或在學校穩定許多，不容易出差錯。

我與織悅談起這件事時，她好像對於我跟王可漫的不科學穿越現象不再感到驚奇，還理所當然地告訴我，因爲她大多在晚上寫稿，所以才發生在這時段。

爲了應對突如其來的穿越，我準備了一本小冊子，用來與王可漫對話，我也會將我的日記本放在一旁，讓她回到這裡時，能知曉我這些日子將她的人生活成什麼模樣。

在我的要求之下，她也準備了筆記本與我溝通。

在一次次的文字往來中，我們傳遞了不少重要事項。其中最令我意外的，便是王可漫告訴我，她向我父母講的話。

「故事裡妳沒能說出口的話，我幫妳說了。」

她還提到，當她把我爸的所作所爲攤開來講，還挨了重重的一巴掌，就連她父母也不會這樣對待她，讓她非常委屈。

是呀，這是王可漫的父母，是屬於她的人生，我憑什麼占爲己有？

她還告訴我，她完全沒有想過幻想會實現。她在書中世界壓力很大，煩惱著很多事，曾讓她有動力生活的紀楚恆還拒絕了她的告白。

那是我的世界，不應該讓她來承受……

手機傳來幾聲震動拉回我的思緒。

我點開螢幕，看見季策光分享了一段影片給我。

打開聊天室，按下播放，是一隻博美犬一邊嚎叫，一邊在屋子裡亂竄的畫面。

我忍不住失笑，在訊息框敲下回覆，「這就是你啊。」

他回了個表示無言的貼圖，接著傳了寵物鴨的影片，畫面上的鴨子白白胖胖，走起路來非常可愛。

「養一隻母鴨就有免費鴨蛋可以吃耶。」他如此評論。

「……你養啊。」

我不禁想像了季策光養鴨的畫面，他肯定會三不五時就與我分享，要用鴨子做什麼好吃的料理，要怎麼處理最美味。想想就覺得毛骨悚然。

而後，他一連丟了好幾個可愛動物的影片。我還沒來得及回應，他便說要去寫作業，不跟我聊了，講的好像是我主動打擾他一樣。

季策光下線之後，我抱著日記本躺到床上，一頁頁翻看著我所寫下的文字。

前幾頁大部分是內心的感受，比較少提起身邊發生的事。到後來，我連「沈庭珈說了什麼八卦」這類小事都會寫進日記。

回顧完日記，我望著天花板，思緒飄得好遠。

爲何大部分的日記都與季策光有關，還花了整整一頁的篇幅，記錄了我們一同翻牆蹺課吃冰棒的回憶。

「畢竟妳有季策光了。」

沈庭珈的聲音忽然浮現，像是她又再對我說了一次。

我將日記本壓在胸口，腦中都是與那男孩相關的畫面。

如果王可漫翻了這本日記、看到這些內容，會怎麼想呢？也會跟沈庭珈一樣，覺得我跟季策光的關係不單純嗎？

「喜歡一個人的徵兆」，我在搜尋引擎上輸入關鍵字，按下搜尋。

沒想到我有天居然也需要查詢這種沒營養的內容——我在內心唾棄著自己。

我緊張地瀏覽頁面卻越看越困惑，有些符合，有些與我的情況大相逕庭。

我討厭這種沒有定論的問題。

也是因爲無法確定自己的心，明明到了該睡覺的時間，我還是無法入眠，在床上翻來覆去。

「不在身邊也會想到他。」

剛剛查詢的內容浮現在腦中。

可是我偶爾也會想起沈庭珈啊，難道我喜歡她嗎？

硬要比較的話，我想到李策光的頻率確實稍微高了些。

但季策光這麼欠揍，我怎麼會喜歡這樣的人？但他做的菜很好吃，與他相處的時光也都是開心的……

我就像在腦中展開辯論賽，同時擔任正方與反方，反駁相對立場。

我搞不懂自己的內心。

就算是喜歡……又怎樣？也不會改變什麼呀。

我跟季策光是不同世界的人，不可能有結果的。

第九章

模擬考的作弊風波已過了幾日，可班上某些同學對我的態度，還是肉眼可見的不友善。

宋穎兒是少數相信我清白的人。見我一連幾天都鬱鬱寡歡，她常常關心我，讓我別在意他人的看法。只是，我一想到有人看我不順眼，甚至討厭我到在背地陷害我，我的心情怎麼樣也好不起來。

這件事不僅限於班上，也傳到了佟千遙的耳裡，不過他絲毫不懷疑我，始終站在我這邊，我因此放心了不少。

今天我是值日生，負責清潔工作。清潔完成後，我拍掉手上的粉筆灰，打算去洗手。一出教室，我瞧見宋穎兒跟紀楚恆正站在欄杆旁，似乎進行著什麼對話。

這兩人平時幾乎不太互動，看見他們在一塊，令我感到頗爲意外。

我打開水龍頭，試圖自然地偷聽他們倆的談話。大概是他們刻意降低音量，我什麼也沒聽到。

我唯一能知道的，是兩個人的表情——很嚴肅，似乎不是在討論輕鬆或日常的話題。

於是，在宋穎兒回到教室後，我湊到她的身旁，「妳剛剛跟紀楚恆講了什麼呀？」

她被我嚇了一跳，恢復鎮定後側過頭擺擺手，不自然地笑了笑，「沒有啦！」

語畢，她沒有多說，便走到了另一個女孩身旁，在我看來，就像是在迴避我，我也不刻意勉強，回到了座位。

離寒訓越來越近，今日芷琳特意約了其他兩所學校的成員，放學後一同溝通事項，並進行流程排演。

沒想到遇到的問題比想像中還要多，因此在協調三校的需求上花了不少時間，原本預計晚上八點就能結束的討論，硬是拖到了九點多。

芷琳宣布大家可以離開，這時我掏出手機——九點五十分。

討論的過程中大家都很專心，完全沒有注意時間，也沒有人提醒，等我注意到才發現已經很晚了。

我慌張地點開追蹤公車動態的應用程式，輸入唯一一班能回到林宣艾家的公車，卻發現末班車已駛離。

我回不了家了……

大家紛紛背上書包離開，只有我繼續坐在椅子上，思索著該何去何從。

見狀，佟千遙收拾好東西後走到了我身旁，「漫漫，不回家嗎？」

我沒有回應，他又開口：「有點晚了，我陪妳去等車。」

佟千遙曾說他住在學校附近，這話聽起來是要特地陪我到公車站。可他不知道，我已經沒公車可以搭回家了。

依學校到家的距離，坐計程車少說也要三、四百，花下去我這禮拜的零用錢直接見底，晚餐都要吃土了。

林宣艾幹麼住在那種交通不便的地方呀？她家人也不可能大費周章來接我回家。

我嘆了口氣，跟他說明了目前的尷尬處境。

「我幫妳出吧。」

他迅速掏出皮夾，眼看就要遞來幾張鈔票，我趕緊阻止他，「不用！」

佟千遙已經幫助我太多了，我對他實在非常不好意思，再這樣下去，這輩子我都還不了欠他的人情。

「你覺得我要去超商還是速食店？」我提出兩個不必流落街頭的選項。

他輕蹙眉頭，「那種地方沒辦法好好休息呀。」

我想說至少還有個容身之處嘛，「沒辦法，反正一晚上而已，沒事！」我擺擺手，「明天禮拜六，我回家再補眠就好。」

聞言，佟千遙拿出手機盯了好一會，我湊上前，螢幕上出現的是一則新聞。

「十六歲少年凌晨出外買宵夜，遭巡邏員警帶回派出所盤查。」

他指著我的衣著，「妳還穿著制服，擺明就是叫人去抓妳。」

我扶額，不曉得我到底該怎麼辦才好，現下也無法在學校逗留，方才警衛已經過來催促我們趕緊回家了。

「漫漫……」佟千遙喚，我難得聽見他的語氣充滿猶豫，「還是妳要……」

「嗯？」

「住、住我家嗎？」

誰給佟千遙勇氣邀女生到他家過夜的？

「錯過末班車了，我去住朋友家。」

已讀。

看著與林宣艾母親的聊天室，我苦澀地勾起嘴角。她的父母對於她眞的只負起了最基本的養育責任呢……

佟千遙提出建議後，趕緊解釋他沒有其他意思，還強調家裡只有他一個人，也不只一間房間，我絕對可以放心。

照理說我應該要矜持地婉拒才是，可我是眞的走投無路，也不想被帶去警察局，衍生出聯絡家長的麻煩事。所以，答應他的邀約應該是合理的……吧？

於是此刻，我正跟著佟千遙走在回到他家的路上。

他的住處附近有不少商店，生活機能方便，距離學校只要走路十五分鐘左右的路程，難怪佟千遙總是從容得很，就算在社團開會前三十分鐘起床、出門，也不會遲到。

進到電梯公寓前，他像是想到什麼似的「啊」了聲，推著我到隔壁的超商。

「那個，是不是要買個免洗褲之類的？」他摸摸後腦勺。

自從佟千遙邀請我住他家後，他整個人變得有一點拘束，不像我們一直以來自在的相處模式。

我也難免感到緊張，光進到異性家這件事就夠勁爆的了，若傳到他人耳裡，後果肯定不堪設想。

相較平時，一路上我們的對話少了許多，我想大概是因為，我們都明白這不算正常。我相信佟千遙沒有邪惡的想法，可不自在又是另一回事。

「也、也是喔。」我點點頭，讓他在超商門口等我。

他還特別叮囑我不需要買其他東西，他家有備品。

進到超商，我迅速拿起一包免洗褲，結帳後丟進書包裡，不想讓佟千遙看見。

回到他的住處，在只有我們兩人的電梯裡，沒有人開口說話。我的臉頰越發燥熱，不曉得待會要如何面對他。

鑰匙轉開大門，他讓我先進門。

在我脫鞋子時，他將燈全都打開，他家的裝潢頓時映入眼中。

相較我現實住處的溫馨裝潢，只有兩個男性住的地方，走的是極簡約風，完全沒有多餘的裝飾。

「雖然有客房，但很久沒有整理了，灰塵應該不少。妳今天睡我房間就……不不不，我會睡我爸房間！因為總不可能讓妳睡他那。」見我一臉驚恐，他連忙改口。

他帶著我走進他房間，燈亮起的那刻，我忍不住笑了出來。

這什麼宅宅房間呀？桌上擺著兩個螢幕，一大一小，還有發著七彩光芒的電競鍵盤與滑鼠，我還以為進到了哪個專業選手的家。

牆上貼了幾張遊戲與動漫的海報，右方書櫃也擺著好幾套漫畫，以及放在壓克力展示盒中的公仔模型。

「你房間是網咖吧！」我調侃道。

他失笑，「比網咖還舒服喔。」

他打開衣櫃，淡淡的香氣飄到我的鼻腔，那是鐵桿上掛著的香氛袋。

佟千遙的衣物款式都很素，沒有太多花樣，多是大地色系，很符合他給人的溫暖印象。

他遞給我一件深棕色的T恤，再拉開另一個抽屜，拿出一件運動褲，「不介意的話就當睡衣吧，穿著制服睡覺肯定很難受。」

隨後他領著我走出房間，指著走廊盡頭的門，「浴室在那裡，左邊櫃子裡有全新的浴巾，洗手台下面的抽屜裡有牙刷組，吹風機跟洗面乳進去就看得到了，還需要什麼嗎？」

需要你來當我的管家，我開玩笑的。

「沒有了。」我搖搖頭，覺得他真貼心。

「那妳先去洗澡吧……等一下。」他轉了一百八十度，原先正要朝著客廳的方向走，突地轉回浴室。我滿頭問號，不曉得他怎麼了。

他走進浴室，按了幾下牆上掛著的遙控器，幾秒後，我聽見了風聲。

「天氣涼，幫妳開暖氣。」他微笑，「好啦，去洗澡吧！對了，想吃宵夜嗎？」

咕嚕——正想說「不要」，我卻被林宣艾的肚子給出賣。晚上我只隨便吃了泡麵，確實沒有吃飽。

「還是吃一下好了。」我改口。

「好，那我待會幫妳準備。」他朝我揮揮手。

浴室裡，我沖著熱水澡，隔間裡蒸氣氤氳，我分不清這燥熱究竟是身體散發的，還是溫熱的洗澡水所致。

我洗了約莫有半個小時，不得不說，浴室暖氣實在是個優秀的設計，回到現實後我也要建議爸爸在家裡裝設。

我穿好衣服走出浴室，雖說林宣艾的身高不矮，但佟千遙的衣服穿在她身上仍顯得有些寬大，看起來鬆鬆垮垮。

「漫漫。」佟千遙自客廳探頭，朝我招手，「過來沙發坐吧。」

他似乎也洗完澡了，身上的衣著跟我差不多，令我意外的是，他戴上了一副細框眼鏡。

我小碎步迅速走向他，「你怎麼戴眼鏡了！」

「我沒說過嗎？」他眨眨眼，表情無辜，「我近視五百度，只是平時都戴隱形眼鏡。」

「你戴眼鏡很好看耶。」我微笑，感覺左胸口的跳動快了些。

他失笑，「是嗎？國中同學說我這樣很宅，我才不想戴眼鏡去學校的。」

叮——

我還沒想透那是什麼聲音，佟千遙便先一步起身。我好奇地跟著他，一起往廚房的方向走去。

他拉出氣炸鍋，將裡頭熱騰騰的雞塊與薯條倒進一旁的瓷盤，再灑上胡椒鹽，一盤美味的宵夜就此完成。

他打開冰箱，拿出兩瓶鋁罐可樂。我們拿著眾多宵夜回到了客廳，「趁熱吃。」

「謝謝你！」聞著香噴噴的炸物，我的口水差點要流下來。

佟千遙問我要不要跟他一起看一部動漫，是他昨天找到的搞笑動畫。也可以看其他的節目，各大影音平台他都有訂閱。

「好哇，我們一起看。」我吃著雞塊配可樂，大快朵頤。

這是林宣艾的身體，而且我平時也吃不多，這時的我不必擔心發胖，覺得實在舒暢！

「漫漫，妳還喜歡紀楚恆嗎？」操控著螢幕搜尋動畫的同時，佟千遙開口。他的語氣自然，彷彿在問「薯條好吃嗎」。

幸好我嘴裡剛好沒有食物，否則不是噎到就是噴出來。

「你、你、你……你有聽到啊？」我盯著他，感到驚恐不已。

明明他有聽到我說喜歡紀楚恆的事，那為什麼沒有回應，甚至後來也都沒有提起？

「嗯。」他看著螢幕，臉上沒什麼表情。

「既然這樣，那時候怎麼不理我呀？」我彆扭地問。

他靠到椅背上，看起來懶懶的，「因為那是我不想聽到的事……況且，妳之後也沒有再提到了。」

「不想聽到」是什麼意思？是我想的那樣嗎？

「也是喔。」現在想起來有點後悔又有點丟臉，早知道就不告訴他了。

我伸出拇指跟食指，比出兩指快捏起的手勢，「喜歡的話，我猜還有一點點。」

「這樣啊……」

不知為何，從他的側顏我看出了些許落寞。

然而，他在此時按下了播放鍵，動畫開始播映著，我找不到空檔追問。

對紀楚恆的喜歡可能剩下一些，那對佟千遙呢？

可能……也是有那麼一點點吧，比紀楚恆還要多的一點點。

又或許，其實早就超過了一點點。

明明身體已然疲憊，我的睡意卻遲遲沒有湧上。

我抱著羽絨被躺在柔軟的床鋪上，想著佟千遙入睡了沒，又或者他同我一樣輾轉難眠、胡思亂想著。

佟千遙的枕頭有著淡淡的香氣，跟他掛在衣櫃裡的味道不同，是平時的他身上散發的氣味，給人安心踏實的感覺。

天氣冷，我沒有打開他房內的暖氣，卻覺身體熱呼呼的，還冒出陣陣熱氣。我能肯定不是羽絨被太厚、太溫暖所致。

躺在佟千遙的床上，若絲毫不感害臊那才奇怪，更何況我還穿著他的衣物。

如今，我最清楚我們的關係不是純友誼，無論是我對他，還是他對我，都將對方視為獨一無二的特別存在。

睡不大著，我緩緩爬起身想要喝口水。走到書桌前，瞄到書櫃最下層厚厚的兩本畢業紀念冊，分別是國小跟國中的。

佟千遙小時候的樣子，好想看。

吞了吞口水，按捺住想偷偷翻開的心，覺得還是先取得當事人同意較爲妥當。

我走出房門想找佟千遙，然而時間有點晚了，如果敲門後過十秒他還沒回應，代表他應該是睡了。

叩叩——

我敲了敲門，幾秒後，我便聽見「咚咚咚」的腳步聲。

他打開了房門，探出了一顆腦袋瓜，「漫漫，怎麼啦？」他眨眨眼，看起來很有精神，「睡不著嗎？」

我點點頭，問他怎麼還不睡，他說他有熬夜的習慣，而且剛剛他在製作寒訓的課程簡報，想做到一個段落再睡。

「那、那你要過來嗎？反正我也睡不著，可以一起做……」

我交疊在背後的手指不停扭動著，連我都有點難相信自己居然敢將這樣的邀約脫口而出，明明很清楚兩人待在他的房間內是多麼曖昧的一件事。

「我剛剛看到了你以前的畢冊，想問能不能翻開來看看……」見他神情微愣，我也不自在地別過臉。

他還是沒有出聲，難道是我的聲音太小了嗎？現下那麼安靜，這機率太低了，好想知道佟千遙在想什麼。

「好不好嘛……」我伸手拉拉他的衣角，語氣甜膩，抬眸與他四目相交。

語落，我忽然發覺我在對他撒嬌！我好像從沒對他撒過嬌，明明這是我從前最愛對爸爸媽媽跟朋友做的事。

好想知道佟千遙會有什麼反應，會覺得可愛嗎？還是會跟珈珈一樣，覺得我很欠揍？

「妳、妳等我一下！」他單手摀著嘴，轉過頭把門關上。

若是沒捕捉到在他脖子上的紅暈，我肯定會以爲他要拒絕我。

過了約莫半分鐘，他重新打開門，關上電燈，抱著筆電走了出來。

我忍不住笑了出來，看來剛剛的撒嬌攻勢非常成功。

與佟千遙一同坐在床沿，我翻著他國小的畢業紀念冊，找出有著他身影的生活照。

佟千遙國小時就是個小帥哥了，不過臉龐跟現在比稚嫩很多，也看得出他的調皮淘氣。

「以前我可是被很多女生愛慕呢！」他挑眉，「我還記得班上有兩個女生曾爲了我打架，不過她們現在好像都有男朋友了。」

小學時的喜歡總是膚淺，受歡迎的男生，通常都是同學間公認很帥氣的人。

「現在沒有嗎？」我打趣地問。

他那麼優秀，我猜肯定有很多人默默暗戀他，只是他不知道。還是，其實早就超多人跟他告白過了，只是我不曉得。

他尷尬地咳了兩聲，隨後指著照片上一個身材微胖的男孩，跟我分享他以前跟這個同學一起做了什麼事被老師罵——分明就是轉移話題。

往後翻，其中一頁貼著一張沙龍照。佟千遙穿著王子裝扮，我眼睛一亮，不禁想像著現在的他打扮成王子，會是多麼英姿颯爽。

「眞想看看現在的你穿成這個樣子。」我笑，「一定很適合。」

他低下頭看著地面，「雖然沒有衣服……不過妳好奇的話，我可以模仿看看。」

我用力點點頭。

佟千遙深呼吸，隨後單膝跪下，執起我的手，動作流暢，我沒有一點心理準備的時間。明明穿的是居家服，此時的他卻好似童話中一身翩翩藍衣，披著潔白披風的白馬王子。

「儘管吩咐我吧，小公主。」話音剛落，他將嘴唇貼上我的手背，很輕很輕，就像手指輕點了一下。

可那一瞬間的感受卻深深烙在了那處，讓我身體滾燙得很。

這個發展完全超出了我的想像，從那刻起，我的大腦便一片混亂，像當機一樣，什麼都無法思考。

當下沒昏倒眞是萬幸，過了好長一段時間，我的腦才重新運作，但我想，若要完全冷靜，肯定還需要好一段時間……

床沿沒有可以倚著的地方，所以我們坐到了床頭，往後靠著枕頭。

佟千遙不知從哪變出了懶人桌，他放上筆電抬到床鋪，開始做簡報。

一股熟悉的感覺湧上心頭，我想起剛來到書中世界時，他也是像這樣開著簡報，不厭其煩地告訴我社團事務，幫我加強需要注意的基礎知識。林宣艾也曾告訴我，醫研相關的專業知識，佟千遙比她厲害，她也常常需要請教佟千遙。

有了他的幫忙，現在的我熟練多了，雖然還比不上林宣艾，但至少不再像之前一樣，沒有能力處理大小事。

糟糕，他模仿王子的餘韻又飄回我的思緒。這麼說有點花痴，但不得不說，那種感覺眞是令人……回味無窮。

喜歡……

他移動滑鼠的手骨節分明，我盯著，猶豫良久後開口：「佟千遙，你的手好大，不知道比我大多少？」拐彎抹角，這才不是我的風格，今天究竟是怎麼了？

他大概沒做他想，聽到我的疑惑後便張開了手掌，與我的掌心相貼。

雖然這不是我的本意，但我依然仔細觀察著我們的差距——一個指節。但這一點也沒有意義，因爲這是林宣艾的手，不是我的。

佟千遙的手好熱，溫度透過掌心傳了過來，我努力壓抑著想要扣下手指，與他十指緊扣的衝動，乖乖地在一旁看著他做簡報。

大概是今晚發生的一切過於衝擊，睏意襲來，這次我扛不住了，意識變得有些模糊。

我感覺到自己的身體歪了些，逐漸往身旁男孩那側傾倒。

既然如此，恭敬不如從命，我順勢靠上佟千遙的肩。

第一次覺得自己有點心機，眞想知道他的反應，可惜我現在睜不開眼。

在靠上的瞬間，我聽見佟千遙倒抽了口氣，感受到他的身子逐漸變得僵硬。

「漫漫？」他語帶疑惑，似乎是好奇我怎麼了。

我沒有應聲。

幾秒後，我聽見闔上筆電的聲響，感覺到他的大掌輕輕摸了摸我的頭。

大概過了一分鐘吧，我沒仔細數，佟千遙扶著我的雙肩讓我緩緩躺下。他的動作很輕，我能感覺到他想不驚動我。

我好好地躺在枕頭上，他將棉被蓋到我身上，再度摸摸我的髮頂。

「漫漫，晚安。」他小聲地說。

聽到房間門關上的聲音後，我不再隱忍，幸福得笑了。

真慶幸今天社團的會議拖到那麼晚，我才有千載難逢的機會來佟千遙家借住一晚。

前往教師辦公室的路途上，我感覺我的步伐很沉重。

我刻意放慢了腳步，試圖拖延時間，內心卻對於這麼做的自己感到懷疑。

上次物理老師碰了我的手，在那之後，我偶爾會不自覺地想起當時的事，不適感油然而生。

或許他並非有意，若我擅自懷疑甚至因此排斥他，會不會有些莫名其妙？

「喔？宣艾。」

我顫抖了一下，一轉身，發現當事人正站在我身後，手上拿著一塊麵包。

「老師好……」我垂下頭，不敢對上他的眼。

此時，電梯來了，我們兩人一同走進，裡頭除了我們，沒有其他人。

他的手自然地搭上我的肩，露出爽朗的笑容，「老師這個稱呼聽起來好有距離感喔！」

在密閉的狹小空間裡，我感到難以呼吸，瀕臨窒息。

抵達七樓，電梯門打開，他也收回了手，我這才鬆了一口氣。

他剛剛為什麼要這樣做？

想逃離的念頭浮現，可面前的老師絲毫不覺有異，朝我招招手示意我跟上。

難道是我太敏感嗎？會不會是我想太多，其實他那只是友好的表現？

緊緊抱著懷中的講義，我忐忑地走在老師後頭，隨著他到了座位。

「聖誕節有要怎麼慶祝嗎？」一坐下，他沒有馬上讓我打開講義，而是靠在椅背上閒話家常。

「還不確定。」我小聲回答。

醫研社員們有在討論當天要在桌遊店聚會，並進行交換禮物，不過我還沒回覆意願，仍在猶豫。

「我也還沒想到呢。」他勾起唇角，「不然我帶妳出去玩？」

我搖搖頭，感到有些胸悶。

我突然想起他的感情狀況一直是學生們討論的話題之一，於是問道：「老師沒有女朋友嗎？」

他失笑，「我有個同齡女友，大學同校認識的，已經在一起七年了。不過她在其他縣市任教，很少有機會見面。」

他兩手一攤，「但她那陣子要跟朋友出國玩，所以囉！」

原來老師有女朋友呀！這樣是不是代表是我多想了，他那些舉動其實沒有特別的意思？

他抬頭看向牆上時鐘，接著讓我打開講義，找出不會的題目或不懂的概念和公式，他會再講解一次。

我應聲，開始翻找我用螢光筆做標示的題號。

此刻，我感覺到他向我靠近。我聽到了窸窸窣窣的吸鼻聲，原本沒有多想，可在聽到他說出「妳頭髮好香」的瞬間，我頓時站起身向後退。

「老師，你這樣我、我會有點不舒服……」我感覺我的身體、我的聲音都在顫抖，如果可以，我現在就想馬上離開。

可老師仍是一臉輕鬆，他拍拍椅子，「我就是跟妳玩玩，別想太多。」

正常的老師會這樣跟學生「玩玩」嗎？

畢竟對方是師長，我擔心若我直接離去會惹他不快，便乖乖地坐了回去。

後來，他似乎收斂了些，不再有超過的舉動。不過，我仍能感覺到他刻意靠近的舉動，好幾次都若有似無地輕觸我的手，或靠著我的肩。我有點難再說服自己他的舉動是無意識。

但他有什麼理由這麼做？他是位受歡迎的老師，難道就不怕我將這件事公諸於世嗎？

又或許，正因爲他受到學生們的追捧，才一點也不擔心我會毀了他的名譽。

如果只有我一人講出這段遭遇，肯定會被認爲是在造謠吧？再加上現在林宣艾在大部分人的眼中，是一個會作弊、愛狡辯而沒有被懲罰的人。

比起我，卓瀚的形象好太多了……

短短的午休時間，我卻覺得無比漫長。

鐘聲一響，我趕緊找了個理由迅速離開教師辦公室，逃到女廁。

明明已經逃離了，可是老師剛剛所做的一切仍歷歷在目，他觸碰我、靠近我的記憶無比清晰。

走回教室，我微微鬆了口氣，不想要將這件事獨自憋著，便打算向同是女孩的宋穎兒傾訴，希望她能給我一些建議與辦法。

不知是否爲巧合，當我朝宋穎兒走近，她很自然地勾起了另一個女同學的手臂，說要去廁所。我只能眼睜睜看著她離開教室，而她連一眼都沒有看我。

這陣子她總是疏遠我，我不曉得原因爲何。

我一開始還以爲是誤會，但一而再、再而三的迴避都不像是碰巧，更像是有意爲之。

我做了什麼嗎？爲什麼宋穎兒會這樣？

她明明說了，作弊的事她是相信我的，應該不會因爲這件事討厭我呀？既然如此還有什麼理由？

煩心事又多了一件，所有事都不順利，甚至還有種比剛來這個世界時還窒息的感受。

我無力地趴在座位上，拿出用來與林宣艾溝通的筆記本，翻開空白的一頁，想要提筆寫下最近的事，卻遲遲無法寫出任何字。

打鐘了，國文小老師發下考卷，我嘆了口氣，收起筆記本。

會不會這些煩惱在林宣艾眼裡，都是微不足道、不足掛齒的呢？

「那我們今天就上到這邊，値日生來幫我擦一下黑板喔，謝謝。」

物理老師宣告「下課」，同學們站起身伸伸懶腰，也有人仍待在座位上寫著習題。

我離開座位，正打算將書本放回置物櫃，卻被老師叫住：「宣艾。」

我一愣，再深呼吸一次，試圖讓自己看起來別這麼抗拒。轉身開口：「怎麼了？」

他微笑，說有事要跟我說，讓我過去台前找他。

當著全班的面，我不好意思拒絕，也覺得他不敢當眾做出踰矩的事，於是我點了點頭，走向他。

「宣艾，昨天中午怎麼沒過來？」他問道，語氣在旁人聽來大概就像普通師長的關心，可只有我自己明白發生了什麼。

我別開眼，用「社團有事」的理由敷衍。

昨日中午，我走到了電梯前，最後，因爲不知道該如何面對他，又返回教室。

課外輔導進行了三次左右，每一次他都做出讓我感到不適的行爲。前一次他的手甚至觸碰到我的腰際，要不是鐘聲響得及時，我想他那時眞的會貼著我的身體將我摟住。

我實在無法再忍受下去了，沒有別的辦法，只好選擇逃避。

「妳有空就多多過來，相信妳的成績肯定會進步。」他莞爾，那笑容令人作嘔。

待他離開教室後，我呼出了長長的一口氣，走出門外，打算用冷水洗把臉，讓自己重新振作。

「林宣艾。」

回教室時，我腳步踉蹌，差點要跌倒時，紀楚恆一把拉住我，嚇了我一跳，警戒地收回手。

此刻，我對任何的肢體接觸都頗爲敏感，即使我對他不反感，仍會反射性地浮現抗拒心理。

「妳臉色很差，怎麼了？」他盯著我的臉，微微皺眉。

眞不愧是紀楚恆，總是能迅速察覺他人的微小改變。

然而我又該如何說出心裡話？他會不會像從前一樣，在我失落難過時質問我「爲什麼不反抗」？

即便只有萬分之一的可能性，我依然害怕，因此我選擇不向他傾訴。

「可能昨天熬夜沒睡好。」我苦笑。

如今居然是我主動後退了一步，逃避他的關心。

「宣艾？宣艾！」芷琳的呼喚讓我後知後覺回過神，「有聽到嗎？」

我抬起頭，「抱歉……我剛剛有點恍神，怎麼了？」

她搖搖頭，說因爲我一直不出聲，看起來心不在焉，才好奇我怎麼了。

社團時間結束後，幾個幹部回到社辦開檢討會，由於我沒有什麼意見和發言，在對話過程中不知不覺就分了神，才會沒有聽到後續。

即便我已一陣子沒有去找卓瀚，可他身為我們班的物理老師，我無法完全避開他。每當看見他與班上同學互動輕鬆的模樣，我的心裡就會湧起一股強烈的反感。那些不適的記憶時不時會冒出，連同當下身體的感受一起，就像衣服內裡沒有剪下的標籤，令我感到不快。

一旦踩到其中一個碎片，其他的畫面、觸感便猶如排山倒海般襲來。好幾次，老師出現在我的夢裡，做了他之前所做的那些，我總是會驚醒在這樣的夜裡，擔心閉上眼會再次回到夢境而寢不能寐，導致一連好幾天精神不濟。

明明我是受害者呀，為何只有我被這些骯髒的感受折磨？

成員們一一離開社辦，只剩我仍坐在原地沒有動身。

此時，腦海裡閃過老師對我的笑，反胃感衝上我的喉頭，我摀著肚子乾嘔。

我忍不住想，我的遭遇算輕微，就已經有數不清的創傷和陰影了，何況是那些遭受更可怕對待的人呢？

「漫漫？」

由於在做下次社課的簡報，佟千遙尚未離去。

他大概是察覺到我的異常，將椅子轉了九十度朝向我，「妳怎麼了？」

此刻的他戴著細框眼鏡，自從上次我誇他戴眼鏡好看之後，他偶爾會戴眼鏡到學校，身旁的人們也都讚美他的變化。

可惜最近的我沒有心情與他談論這事。物理老師搞得我心神不寧，我的狀態比我剛來這個世界時還差。這幾天每每看向鏡子，映出的總是愁眉苦臉，我好像都快忘了開心的笑容長怎樣了。

「妳最近看起來不太對勁，還好嗎？」

我不是沒有對佟千遙講過「沒事」，只是頻率真的太低。對他，我總是不隱瞞任何事情，除了我的身分祕密，不論好的、壞的，我幾乎都會毫無保留地告知。

他的關心喚起了我近日來的陰影，我想喝口水冷靜，一站起身，在要碰到水壺的前一刻視野一黑。

「漫漫？」

明明佟千遙就在我身邊，他的聲音卻遙遠飄渺，像是隔著一層透明壓克力板。

強烈的暈眩感襲來，我一時之間失去所有力氣。

最後的記憶停留在佟千遙抱住我身軀時的體溫，他還用我第一次聽見的慌張語氣喚我的名字。

睜開眼，我才剛看清天花板上懸掛的吊扇，便感受到手掌傳來一陣暖意，是有人緊緊包覆住我的手。

男孩急切的呼喚傳入耳中，視線往右瞥，佟千遙正坐在我身旁。他背後的簾子，讓我明白了這裡是保健室。

我想我剛剛大概是昏倒了，才被他送來這裡休息。

「漫漫，妳現在感覺怎麼樣？會不舒服嗎？」他急切地詢問，握著我的手更用力了些。

「還好，就是有點暈暈的……」我在他的攙扶下緩緩坐起身。

大概是注意到了簾子裡頭的動靜，護理師阿姨匆匆忙忙地走進來，「妹妹啊！」

她坐到床沿，確認我沒什麼大礙後，跟我分享剛剛發生的事——

剛剛護理師阿姨要去廁所，突然有一個男同學抱著意識不清的我衝進保健室，表情急得都快哭了，嘴裡喃喃「她昏倒了，需不需要叫救護車送醫」。

檢查過後，我的呼吸、心跳一切正常，護理師阿姨初步判斷是因爲低血壓或低血糖造成的昏厥，便讓佟千遙將我放到床上。

「阿姨妳不要再說了……」佟千遙表情羞赧。

見我狀態穩定，護理師阿姨叮嚀我好好注意身體，隨後便離開了現場，留下我跟佟千遙待在這個小小空間內。

「漫漫，妳這幾天是沒睡好嗎？還是吃很少？」

我點點頭，這幾天我的確睡不好，也食慾不振。

「最近發生什麼事了？」他語氣焦急。

他一直有注意到我的異常，我知道即便想裝作什麼都沒發生，他肯定也不會相信。

「佟千遙，我……」我緊握著拳，對於要讓他知道這件事有些擔心，「如果我說了，你能別讓其他人知道嗎？」

他堅定地點點頭，眼神誠懇認眞，「當然。」

我焦慮地抓著衣料，向他傾訴卓瀚利用午休的輔導時間，對我做出越線舉動的事。

其實，我很害怕，害怕他認爲這沒什麼，害怕同爲男性的他會覺得是我想太多。

「我不知道能怎麼辦，也不曉得該跟誰講，感覺事情曝光後沒有人會站在我這邊……」終於能將滿腹委屈講出口，我忍不住哽咽，「佟千遙，我到底該怎麼辦才好？」

我含淚望著他，而面前男孩的瞳中流露出的情緒很複雜，其中，怒意尤爲明顯。

「漫漫，我能抱抱妳嗎？」

過了幾秒，他的眼神柔和了些，似乎是爲了安撫我的情緒，「妳遇到這種事，我眞的很心疼。」

我頓了幾秒，隨後輕輕點頭。

比起男女之情，更像是脆弱的自己需要有人接住。

佟千遙張開雙臂，像在對待寶物一樣，小心翼翼地擁我入懷。

他的懷抱在冬日裡更顯溫暖。

他的掌輕輕拍著我的髮頂，「漫漫，有我在。」

臉埋在他的胸口，聽到這話的瞬間，不知怎的，眼淚便落下，我在他的懷中啜泣。

他的溫柔對待，使我終於能夠爲這件事而哭。

知曉了發生在我身上的種種後，佟千遙雖感心疼，卻覺得我不該就此作罷，默默吞著這些祕密。

他願意竭盡所能幫助我，也希望我能鼓起勇氣幫助自己。

「漫漫，妳有沒有想過可能還有其他受害者？」在我情緒稍微平復後，他這麼問我，「只是他們的想法跟妳一樣，所以卓瀚才不受影響。」

他點出了一個我從沒想過的問題。

我一直不明白卓瀚會這麼做的理由，也想不透爲何被他針對的會是我。

既然如此，會不會其實他下手的對象不是只有我一個人？還有其他的學生也被他以各種名義，有了課堂以外的私下交流。

說不定是那些他帶著做專題科展的同學，他們比我更爲難，因爲卓瀚這名「優秀」的老師與他們的成績、他們的前途有關……

「漫漫，我陪妳去找信任的老師說明情況好嗎？」他問。

我低下頭，「可是、可是我沒有證據……」

卓瀚辦公室座位前的綠色隔板，正好擋住大部分的監視器，再加上主觀感受沒有物證，僅憑著我一個人的說詞，難以讓人信服。

「我會想辦法，看看有沒有其他受害者能出面說明。但在這之前，妳先找時間去輔導室，好嗎？嗯？」他像哄小孩那樣拍拍我的頭。

我癟嘴，「你能陪我嗎？」

他眨眨眼，「當然可以。」

佟千遙像是無論我去到哪、做了什麼，都不會移動，始終守在我身旁的太陽。

發生了那麼多事，他一直都在。

在找了輔導老師諮商後，她願意協助我通報校方。

通報後，調查流程不公開，也不會將我的個人資訊外流。過程中，學校也會暫時停聘當事師長，待性平委員會做出報告，再決定後續處分。

起先我很猶豫，擔心沒有證據的情況下，卓瀚依然能在學校任教，還可能因此報復相關人士，刻意給出很低的成績。

輔導老師老實地告訴我，這部分的確較難處理。

而佟千遙自告奮勇地提議，想要透過某些管道找尋其他受害者，這樣卓瀚受到制裁的可能性便會更大。

他們都靠自己的力量來幫助我，可我仍是爲了「證據」而困擾。

若是只有我願意出面怎麼辦？我該如何讓他人相信卓瀚眞的會騷擾學生？

午休時間已經過了十五分鐘，我趴在桌上怎樣也睡不著，想要找出最有效的方法。

驀然間，我想起了林宣艾前幾天的日記——珈珈管理的班費被偷，幸好她在與犯人對質時有錄音，才能抓住把柄，順利解決。

錄音，如果我也這樣做呢？

這確實是個可行的方法，可這也代表，我必須克服心魔再次找上他。

輔導老師似乎還沒將案件上報，卓瀚應該不大會起疑。

可是我不曉得他會對我做什麼，若他又碰了我，我有勇氣求救嗎？我敢大喊讓其他老師聽見嗎？

我眞的不曉得呀……

從前我以爲我遇到騷擾能立即斥責並求助，當事情眞的發生在自己身上，才曉得當下根本動彈不得，第一個反應是僵住。

我起身，帶著手機緩緩走出教室，想試試能否套出卓瀚的話。

然而，我在電梯門前站了許久，被冷風吹到感覺麻木，才鼓起勇氣，按下電梯往上的按鈕。

在電梯門打開之前，我按下了錄音鍵，在心底祈禱一切順利。

「老師。」

在瞧見他面容的剎那，時間的流速似乎變慢了，每分每秒都令我感到漫長且窒息。

「宣艾，怎麼忽然過來了？我很想妳呢！」他的表情看來非常驚喜，連忙拉了張椅子示意我坐下。

「妳這陣子都不過來，是有在外面補習了嗎？我告訴妳，我絕對教得比他們好，還不收妳錢喔！」他的語氣歡快。

我刻意忽略他的那句「想妳」，欺騙自己什麼都沒有聽到。

「我、我是想問老師一些問題……」我的唇微微顫抖著，沒有順著他的意坐下。

他滿臉疑惑，「妳什麼都沒有帶呀。」

「不是課業上的。」我呼吸變得急促，「老師，你……你爲什麼之前都要在教我做題目的時候碰我、摸我？」

我努力不讓自己表現出反感與厭惡，畢竟若是他察覺到不對勁就不妙了。但這眞的太難了，我不是像林宣艾那樣習慣僞裝的人。

「宣艾，妳想太多了，老師只是關心妳呀。」他的笑容不減，給出一個模稜兩可的答案。接著，他伸手將我直接扯下，我重心不穩跌到椅子上。

他將自己的椅子往前拉一些，身子靠向我，「宣艾，我一直覺得妳是很棒的學生。之前本來想培訓妳參加數理競賽，可惜最近妳狀況不太好，只能打消這個念頭。」

他的手掌覆上我的臉頰，那一瞬間我真的好想大喊，可我就像被灌了啞藥般，任何聲音都發不出來。

「宣艾，老師真的很喜歡妳。」他湊到我耳邊輕聲道，聲音太小、太小了，我想這句話錄不進手機。

他又摩挲了幾下我的雙手，「老師現在正好在忙，如果有問題的話，可能要另外約時間，不過老師非常歡迎妳來。」

我萬分慶幸他主動讓我回教室，否則在那樣的情況下，我肯定會倉皇逃跑。

只是去了一趟教師辦公室，我卻覺得自己很狼狽，連扶著牆都有些走不穩。

我滿腦子仍只有方才的一切。

我一直垂著頭沒能注意前方，不小心撞到了迎面而來的人，本就不穩的身子失去重心，幸虧面前那人拉住了我，我才免於摔傷。

「林宣艾。」

我抬眸，發現是紀楚恆。

在眼眶裡打轉的淚水滴落，見狀，他微微睜大眼，拉了自己的外套袖子替我輕輕按去淚滴，「妳怎麼了？別哭。」

他手上抱著一疊考卷，看起來是剛登記完成績要交去給化學老師。

「沒事……」我自己都知道不可能沒事。我好像連開口的力氣都沒有，彷彿下一秒就要昏倒。

我想此刻我的臉色肯定很差，他嘆了口氣，眼底的擔憂明顯。

「要騙人也裝得像一點。到底怎麼了？」

明明講的話像是在罵人，可他的語氣無比柔和，跟平時的佟千遙有幾分相似，這是我曾經嚮往卻求而不得的溫柔。

「告訴你也沒什麼意義……」我無奈地勾起唇角，笑容無比苦澀。

「我會幫妳的。」

回想起被誤會作弊時，紀楚恆堅定地說要與我一同受罰，似乎也不是隨便畫大餅。當初讀《終不負相遇》時我就想，他爲了林宣艾，只要不是犯法的事，他大概都能做得出來。

沒想到如今我也能體會到同樣的付出，可似乎來得太遲了。

見我像被強風一吹就會倒下的樣子，他扶著我坐到樓梯上。

「陪我坐一下就可以了。」我抱著膝，好想要剝奪思考，這樣就不會受夢魘而困擾。

「佟千遙知道嗎？」

他的問題讓我有些意外。然而我沒有回應，只是默默看著地板，忍不住掉了幾滴淚。

「你不回教室嗎？」我哽咽地問。

紀楚恆拍拍我的背，力道很輕，「等妳不哭了，我再陪妳回去。」

「那如果我一直哭到上課呢？」我揉著眼。

「就算哭到放學也沒關係。」

他眞好，卻好得令人心痛。

我闔眼，側過身將額頭輕輕抵在他的上臂，咬著唇想壓抑流淚的衝動，卻哭得更凶。

如果我不喜歡紀楚恆、如果我不想成爲林宣艾、如果我沒有意外來到這個世界……這些糟糕透頂的事，是不是都不會發生呢？

「都是因爲你呀，楚楚。」我低喃，聲音被埋在衣料中，他才不會聽見我的無理取鬧。

「今天去辦公室聽到有幾個老師在討論物理卓被送性平的事，有卦？」

社群軟體上，用來發惠雨學生匿名貼文的專頁，在某晚發出了貼文，引來不少迴響。

底下的留言正反兩面都有。有人不認爲卓瀚會做這種事，肯定是被誣賴或有人愛而不得。也有不少畢業的學長姐表示，以前就有聽說，並非空穴來風。

「挺瀚哥，我大物理教主才不會做這種事。」

「他不是有女朋友嗎？條件那麼好，不需要找女學生下手啦！」

「卓瀚不ＥＹ。」

「有另一半就不會性騷擾別人，是覺得新聞都是鬼故事嗎？」

「大家不要覺得在網路上能亂講話，等結果出來再評論不好嗎？」

這篇文章是佟千遙傳給我的，他看完了留言，發現有幾個人說有聽說類似經歷，可惜大部分是匿名的，不過也是一個好管道，能藉此召集受害者們。

打鐵趁熱，在話題討論度炒到最高時，佟千遙在與輔導老師討論過後發了一篇文，以理性的角度說明事情，並附上輔導老師的信箱。希望曾有相關經驗，或現在正遭遇到的人們，可以私下聯絡輔導老師，只要在信中告知聯絡方式和個人資料，校方會主動聯繫。

後來幾天，輔導老師告訴我她收到了不少案例，多是已經畢業的學長姐。

知道有人願意站出來，我的心情實在複雜。一方面感謝他們願意發聲，另一方面想著，眞的有好幾個學生曾被卓瀚非禮，不敢出面的受害者甚至更多。

案件進入調查階段，校方對卓瀚下了暫時停聘的處分，物理課也請了其他老師代課。

在知道我心理狀況不佳還去找卓瀚的事情後，佟千遙很想臭罵我一頓，又捨不得，最後只說了，他不希望我以這種傷害自己的方式解決問題。

傷痛非一夕之間就會消失，然而當我向各個委員傾吐遭遇，度過了一段完全不會見到他的日子，我的情緒逐漸恢復穩定，也不再於夜裡夢見想忘卻的記憶。

有很大一部分是佟千遙的功勞，他花了不少時間陪伴我，不讓我有孤身一人胡思亂想的機會。

「那天的妳，跟卓瀚的事有關係嗎？」某節下課，紀楚恆拉住我這麼問。

一向關心周遭人事物的他，自然不可能錯過這件大事。

「嗯。」如今我也不介意讓他知曉，畢竟紀楚恆不是會八卦的人，「有。」

「他對妳做了什……」他欲言又止，「妳現在還好嗎？」

前一句話只說了一半，可我聽得出來，他想問的是「他對妳做了什麼」。沒有說完大概是擔心觸碰我的傷疤，不願意讓我回憶。

「還可以。」我看著他露出一抹笑容，「是眞心的喔！」

《終不負相遇》中，林宣艾最終揮別了一切傷痛與往日陰霾，朝向光明的未來前進，我也不該停滯不前，一直被困在痛苦的回憶裡。

釋懷也是放過自己的方式之一。

卓瀚的事告一段落後，我決定要著手處理另一件事——我的人際關係。

我想直接找宋穎兒問清楚，爲什麼這陣子都不與我互動？

她看起來不像是討厭我，而是完全把我當陌生人，種種不對勁的舉動實在非常怪異。

我不是沒試過傳訊息給她，只是她幾乎沒有回覆，我想當面找她講些什麼時，她也總是能找到理由離開。

我看向宋穎兒，她正整理著抽屜，像是在找些什麼。

擔心她待會又跑掉，我趕緊走到她座位旁邊。

我抿抿唇，「穎兒……那個，我想跟妳——」話還沒講完，她卻打斷了我。

「抱歉，我現在眞的有點急！」宋穎兒迅速抽出一個資料夾，瞥了我一眼便快步跑走。

又是這樣，我嘆了口氣，看著她離去的背影，仍然想不明白她態度丕變的緣由。

宋穎兒匆匆地離去，座位有些凌亂，抽屜裡的書本、紙張都露了出來。

我彎下身想幫她收好，便抽出了一張一半露在外，還不小心被書本摺到的紙——場地申請表，最上方的五個粗體字令我遲遲無法移開視線。

往下看，申請社團的欄位寫著「醫學研究社」，那是我的字跡。

原來當初申請表真的不是我粗心弄丟，而是被宋穎兒刻意藏起來了。

當初我焦急不已時，她替我感到緊張的模樣，在我的記憶中還很鮮明，她甚至還在事後不停安慰我，讓我別自責。

我眞是個笨蛋。

我垂眸，拿著那張申請表緩緩步出教室。

有生以來第一次感受到被背叛的滋味，可是我不打算與宋穎兒對質，我覺得這沒有任何意義。

我當然想知道她這麼做的理由，然而比起好奇，心中的厭惡感更是強烈，我開始排斥和她相處，也不想與她有任何交集。

果然這裡與我原本的世界不同，對我而言是珍貴友人的珈珈，從來就不會這樣對我……

走到佟千遙的班級前，我看著他的身影好幾秒，遲疑許久仍沒有動作，最後轉身離去。

鐘聲響起，我沒有返回教室，而是到了保健室前的樓梯間待著，想沉澱心情。

蹺課了又如何？沒有人會在乎我。

會關心我的佟千遙和我不同班，除非我出了什麼意外，他不會知曉我蹺課。

上課時間已經過了二十分鐘，這個地方能聽到從音樂教室傳來的樂音，也能聽見操場上學生們打球的聲響。

我抱著膝靠在牆邊思索，將放在一旁的申請表撕成兩半，反正這東西現在沒用了，不如就讓它象徵我跟宋穎兒的友情，已走向終結。

是從什麼時候開始的呢？她算計著我，生了陷害我的心思。

我是不是眞的很傻呀？天眞地相信這個世界還是好人居多，到頭來卻被身旁交好的友人背叛，若非意外發現證據，我至今都不會醒悟。

是不是紀楚恆說的才是對的？我該對這個世界抱持著懷疑與警戒，別輕易相信他人。

可是，佟千遙曾經說過我這樣很好，要我別在意他人的想法，也別因外在因素拋棄最純粹珍貴的自己。

爲了轉換心情，我拿出手機，有一則訊息在五分鐘前傳來——居然是紀楚恆發來的。

「妳在哪裡？」

「有人問嗎？」我反問，不曉得是不是歷史老師發現我遲遲沒出現在課堂上。

「我。」

雖說情緒仍處於低氣壓，可是看見他的回覆，我仍忍不住笑了出來。

我告訴他我目前的位置，讓他別在意，專心上課。

明明紀楚恆不是會上課滑手機的學生，看來他是眞的好奇我跑去哪了。

我感覺他最近對我的關心多了點，可近來一堆鳥事接踵而來，我實在沒心思去想這些事，只想讓我的校園生活恢復平靜。

當這個願望好不容易可以實現，又被我揭開了埋藏已久的謊言。難不成林宣艾命不好這件事，也影響到以她的身分生活著的我了嗎？反倒是她在我的世界過得很開心，每天吃飽、睡好，跟珈珈打屁聊天，也常常跟那個叫季策光的男生在校園四處跑。

「林宣艾。」

我猛然抬頭，出現在我面前的是紀楚恆。我根本沒聽到他的腳步聲。

我淡淡地問：「你怎麼過來了？」或許是宋穎兒的事衝擊過甚，我表現不出什麼情緒，也沒心力對此感到驚訝。

「我擔心妳，所以過來了。」他表情平靜，完全不在意蹺課。

我淺淺勾起唇角，暗想，這份擔憂可是王可漫從前渴求不已的呢……

他坐到我身旁，瞥了眼地上被撕成兩半的紙張，拿起來看了看，雙眸微瞠。

「怎麼了？」我觀察到他不對勁的反應。

「妳怎麼發現的？」他看著我問。

我皺眉，紀楚恆這麼說肯定是知道內幕，於是我讓他趕緊解釋。

紀楚恆輕嘆，他早就發現宋穎兒只是表面與我交好，背地裡對我做了很多壞事，甚至連作弊的事也是她陷害的。他親眼看見了她動手的經過。而申請表的事是他知曉後才憶起曾經目睹。

心中升起一股怒意，我有些生氣，「那你為什麼不早點告訴我？」是覺得我被蒙在鼓裡的樣子很好笑嗎？

「妳平常跟宋穎兒很要好，知道這件事肯定會受傷，不是嗎？」他輕聲說：「但我也不希望她做了這些事後還繼續與妳往來，所以我私下跟她談過，讓她好自爲之。」

啊，這樣事情都說得通了。宋穎兒主動與我疏遠，大概是因爲紀楚恆找過她，給她某種警告吧。

只是我依然想不明白，我到底做了什麼讓她這麼討厭我，甚至要陷我於不義？

我站起身伸伸懶腰，望向遠方，「紀楚恆，希望我別那麼沒防備的是你，不願我發現朋友背叛的也是你。爲什麼呢？」

紀楚恆確實在用某種方式保護著我。

「妳想聽實話嗎？」他也站起身，走到我的面前。

「什、什麼？」

我怎麼感覺氣氛變得不太對勁？

他淡淡地笑了。

時至今日，紀楚恆美好的笑容仍令我感到悸動。

我曾幻想過好多次，他也用對林宣艾的笑容對我笑。只是我認清了事實，知曉了我與林宣艾的不同。他喜歡的人終究不會是我。

我知道我們不適合，所以也放棄了對他的追求，對跟他交往的事也不再抱希望。

可是，爲什麼紀楚恆此刻……

「喜歡妳，所以不想讓妳難過。」

紀楚恆說他喜歡我。

做了好久的夢，我過去最美好的奢望終於成眞了。

但爲何我感受到的不是無上的喜悅呢？

我愣著無法反應，此時，他向前一步將我抱在懷中，曾發生在林宣艾身上的情況，我也體驗了一遍。

是啊，這不就是我一開始來這世界的目的嗎？我有什麼好猶豫的？

我喜歡他，想跟他在一起談場美好的戀愛。

然而如今，這目的似乎已不再強烈，不過只要我願意，答應他的告白，我們還是能順理成章在一起。

腦中閃過佟千遙的溫柔笑容，耳邊響起這個世界只有他喚的「漫漫」，我下意識推開紀楚恆。

渾身燥熱，我找了個理由搪塞。

「之前你問過我，換我問了。」我握著拳，「你喜歡我什麼？」

紀楚恆怎麼會喜歡我呢？

「我喜歡在那種家庭長大，還能保持單純、努力克服困難的妳。」他莞爾。

我沉默了幾秒，咬著唇沒有說話。

他誤會了，這不是我。他喜歡的、看見的不是王可漫眞實的模樣。

我抬起頭，望著他深邃的雙眸，「如果我說我不是林宣艾，你相信嗎？」

換他說不出話了。

深吸一口氣，我下定決心要告訴他我身上最大的祕密。

「我叫王可漫。這個世界是由一本叫《終不負相遇》的小說所構成的。」我張開雙手環顧四周，對於終於能坦白這件事感到開心。

不管紀楚恆的不解，我繼續向他坦承《終不負相遇》的劇情，以及我穿越過來取代林宣艾的事。我沒打算有所保留。

不過，林宣艾的現況與我可能會離開的事，我並沒有提到。

「我明白你可能很難相信，但——」

「我相信妳說的。」他搶在我說完之前回覆，他看著我，「那天起，一切都忽然變得不同了。」

紀楚恆說，從前林宣艾與他沒什麼交集，然而從那一天，林宣艾像是換了個人，忽然找各種理由想與他互動。因此他相信我的話，覺得那確實能解釋一切。

「但你不覺得很、很荒謬？」他馬上就相信了，我反而感到驚恐。

他勾起唇角，說了一句耐人尋味的話：「世界本來就很荒謬。」

紀楚恆說他不在意這些，是個角色也無所謂，他對生活沒有任何怨言。

「就算妳說了這些，我還是喜歡妳。」

出現了呀！告白後就開始直球對決的楚楚。

只不過，我想他現在說這些已經來不及了。

若他從一開始便這麼做，就不會有這麼多曲折了。我與佟千遙也只會成爲社團伙伴吧。

「我當初是眞的很喜歡你。不過我明白了，我喜歡的是對林宣艾那麼好、付出那麼多的你呀。但我不是林宣艾，我和你好多想法都不一樣，一點都不適合。」

我苦笑，「我現在還是很喜歡你喔！說到底，大概就是對於『紀楚恆』這個角色的仰慕和崇拜。」

現在啊，我有了另一個喜歡的人。

從前的王可漫肯定沒想過，有一天居然會拒絕楚楚的告白。

趴在有些搖搖晃晃，偶爾還會發出怪聲的書桌上，看著牆上貼著的拍立得，我伸手輕撫相片上的身影。

那是聖誕節時我與佟千遙在桌遊店的合影。

我們頭上都戴著聖誕帽，笑容燦爛地對著鏡頭比出勝利手勢。

還記得那時我與佟千遙同一組，在謀略遊戲中獲得勝利，兩人都非常興奮。

我抽出一旁壓在講義下的筆記本，那是我與林宣艾溝通的本子。

我曾問她認爲佟千遙是什麼樣的人。

和善溫柔、跟誰都能處得不錯、對待正事很認眞、惹到他很可怕……

林宣艾眼中的佟千遙，與大部分人對他的印象相去不遠。

然而，對我來說，佟千遙不只這些特質。

佟千遙不擅長社會科，尤其是歷史，總爲了理解事件的前因後果而感到困擾。

佟千遙其實是個宅男，喜歡待在家配著垃圾食物打遊戲、看動漫，因爲體質還不容易發胖。

佟千遙其實不擅長做菜，幾乎都吃外食或叫外送，如果要下廚，只會煮泡麵加蛋和即食料理。

我想，我肯定比好多、好多人都要了解佟千遙。

只是能與喜歡的人相處的時間，似乎剩下不多了。

「一月十五日晚上完結，織悅說的。」

看著昨日林宣艾留給我的訊息，我的眼眶又紅了。

第十章

盯著桌面上五包色彩繽紛的糖，我有些不知所措。

前幾日，學生會舉辦了「聖誕傳情」的活動。填表單後，會由學生會成員代替發送糖果給目標對象。

可以自由選擇匿名與否，可大部分採用這方式的人，便是因爲害羞，才選擇讓他人代替傳達心意。

正巧聖誕節當天是假日，學生會便定在前一天統一發放。

桌上這幾包糖果正是我收到的禮物們，除了其中一包是我與沈庭珈約好互送的糖果，另外四包我不曉得是誰給我的。

「很喜歡妳，希望之後能有進一步發展的機會。」

「妳笑起來很可愛，要常常笑喔！聖誕快樂！」

有兩包糖果裡頭還塞紙條。

「哎呦，夯姐耶。」沈庭珈口中含著剛拆封的糖果，有些口齒不清，「吃不完我可以幫妳吃。」

「才沒有。」我反駁，「說不定這些人只把我當作友好的對象而已呀！」

「我是不相信啦！」她呵呵笑。

沈庭珈隨後與我分享她從學生會朋友那聽到的八卦，「隔壁班一個很漂亮的女孩收到了十幾包糖果。長得正好吃香喔，羨慕死。」

「妳也不差，只是吸引的都是學妹。」我比了個讚。

餘光瞥見蕭宇凱朝我走來，我想他大概是來找我的。

果然，他支開沈庭珈，表示他有話要跟我說，沈庭珈便賊笑著溜走了。

他遞出一個包裝精緻的禮盒，「可漫，聖誕快樂。」

我快速掃過盒子上的品牌，瞪大眼睛看著他，用力揮揮手，「我不能收，實在太不好意思了。」

這牌子的巧克力我只在百貨公司看過，這麼一整盒，肯定要價不菲。

「我都買了，別介意，而且我真的不在意這些錢。」他笑得有些傻氣，「妳就收下吧，不用有壓力。」

唉，他的財力是我追求的目標。林宣艾多麼努力在追逐的夢想，人家一出生便達成了。

「對啊對啊，妳不吃，我吃！」欠揍的沈庭珈在一旁出聲。她根本就沒離開，在一旁偷偷觀察嘛！

我想，蕭宇凱都已經買了，我拒絕的話他也不可能退回去，不如坦然接受對方的誠意，回以真誠的感謝。

送禮的人肯定就是想看到對方開心的模樣吧，我一開始的回答確實有些掃興了。

「我知道了，謝謝你，我很喜歡這個牌子的巧克力！」我淺笑，即便我根本沒有吃過還是有禮地答覆。

「聖誕快樂，你要怎麼過節？」我隨口一問。

他托著下巴想了想，說他家晚上會請廚師來準備聖誕大餐，明日則是要參加國中同學家裡的派對。

好難想像請廚師到家中料理是什麼畫面。

「聽起來很不錯耶……」我尷尬地笑了笑，內心充滿各種懷疑人生的吐槽。

他眼睛一亮，邀請我一同參加明日的派對，他提到他的朋友們都喜歡認識人，我也可以去，盡情吃喝玩樂。

聽起來很吸引人，但我搖搖頭婉拒。

因爲我明天已經跟別人有約了。

「我收到五包糖果喔！」

下課時間，我特地用小塑膠袋裝起我的收穫，跑到季策光的班上幼稚地向他炫耀。

「你呢？我猜沒有人給你。」

他笑容燦爛，抓起桌上的一包糖往我的頭敲，「猜錯了。」

我搶走他手上的糖果，發現裡頭有張密密麻麻的小紙條。在徵得同意後，我拆開包裝拿出來看。

「To學長：學長眞的好厲害，會做菜、成績好，長得也很帥，眞的好喜歡學長！加美食社能認識你眞的好開心。希望學長不管在課業，還是任何方面，都一切順利。聖誕快樂喔（話説學長金髮眞的好好看，只有你能駕馭）！」

我「嘖」了一聲，莫名有點不爽，不管對方是學弟還是學妹都一樣。

季策光一臉得意，用著噁心的語氣複誦：「學長眞的好——厲害！」

我從口袋裡掏出另一包沒附上紙條的糖果塞給他，「跟你換。」

他挑眉，卻沒有跟我要回那包糖，「幹麼？妳吃醋喔？」

「才沒有！」被猜中心思的我大聲反駁，「我、我也有被人說『喜歡』啊，這有什麼了不起！」

我正要轉身離去，忽然想起了來這裡的主要目的。

我晃晃手中的塑膠袋，「季策光，這裡面有你送的嗎？」

他張開雙手放在臉頰旁，閉著眼對我吐舌，身體奇怪地扭動著，「不告訴妳呀！」

看著他這不太聰明的樣子，我不禁笑了出來，「你不敢承認就代表有。」

他索性大方承認，「怎樣，不行喔！」

有一包糖果是他送的，怎麼辦，有點開心。

「送妳這種量產糖果，妳才會懂我做的甜點多好吃。」他雙手環胸，下巴抬得高高的。

「但我又沒有吃到你做的甜點。」我輕哼。

「好好好，快點回妳的教室去。」他把我推出門，「等著瞧啊。」

等著瞧的意思是，他會特別為我準備一份對吧？

「掰掰！」我笑容滿面地向他揮揮手，在走回教室的路上輕哼著歌，步伐輕快得很。

每次與他拌嘴，我都覺得像是小學生在吵架。

而我不敢說出口的是，他桌上另一包匿名且沒附小紙條的糖果，是我鼓起好大的勇氣，才決定要送給他的。

我在王可漫的衣櫃前挑了好久的衣服，一一試穿中意的幾套。她這副身體適合的風格跟我喜歡的不怎麼相似，衣服都比較甜美可愛，我需要點時間來適應才敢穿出門。

思來想去，最後我決定穿一套黑白配色的小洋裝出門，配上一個看起來蓬蓬的、像雲朵的白色斜肩包。還特意塗上她唯一的化妝品——一條裸粉色唇膏，讓氣色看起來更好。並且用她的黑色蝴蝶結髮帶紮了個公主頭。

我從未為了一次出門如此精心打扮過，不如說，我根本沒什麼服飾或配件，托王可漫的福，我才有像裝扮芭比娃娃一樣的體驗。

看著鏡中的身影，我忽然覺得王可漫長得滿惹人疼的，要不是每天沉醉在幻想世界裡，大概也會有不少男孩愛慕她。

如果我現在是原本的模樣，那些喜歡我的人還會喜歡我嗎？

我搖搖頭，忽略了這個在腦中一閃而過的疑惑。

「我出門囉！」下樓後，我對著在沙發上戳羊毛氈的女人說。

王媽媽本來想送我到約定地點，我婉拒了她的好意，說要自己搭車去。

今日是聖誕節，也是我第一次與季策光在校外見面的日子。

「陪我看電影。」

這場邀約完全是意外，我發誓我當初沒有其他意圖，就只是單純想約他一起看電影罷了。

前陣子，我看到一部科學家傳記電影的預告，在遭沈庭珈拒絕後，我傳訊息給季策光。

「看啥？」

「不告訴你。」

我便與他約在某個禮拜六。幾日後，我才後知後覺發現那天的日期一點也不普通，甚至帶有某種暗示。

他不知道要看什麼電影卻還是答應了，他肯定誤會我的意思了……

到了約定的地點，季策光早已在影城一樓門口等了，我便加快腳步朝他走去。

他身著黑色夾克配上牛仔褲，身後掛著深灰色背包，頭上戴了一頂鴨舌帽。

這種打扮配上一頭顯眼金髮，還以為是哪個明星呢！

「哇，妳幹麼打扮得像個公主？」見到我後，他的第一句話便是這個。

我的心情有點矛盾。

一方面希望他能誇我好看，畢竟我花了好多時間在打理外表。另一方面又覺得，這不是我真正的模樣，若他喜歡，我反而會感到不是滋味。

我笑了笑，沒有回覆而是拉著他走進室內，指著售票處的其中一張海報，興奮地道：「等等就看這部！」

他疑惑的「嗯」了聲，而後指著另一部票房破了三億的浪漫愛情片，「女生不都喜歡看這種？」

「刻板印象。」我伸出食指在他眼前搖了搖，「我就喜歡偉人傳記片。」

購票完成後，我到一旁櫃檯領取加購的一大桶爆米花，一拿到手便丟了幾顆到嘴裡，滿足地揚起嘴角，「果然爆米花就是要吃焦糖口味的。」

在電影正式放映前，爆米花就被我解決了一半。

與季策光走在百貨廣場裡頭，我腦中仍是電影的最後一幕——主角與研究伙伴們聚在火堆前燒掉幾年來的心血與努力。紙張隨風紛飛，視覺的震撼配上純鋼琴配樂，令我久久無法忘懷。

直到季策光拍了拍我的肩，我才意識到有個女人正拿著麥克風靠近我們。

「哈囉！你們好，我們是史脆特街訪團隊。方便問你們一些與男女感情相關的問題，當作我們影片的素材嗎？」她微笑，後方還跟著待命的攝影師跟工作人員。

「我是沒問題……」我看向身旁的男孩。

季策光點點頭，「可以啊。」

「太好了，謝謝你們！」

女子站到我們身旁，攝影師也就定位拍攝，「想請問你們覺得男女之間有純友誼嗎？」

「大部分沒有。」

「當然有。」我想起佟千遙，馬上反駁。他是我在社團的好伙伴，我們之間並沒有任何情愫，他肯定也是這麼想。

「想問爲什麼會覺得『大部分沒有』呢？」主持人先問季策光。

「純友誼只是情愫還沒發展罷了，而且常常有兩方認知不對等的情況。眞正的純友誼少之又少。」

「那想問兩位現在的關係是——」

「朋友！」我搶先回答。

我看向季策光，才發現他的眼底好像透露出一絲受傷的情緒。

我有些後悔自己因著想掩飾羞澀，下意識做出的回答。

入夜後的商圈很美，各處掛著的燈飾紛紛亮起，閃爍著繽紛的五彩光芒。在這個節日，街上來來往往的行人，臉上都洋溢著喜悅。

以前的我沒有過節的習慣，曾覺得過節是沒有意義、浪費時間的行爲，即便是許多人都盛大慶祝的聖誕節，對我來說也是平凡的一天，甚至會爲了即將到來的期末考，選擇窩在家溫書。

然而，我現在所感受到的快樂，狠狠打臉了從前的自己。

自從經歷了王可漫的人生後，有好多事都帶給我與過去全然不同的體悟。

「差點忘記。」

走著走著，季策光忽然停下腳步，從背包裡掏出一個小紙袋，「給妳。」

我接過他遞給我的紙袋，往裡頭看了幾眼。

「餅乾！」我眨眨眼，拿出其中一片用糖霜畫著雪人圖案的餅乾，「你親手做的嗎？」

「還不是爲了妳。」他別開臉，「聖誕節快樂。」

「聖誕快樂！」我歡快地回應，立刻拆開包裝，咬了一口餅乾，眞的好好吃。

「喜歡嗎？」他面露微笑，難得有這麼溫柔的時候。

我用力點點頭，三兩下就解決了手上的餅乾，「謝謝你。」

本來還想再多吃一些，可是這麼珍貴的手作甜點，一下子就吃完似乎太可惜了，我決定壓抑這份欲望。

「那就好，我之後常常做給妳吃。」他揉亂我的髮，又用手指幫我好好整理。

季策光的舉動越來越明顯了，我不是笨蛋，當然知道他那顆腦袋瓜都裝了些什麼。

又往前走了一段路，由於我今天穿的鞋子不太方便行動，腿累的我便拉著季策光坐在椅子上休息。

「你會不會好奇眞實的我長什麼樣子？」我晃著腿，看著來來往往的行人。

他想了幾秒後回答：「還好耶，就算好奇，我也沒辦法知道吧。」

我告訴他，我長得不醜，不僅描述了我的長相，還報出身高和體重。他則似懂非懂地點點頭。

「你現在對『我是林宣艾』的相信程度有多少啊？」我又問。

「九成九吧。要是妳眞的是有病才這樣說，我也服了。」他笑，「反正妳就在這裡好好生活，是或不是，也就真的不重要了。」

「我也想……」我喃喃回應。

有好一會，我們處於一種自在的沉默狀態，我靜靜地欣賞附近的街頭藝人唱情歌，季策光則拿出手機打了一場遊戲。

「我一直很想問啊，你爸媽都怎麼叫你？」腦子裡突然浮現這個無厘頭的問題，我脫口而出。

「不跟妳講。」

「小光？阿光？光光？」我歪頭。

他「呃」了聲，「都不是。」

「光——」我抓著他的手臂晃呀晃，故意裝可愛，「快點告訴我嘛！」

我肯定是腦子凍壞了才會這樣跟他撒嬌。

不過這招似乎很有效，他僵了好幾秒，語氣結結巴巴的，「他、他們都叫我『弟弟』啦……」

我大笑出聲，而季策光則是一臉無奈，伸手捏捏我的雙頰。

一棵聖誕樹矗立在廣場正中央，不少人搶著跟它合照。

樹上掛了不少小卡片，一旁備有小卡片與筆，提供給路人填寫並掛上。湊近去看，樹上的小卡片滿是密密麻麻的願望。

「寫嗎？」我抽了張小卡片給季策光。

他點點頭，「妳要寫什麼？」

「才不告訴你呢！」

我與他肩並肩蹲在一旁，各自寫下願望。期間我數次想要偷看他的心願，卻被眼尖的他發現。

「爲什麼不讓我看！」我皺眉。

他提議，「不然交換？」

才不要！我搖搖頭，將卡片守在身後，要他先掛上去。

季策光也不打算退讓，堅持要同時掛。

爲了防止偷看，我們還選擇了對面的位置。

我寫下的願望怎麼能給他看到？絕對不可能讓他知曉。

「想要一直在這個世界生活，然後跟季策光在一起。」

「宣艾，我快寫完故事了。」

在織悅的租屋處，她坐在書桌前敲著鍵盤。

「是喔，恭喜妳。」

我來這裡才不是爲了聽這些……

我面無表情地躺在沙發上，拿著手機看一部與高級燒肉店有關的影片，看著看著不禁食指大動。

她轉過頭，「妳不要一臉埋怨嘛！好像我做了什麼對不起妳的事一樣。」

我向她翻了個白眼。《終不負相遇》從一開始就是在對不起我，她大可讓我出生在像王可漫一樣，有錢並幸福美滿的家庭，我的人生就不會碰上這麼多阻礙。

「聖誕節那天，我跟學長告白，然後失敗了。」她苦笑，忽然開口。

那天她鼓起勇氣約學長去吃飯，兩人於街道上散步時，她講出了自己的心意。不過對方認爲生活太過忙碌，不覺得他能顧好戀愛，便拒絕了她。

我想，這是其中一個原因，但最主要的還是他對織悅的好感沒有到想在一起的程度吧。若是眞的非常喜歡她，肯定不會白白放過機會。比他更忙的人多的是，他們都能談戀愛了，他就不行嗎？

「下一個會更好。」我安慰著她，沒有將我的推測與她分享，怕會讓她更難過。

「這就是人生啊，也是我常寫不完美結局的原因。」她停下動作，擠上沙發跟我搶位子，而後靠在我的肩上，「畢竟人生就是充滿遺憾，若大家都有個完美結局，就不寫實了。」

「但很多人看小說是爲了滿足幻想啊！」我皺眉。

織悅輕笑，「那關我什麼事呀？」

我不明白她的說法，她是作者呀，人氣也不低，甚至出版過實體書，有許多讀者的擁戴和支持。

「宣艾，我寫小說不是爲了其他人，是爲了自己。」她環抱住我的身體，「硬要說的話，也頂多是爲了妳，爲了那些我筆下的角色。」

織悅告訴我，她每寫下一篇故事，就感覺經歷了不同的相遇或邂逅。即便她不在那個世界中，仍深深愛著筆下的每一個角色，也包括出現在她面前的我。

雖說在我們的相處中她都沒有表現，可是「林宣艾」出現在她面前的意外，又或者說是奇蹟，讓她覺得能寫出一個又一個的故事，眞是太好了。

「爲了我的話，就給我個好結局啊！」我癟嘴，她的擁抱讓我感到有些不自在。

我一直對織悅懷著很矛盾的看法，因此直到現在，我還是無法將她視爲眞正的友人。雖然她總是說她是我的親媽。

不過，她還眞像親媽，窮追不捨地逼問我跟季策光的事。

我某次無意間提起了我們蹺課的事，她覺得事情不單純，吵著要我跟她分享有關季策光的事，像是他是什麼類型的人、我們做了什麼、我有沒有喜歡他……

「反正，我會寫出最適合妳的結局。」她莞爾，「但不能讓妳知道，這樣才是人生嘛！」

她鬆開手，拿出手機看了看行事曆，指著某一個日期，「宣艾，我打算在這天完結。」

一月十五日，那天是我的生日，織悅不會不曉得這件事，她肯定是有意爲之。

「爲什麼選我生日？」

「就當作送給妳的禮物呀。」她賊笑。

織悅口中的「禮物」，卻是我不想面對的事情。

如果寫完故事代表著能回到原來的世界，那我眞的沒剩多少時間了。

忽然希望這都只是錯誤的猜測。我能永遠留在這裡，而我們始終都找不到回去的方法。

我曾問過王可漫她是否想要回來，她給我的答案是肯定的。她想念她的爸爸媽媽、想念沈庭珈、想念原本的生活。

與我的答案截然不同，我一點也不想回去。

「我倒希望妳永遠都寫不完。」我別過頭。

看來我留在聖誕樹上的願望是天馬行空。

她語氣柔了些，「捨不得？」

「廢話……」

我在這裡過得如此幸福，投入了這麼多眞心，好不容易可以卸下一切僞裝，隨心所欲地生活。

還遇見了這麼喜歡的人。

我怎麼可能捨得離開……

一年的最後一天，所有人似乎都期待著迎接新年的到來。

爲了跨年，沈庭珈邀了不少人到她家聚會。她家是獨棟透天，外頭有烤肉的空間，頂樓良好的視野也能欣賞遠方施放的煙火。

走在前往沈庭珈家的路上，我提著兩條吐司，這是我負責帶過去的食材。

「糟糕，圓圓說她忘記帶烤肉醬，有人能幫買嗎？」

群組跳出沈庭珈的訊息。

這次烤肉她約了很多人，有些根本互不相識，就像我完全不曉得圓圓是誰，大概是她社團的朋友吧。

不過令我意外的是，在有不認識的人參與的情況下，季策光居然也參加了這次的活動。看到他被加進群組時我很意外，也有些開心。

「我剛好在超市！我可可。」班上的某位女同學回覆。

我抵達目的地時，現場已經有幾個人了，他們聚在客廳聊天、打撲克牌。等大家都到齊了，活動便能正式開始。

「媽，這個就是我常常提到的漫漫！」沈庭珈拉著我到二樓，向待在房間不打擾我們的沈叔叔、沈阿姨打招呼。

「叔叔好，阿姨好。」我微微鞠躬，「預祝你們新年快樂。」

「哎呀，不用這麼客氣。」綁著馬尾的婦人擺擺手，「原來妳就是漫漫。希望庭珈也能向妳看齊，認眞一點讀書。」

我抽抽嘴角，王可漫回到這個世界後會不會感到困惑，所有人都認爲她是一個聰明且成績好的學生。

「季策光來了——」

「肉來了！」

樓下傳出動靜，聽著大家興奮的喊聲，我彷彿能想像季策光提著一大袋醃過的肉，受到擁戴的模樣。

沈阿姨叮囑沈庭珈結束後要把家裡收乾淨，便趕我們下樓跟朋友玩。

過了一陣子，人陸陸續續抵達，男生們也著手準備烤肉要用到的爐子與器材。

李策光拿著扇子，不停搧著瓦斯噴槍燒過的木炭，要讓火勢更強。

注意到還有幾塊炭沒有燃燒的痕跡，我便興沖沖地指著放在桌上的噴槍，「我要玩，幫你燒烈一點。」

「……斟酌一下用詞。」他噗哧一笑，隨後像是想到了什麼，臉色一變，「女人，不要玩火。」

我翻了個白眼，輕輕敲了一下他圓滾滾的頭頂。

「庭珈說要玩桌遊，你要進去嗎？」我代替裡面的人傳話。

他搖搖頭，「這些東西都還沒準備好，我晚點再進門。」

我也不管他了，跑進屋與裡頭的人一起同樂。

沈庭珈家中有許多娛樂的物品，不僅有一整櫃的桌遊，還有卡拉ＯＫ的設備。有好幾個同學正盡情高歌，一組人負責準備烤肉，剩下一組人在玩桌遊。

爲了讓互不熟識的同學們別這麼尷尬，沈庭珈特意選了兩、三個互動性強的遊戲，並且搭配眞心話大冒險的懲罰機制。

不得不說，目的的確達成了。

我對於需要動手或反應類的遊戲不是很在行。例如，在疊木棍的遊戲中，我手抖不小心弄垮木棍塔，成爲輸家，接受大家的懲罰。

「眞心話大冒險？」圓圓問。

「大冒險。」我沒有多想便回應，以我這麼微妙的身分，還眞不曉得該怎麼擬眞心話的答案。

聽我這樣講，沈庭珈眼睛一亮，於是我瞥向她，以眼神示意不准提出太過分的要求。

「去找季策光，叫他進來公主抱妳十秒。」

此話一出，周遭的大家都嗨起來了，也不曉得他們是怎麼知道我跟季策光關係不錯的，莫非是沈庭珈大嘴巴四處亂講？

雖然是個困難的要求，可仔細想想，這對我而言似乎不是「懲罰」。幸好她指定的是季策光，而不是其他人，否則場面肯定非常尷尬。

我走出門，蹲下身向準備著烤肉的季策光說明情況，並拉著他走進室內。

「這不是妳的懲罰嗎？爲什麼是我抱妳？」聽到這要求後，他的第一反應便是如此。

「我怎麼可能抱得動你？」我理直氣壯地反駁，這又不是我要求的。

隨著大家起鬨，他也不得不做。

「那、那我抱了喔……」

他向我做最後的確認，這時，我左胸口的心跳也隨之加速。

我點了點頭。見狀，他一手扶著我的背，一手放到我的大腿下方，一出力將我整個人抱了起來。

「好浪漫喔——」亂源沈庭珈手掌圈著嘴大喊，其他人也紛紛鼓掌。

我凝視著季策光的側臉，「會、會很重嗎？」重的話可不能怪我，這是王可漫的身體！

「一點都不會啊。」他露出酷酷的笑顏，十秒過後，輕輕將我放下。

他手放開的剎那，我忽然覺得有些可惜。

在季策光第三次將烤好的食物拿進屋時，一個男生從沙發起身，拍拍季策光的肩，說要代替他到外頭烤肉，讓他進來玩遊戲。

我覺得那可能是個藉口，因爲那男的輸了超多場。

「對啊，你來制衡一下可湹吧，她大殺四方耶！」其他人附和。

換成策略動腦遊戲後，一切都變得不一樣了，每局贏的人幾乎都是我，搞得大家紛紛說要趕我出門烤肉。

在眾人的簇擁下，他坐到了正中間的位置，正好是我的身旁。

「我要使用騎士的能力，拿走奸臣的兩顆寶石和一張指定手牌。」我掀起原先隱藏的身分卡，看著在前一回合已表露身分的沈庭珈，手心朝上要她乖乖交出物品。

「怎麼這樣！」她嚷嚷。

過了一回合，身分卡有了改變的機會，爾虞我詐的遊戲繼續進行。

季策光手邊有九顆寶石，目前場上擁有最多寶石的玩家是我，方才也已透過使用角色能力獲得寶石。現在我必須採取防守策略，避免被他人猜出身分，或使機會卡陷害。

果不其然，最後結算，我奪下了第一名的寶座。

後來又進行了兩場遊戲，季策光贏了其中一次，成績勉強能與我匹敵。

一直玩遊戲，大家也累了，便倒在沙發上，一邊吃著烤肉，一邊聊天，有些人則跑去搶麥克風高歌幾曲。

時間過得很快，不知不覺已經十一點多了，沈庭珈拿出她早已準備好的仙女棒。

一群人來到頂樓，才上樓不久，我便被風吹得鼻水直流，見我如此，季策光將拿在手裡的圍巾替我輕輕圍上。

我抬眸，看著他認眞替我圍圍巾的樣子，忽然就明白了織悅爲何會因爲這行爲而心動。

沈庭珈分給每個人一根仙女棒，一一幫大家點火。

燃燒的仙女棒爆出絢爛的火花，有人拿著仙女棒甩來甩去，也有些人用手機記錄下光的軌跡。

「讓仙女棒能這樣燒的成分是什麼？」我突然抽考。

「我不知道！」沈庭珈很乾脆地回答。

站在我身旁的季策光出聲：「鋁鎂合金粉跟鐵粉，分別能燒出不同顏色的火光。」

「哦，挺聰明。」我挑眉。

「因爲都待在妳旁邊，吸取了妳的知識。」他笑，開始胡言亂語，「到期末考妳的腦袋就會被我吸乾，第一名就又是我的了。」

僅僅一分鐘，仙女棒便陸續熄滅，變成一根根焦黑的棒子，大家紛紛吵著要再玩一次。

我盯著手中仙女棒的閃爍火光，在燦爛綻放過後逐漸熄滅，不禁感到落寞。

人生到底是像瞬時的花火，還是亙久的星辰才好呢？兩者都是如此的耀眼。

「漫漫，來拍照！」沈庭珈跑過來拉著我，請有帶相機的一個男生幫我們拍照。

我們拍了不少照片，有對著鏡頭笑得燦爛的照片，也有作勢要打架的調皮模樣。

「沈庭珈妳欠揍啊！」明明說好要一起扮鬼臉，看了成品後才發現她捧著臉裝可愛，完全就是在背叛認眞扮醜的我。

我回頭，看著拿著仙女棒轉圈圈的季策光，也想留下跟他一起的回憶和紀錄。於是我走到他面前，讓他陪我拍幾張照。

我想把相片洗出來貼在日記本上，或許這些回憶我帶不走，可我就是想留下些什麼。

「剩三分鐘了！」有個女生喊著，本就熱鬧的氣氛更爲興奮，大家都期待著煙火秀。

我遙望著遠方，心中升起一股感慨。

我來到這裡的時間不長，算算也才不到三個月，卻在這短短的時間內，經歷了人生中最燦爛的時光。

然而，再過一陣子，我可能就要回到原本的世界，當回惠雨高中數資班的林宣艾。回到我那數度想要逃離的家，繼續過著我討厭的人生。

「倒數一分鐘！」

在這個世界生活的日子眞好。

我從來沒有像今天這樣，與一群人同樂玩耍，甚至是跨年。

我喜歡這裡，喜歡夕苑高中，喜歡王可漫的家。

還喜歡不存在於我的世界裡的季策光。

我甩甩頭，暫時拋開感傷情緒，跟著大家一起倒數。

一群人圍在一團，看著即將施放煙火的方向倒數，「十、九、八……」

「三、二、一。」我勾起唇角，跟著一起尖叫，「嗚呼！新年快樂！」

遠方炸開一叢叢色彩各異的煙花，場面壯觀得很。

沈庭珈拿起手機想要錄下這美麗的畫面，而我只是靜靜凝望煙火，想將美好時刻好好烙在眼底。

大家都專心地欣賞煙火，所以沒有人注意到，就在剛剛，季策光偷偷牽起了我的手，我們兩人十指交扣。

我感覺得出來，季策光喜歡我。

但是，我想騙自己，他的舉動是因爲氣氛太好而情不自禁，否則我難以對他顯而易見的感情視而不見。

如果可以，我想跟季策光在一起。

這是無法實現的感情，我也只能將此願寄託於恆久不變的星辰。

而我啊，屆時只會如同曇花一現的花火般消逝。

終章

不知為何，佟千遙這幾天都與我保持著距離。

不是像宋穎兒之前那般刻意迴避，但他對待我的態度不太一樣，就像把我當作普通朋友，連在社辦也不會特意與我搭話。

本以為過段時間就會好一些，然而，離別的日子將近，我受不了這情況，決定要找他問清楚。

放學時間，我趕緊跑到他們班門口堵人，深怕他早已離開學校，再見到他又是明天了。

「佟千遙！」

幸好他仍在教室裡收拾物品，一走出門，便與我碰個正著。

他雙眸微瞠，似乎對我的出現感到意外，「發生什麼事了。」

「你這幾天為什麼都不太理我？」我埋怨，輕輕揍了一下他的手臂。

佟千遙的表情看來有些沮喪，沒有看著我的眼睛，「妳跟紀楚恆在一起了吧。」

我愣了好幾秒，才反應過來是他誤會了。

「你為什麼會這樣覺得？」我不解，明明我也沒告訴他那天的事啊？

「我看到紀楚恆抱妳了。」

我用力搖搖頭，跟他解釋我跟紀楚恆不是那種關係，也認真地告訴他，我已經不喜歡紀楚恆了。

「眞的？」他眨眨眼。

見我點頭，他才笑了出來，回到我熟悉的模樣。

隨後我抓著他的外套袖子，告訴他我有事情想跟他說，要到比較沒人的地方。

既然我告訴了紀楚恆我的身分，我也不願意再瞞著佟千遙。他理應該知道，甚至要知曉更多細節。

走到無人的社辦，我推開門，身體靠在桌子上。

曾騙過佟千遙，因此開口前我有點心虛，「我要說一件大事，你做一下心理準備。」

他點點頭，「隨時可以。」

最好是，他聽到鐵定會很驚訝。

不過，我也不管了，我將我來自現實的事情老實告訴他。

「其實我一開始就想跟你講了，但、但怕被當怪人……」我垂下頭，「雖然我現在也好怕你不相信。」

他撩起瀏海，表情像是不可置信般盯著我看了許久。

「王可漫……」他喃喃：「我是小說角色……」

久違地聽到有人這麼叫我，我感動得露出一抹欣慰的笑。

「這種事眞的太奇怪了，但又很合理……」他走來走去，看起來似乎在讓自己冷靜。

「那、那如果妳不是林宣艾，那眞正的她去哪裡了？」他問。

「她穿越到了現實中變成了王可漫呀。」我說得一派輕鬆，像是根本不干我的事。既然講到這些事，我便分享得更深入，包括故事有新舊版本、作者織悅打算完成初稿，以及我與林宣艾會短暫回到所屬的世界。

我還告訴他，總有一天我會離開，但沒有說明確切日期。

「妳說『離開』又是怎麼回事？」他蹙眉。

「就是……」我苦笑，想起時日不多，不免再次感到哀傷，「我們推測，當故事的結局完成，林宣艾的意識會回到書中的世界，而我也會回到現實。」

「漫漫，跟我講講妳的事吧！」

待終於能接受事實，佟千遙坐到我身旁，「跟林宣艾無關的，王可漫的事。」

我樂意至極，開始分享我周遭的人事物。

「爸爸媽媽對我超好，假日常常會帶我出去玩，而且媽媽煮飯很好吃……」我滔滔不絕，「然後啊，我在班上有個很好的朋友，雖然她是女生，但她喜歡女生，而且桃花運很好，常常被告白，只是她都不喜歡。」

我接著說：「我不是跟你說過我很喜歡看小說嗎？我房間有一個大書櫃，裡面擺滿了我買的小說。」我比劃著，「搬家的時候爸爸還很困擾，因爲太重了，還要分好幾箱裝。」

佟千遙靜靜聽著我分享，待我說了好多好多之後，他開口：「妳想念這一切嗎？」

我毫不遲疑地點點頭，「當然啊。」

「那妳想回去嗎？」

「超級想的。」我垂眸，「我好久沒見到爸爸媽媽跟朋友們了，有時候晚上會因爲這件事偷偷哭。」

我無時無刻都想回家啊……

林宣艾曾罵我不知足，明明擁有了這麼多，還想成爲她。

我當初只是單純想跟紀楚恆談戀愛而已，也沒想過要體驗她的刻苦人生，更沒料到幻想居然成眞了。

只是，這世界雖然充滿阻礙，卻不是全然沒有値得我留戀的存在。

「佟千遙，如果你出現在我的世界就好了。」我傾訴著心裡話，「跟你待在一起，我可以很快樂。」

唯獨在他的面前，才沒有壓力與顧慮，我也不至於喪失原本的自己。

「爲什麼這樣說呢？」他輕聲問，側過頭的同時，我們的距離又近了些。

「因爲……」

沒有什麼複雜的原因，就只是我喜歡佟千遙而已。

可是啊，就連這麼簡單純粹的喜歡，我都無法說出口。

我本以爲跟宋穎兒的互動到此爲止，從此以後我們便不再有交集，沒想到她居然自己找上我。

「……妳都知道了什麼？」

早自習時，宋穎兒將我叫到走廊，盯著我的神情不似從前那般無害，而是充滿著戒心與防備。

我並不意外她有所察覺，畢竟我對她的態度轉變明顯，前幾天還著急著想跟她對話、釐清疑惑，轉瞬間卻連一眼都不想看她。

「現在講這個有意義嗎？」我嘆了口氣，感到心累。

事到如今還找我對質有什麼意義，從前就當我看錯人了，就這樣算了難道不好嗎？

她咬著唇，「紀楚恆都告訴妳了是不是？」

我沉默沒有回應，表情不耐煩，想知道她什麼時候才能放我走。

宋穎兒這個角色在初稿的性格難道與我閱讀的版本差這麼多嗎？明明在《終不負相遇》的實體書中，完全看不出她是個心機女。

「是，妳的場地申請表是我拿走的，模擬考的紙條也是我放的！」她越說越激動，雙手緊握著拳。

「爲什麼妳看起來一點都不在意？也是，妳都不在乎我曾經跟妳說過的話了，所以才一而再、再而三地做出踩到我底線的事。」語畢，她自嘲般地笑了笑。

我抬眸望著她，腦中滿是疑惑。我什麼時候不在意她說過的話，又是何時屢次踩到她的底線？

「妳在裝傻嗎？」她瞪著我，「妳覺得什麼都不講，就代表妳沒有做錯嗎？」

「我不知道妳在說什麼。」

看著她陌生的樣子，我感到莫名害怕。既然對我積怨已久，爲什麼她前陣子要虛情假意，對我笑容滿面？

人類眞是一種可怕的生物。

「妳敢說妳不知道我喜歡千遙？」她往前踏了一步，將我逼到欄杆旁，我無路可退。

「妳明明告訴過我，妳不可能喜歡千遙，後來妳也說喜歡的是紀楚恆……結果妳還是跟千遙這麼親密，我暗示了妳也不聽。」

我瞪大眼，渾然不知她話中提及的過去，那肯定是在我穿來之前發生的事啊。

「我……」我支支吾吾，不知該如何回應。

我不曾想過這是她陷害我的理由，這樣一來，一切都變得情有可原。

站在宋穎兒的角度，林宣艾知道她喜歡佟千遙，也曾表示不會對他有興趣，後來卻與他走得那麼近，完全不把自己的妒忌放在眼裡，肯定就像被背叛一樣吧。

我是記得的，從故事中也看得出來，對宋穎兒來說，愛情大於友情。

劇情中她曾提及，她無法接受與朋友喜歡上同一個對象，也不能接受朋友明知道她喜歡誰，卻搶走了她喜歡的人。

我的所作所爲無疑全都踩在她的地雷上。

「對……」我正要開口道歉，下一刻便想起這根本不是「我」的錯。

這些事我都不知道，她也從沒在我面前提起啊！若感到嫉妒吃醋，告訴我不就行了？

「爲什麼不跟我說呢？」我別開眼，不知此刻該以什麼態度面對她。

她笑了笑，「如果告訴妳，妳就不會跟千遙頻繁互動了嗎？」

我聽不出她是在反諷，又或是眞的感到好奇。

但她的問題令我思考，如果我早知曉了宋穎兒的心意，我會怎麼做呢？選擇與佟千遙保持距離嗎？

我好像無法肯定我會因此避嫌，畢竟佟千遙是我初來乍到時的浮木，若失去與他的交集，我的生活肯定無法過得順利。

見我不發一語，宋穎兒垂下眸，收斂怒氣。

「我真後悔曾經把妳當那麼要好的朋友。」她漠然地開口：「還有……」她頓了頓，「我永遠都不會原諒妳。」

她留下這麼一句話，便回到了教室，剩我一人木然站在原地。

紀楚恆向我告白後，我除了與他分享穿書的事，也坦白告訴他，我喜歡佟千遙。

我依然很喜歡紀楚恆，只是心態已與從前不同，我們可以是同學、是朋友，卻無法成爲戀人。

我曾以爲，跟他在一起便是回到現實的唯一條件，可似乎並非如此，我也不願違背喜歡佟千遙的心這麼做。

他很紳士地說「只要妳幸福的話就好」，也相信跟佟千遙在一起的我可以很快樂。

我不曉得這是他的真心，還是怕我拒絕他的告白會感到愧疚的安慰。

「在妳說的故事裡，我跟現在的我是一樣的嗎？」他問。

我仔細盯著他認眞的表情，回想書裡的紀楚恆，感覺兩個人確實有那麼點不同。《終不負相遇》裡的紀楚恆很完美，無論外在或性格皆能擄獲少女芳心。然而，在這個世界裡的他，會因爲我做的蠢事動怒，也會對我的處事態度提出質疑，更像是個活生生的人。

「大概有一成的不同吧！」我伸出食指比了個「一」，「但總體而言是差不多啦！」

「所以妳當初說喜歡我的原因，都是書裡面有寫到的？」他又問。

我點點頭，忍不住失笑，「那時候我還被你當偷窺狂耶！沒禮貌。」

「我怎麼可能想得到妳是穿越來的人，而自己居然是一個『角色』？」他調侃。

後來，我們又聊了一些關於《終不負相遇》的事。我還與他提起宋穎兒陷害我的緣由，不料他竟然一點都不意外，彷彿早就知道。

「我看得出來。」他大概是知曉我的疑惑，在我開口前率先這麼說。

「不過這不構成傷害妳的合理理由。」

我想，他說得對，這世界並不這麼美好，人性是醜陋的，我這麼天眞的確不好，連被陷害了都不知道。要不是意外發現，我可能現在依然眼巴巴地盼著宋穎兒能理會我。

可是，我還是不想改變自己。

「那你現在明白了嗎？」回想他曾說過好多次的「我不明白」，我問：「還是你依然覺得我要多點戒心才好？」

這次，他給出了與從前不同的回答。

「妳想怎麼生活就怎麼生活。」他莞爾，「只要妳快樂就好。」

果然是《終不負相遇》中的男主角，也是我曾喜歡的男孩。

他終於也能認可我了。

「假設妳有一天會回到自己的世界，那林宣艾的意識會回來嗎？這個世界還會跟以前一樣嗎？」

晚間，我想起紀楚恆提出的疑惑。

雖說我也無法確切回答，可我不禁深入思考他的第二個問題——如果我回到現實世界，這個由初稿所建構的世界會變得如何呢？佟千遙又會如何呢？

織悅寫的故事，肯定不是我所經歷的這一切，或許將會創造出另一個世界，而我來到這裡的奇蹟，將被遺棄在宇宙的某處，化作無人知曉的塵埃。

我不希望這一切都化作泡沫，不希望我跟佟千遙的種種回憶全都消失。

我不要只有我一個人記得這一切啊……

可是，這世界不屬於我，我無法只為了佟千遙留在這裡，於我，現實有太多太多牽掛。

我喜歡佟千遙，可這份感情並不是那麼驚心動魄、奮不顧身，我沒法像愛情小說的女主角，為了愛人付出一切。

但是，佟千遙對我這麼好呀……

淚溼了枕頭，想到這，我又哭得更凶。

在孤身一人的夜裡，沒有人能安慰我，我只能一次次重覆著抽面紙、擦眼淚的動作。

我拿起丟在一旁的手機，點開與佟千遙的聊天室，滑了好久，終於找到我穿越到這世界那天的對話。

初來乍到的我面對著各種問題，而他處處幫助我，「社團」充斥著我們大部分的對話。對他，那時我抱持的感情僅僅是感恩。

後來，我們開始會閒聊，不過我們傳訊息的頻率不高。

隨著對彼此的認識加深，不知不覺中，我們成了會每日互道早安、晚安的關係，還會分享日常，更會關心對方正在做什麼、晚餐吃了什麼。

我看著我們的訊息，像個傻子一樣又哭又笑，滑了好久好久才到了最底部，也就是今早的訊息。

快要期末考了，這幾天我們聊得不多，卻沒有錯過每天的例行公事。

「早安漫漫。」

「好冷好累，我想睡回去，不想去學校。」

他還傳了一個靈魂出竅的熊貓貼圖。

「我也是。我更早起耶！」我如此回覆。

佟千遙喜歡我嗎？我想答案是肯定的吧！

雖然我有些遲鈍，但也沒笨到連這麼明顯的差別待遇和曖昧舉動也感受不到。

如果他能跟我一起回到現實世界就好了。

有這麼一個男孩對我好，爸爸媽媽肯定會很欣慰，放心把女兒交給他。

可是，如果佟千遙也讀夕苑高中，肯定會有很多女生愛慕優秀又溫柔帥氣的他，到時候會出現許多競爭者。

如果跟佟千遙談戀愛，那會是什麼樣子呢？佟千遙會怎麼對待女朋友？會比現在對我還要更好嗎？

我啊，其實一直很感謝織悅能寫出這個角色，即便最後他沒出現在出版的故事，我仍奇蹟似地遇見了他，與他一同度過許多快樂時刻。

我咬著唇，視線再度被淚水模糊。

明明在學校才見過面，可我現在好想見到佟千遙啊。

我忍不住了呀，我不想管自己是不是要離開了，哪怕只有幾天，我也想讓佟千遙知道我的心意。

按下通話鍵，響了好幾聲，卻遲遲沒有被接起。

我正想掛掉，此時，電話接通了。

「漫漫？」

我與佟千遙幾乎都是傳訊息，沒用電話聯絡，一聽到他的嗓音，我一陣哽咽，一時之間出不了聲，只能不停吸鼻子。

「妳在哭嗎？怎麼了？」他的語氣著急。

「我、我……」我揉揉眼，「佟千遙，我好想見你。」

「我馬上去找妳，好嗎？」他回應：「別哭，妳告訴我地址，我現在就過去。」

「眞的嗎……」我癟嘴，委屈得很。

「當然，我才不會騙妳。」他溫柔地哄。

他的安撫令我心情平穩了些。

於是，我告訴他地址，沒多久，電話那端傳來開門聲，似乎還有鑰匙碰撞的聲響。

「你家離我家這麼遠，要怎麼過來？」

當我聽到他說「計程車」時，我差點控制不住音量，「很貴耶！」

「妳想見我，所以沒關係。」

我捂著左胸口傳來的躁動，嘴角微微彎起。

既然沒關係……那我就不客氣了。

一聽到佟千遙說他已經到門口，我連忙衝下樓。

打開大門，只見他一身便服，頭髮還有些潮溼凌亂，我忍不住又哭了。

「怎麼哭了？嗯？」他走近，用手抹去我雙頰的眼淚，然而我的淚水汩汩，沒有停歇。

我抓著他胸口的衣料，靠在他的胸膛一語不發地哭著，對此他似乎有些困擾，只摸摸頭安慰我，「別哭了，我會心疼。」

我抬頭，含淚望著他，「佟千遙，我……」

我想，這瞬間的心情肯定被他看穿了。

「漫漫。」他忽然抱緊我。

不同於在我無措時的輕擁，這次他抱得很緊很緊，我差點要喘不過氣。

我愣了幾秒，而他繼續將話說下去：「爲了不讓妳先說出口，我要搶先告訴妳！」

他的眼神盛滿了柔情，輕吻在我的額，「我喜歡妳。很喜歡、超級喜歡、宇宙無敵霹靂爆炸喜歡。」

聽見這可愛又令人幸福的告白，我破涕爲笑，「我也好喜歡你……」

佟千遙將下巴靠在我的肩上，語帶撒嬌，「漫漫，妳知道嗎？我前陣子還想著妳大概也喜歡我，結果就看到紀楚恆抱妳，讓我超級沮喪……」

「我就有跟你解釋了嘛……」我摸摸他的髮，就像他時常對我做的那樣。

「對呀，不然我就只能避嫌，然後帶著碎掉的心跟妳漸行漸遠了。」

他繼續說：「我不是那種能含淚祝福的男二，如果你們眞的在一起，我會嫉妒得要死。但我又很希望紀楚恆能比我對妳還要好……如果妳不幸福，我絕對會把妳從他身邊搶走！」

我噗哧一笑，「你小劇場好多！」

他可愛地笑了笑，「反正漫漫現在是我的了……紀楚恆走開，哼。」

看著他滿臉喜悅，我想起即將發生在未來的事，霎時又紅了眼，「可是、可是……」

他歪頭，抱著我晃呀晃的身體停下，「怎麼了？」

「我不能跟你在一起呀……我就要離開這個世界了，能相處的時間只剩下一點點。」

美夢之後，我們終究要面對殘酷的事實。

午餐時間，我久違地到了那棵我與季策光經常待的大榕樹下，天氣漸漸變冷，我們便很少約在那。

季策光昨天告訴我，最近這附近似乎常常有一隻綠眼小黑貓出沒，於是我們便說好來這裡，看能不能捕捉到牠的可愛模樣。

跨年那天，他趁著大家欣賞煙火時牽起我的手，在事後，大概是看我對此沒有反應，因此他也若無其事地與我相處，彷彿什麼事都沒有發生。

他一定或多或少知曉我的心意，我想。但我的毫無作爲，可能會讓季策光感到困惑，想不通我爲何不順著曖昧氣氛與他更進一步。

我拉緊身上的白色羽絨外套，對著手心哈氣。季策光說今天會幫我準備豐盛的午餐。

他喜歡烹飪，常常會準備午餐，不過他料理的巔峰，我認爲是段考賭注的那一桌菜。我們都吃得津津有味，我還因爲太幸福了，主動替他洗了大部分的碗盤，甚至忍不住在腦中想像他做菜，而我負責洗碗的畫面。

「喵——」

坐在樹下等待時，突然冒出一聲不知從何而來的貓叫，我眼睛一亮，立刻站起身東張西望，卻遲遲沒見著小黑貓的身影。

於是我也喵喵叫，想藉此吸引牠的注意，將牠引到顯眼的地方。

「小黑貓還沒看到，我倒是先找到一隻大貓咪。」訕笑聲從背後傳來，我沒有回頭，嘴角忍不住彎起。

我轉身，輕輕握起雙手拳頭擺在臉頰兩側，「不行嗎？喵喵喵。」

季策光似乎被我逗樂了，笑得很開心，我想，他肯定很喜歡我這樣。

「可愛耶。」他像摸貓那樣伸手撓了撓我的下巴，我嫌癢便一手拍開。

注意到他的髮頂，我讓他蹲低一些，仔細端詳。自他染髮已過了一段時間，長出來的黑髮讓髮色對比更爲強烈。

「你會把上面也一起染成金色嗎？還是乾脆換個顏色？」我好奇地問。

他抓起一撮頭髮，「還是染成銀白色？」

「好難想像喔！」我回答。

此時，小黑貓出現了！牠從水泥柱子後冒出頭，一雙圓滾滾的眼睛盯著我們兩個。

「哇啊！」我小聲驚呼，拿出手機捕捉牠可愛的身影。

爲了不驚擾小黑貓，我與季策光緩步接近牠，小黑貓先是縮了一下，而後踏出腳步朝我們走來。

牠的身子蹭過了季策光的腳踝，甩了甩尾巴來到我面前。

我蹲下身與牠對望，「眞的好可愛喔！」

還記得小時候看到路上的貓時，曾對母親說想要帶貓咪回家。那時我對家裡的經濟狀況還不是非常清楚，還以爲養寵物是很簡單的事。

她說，貓咪長得邪惡狡猾，一點也不可愛，活該被遺棄。現在想來，眞慶幸她沒有因爲我不可愛就把我丟掉。

後來，小黑貓忽然跑走了，我也沒打算追上去，便與季策光一同坐回樹下。

接過他幫我準備的愛心便當，我狼吞虎嚥地吃著，見狀，他不停提醒我吃慢一點。

「季策光，一月十五日是我的生日。」夾了一顆魚丸到嘴裡，「可以幫我慶生嗎？」嚥下口中的食物後，我補充，「就這一次就好。」

慶生。

「爲什麼？」他不解，「我每年都要幫妳慶生。」

我聳聳肩，「誰知道以後會變成什麼樣子？」所以啊，大概只有唯一一次了吧。過去，我沒有與他人分享自己生日的習慣，也不奢望那些和我只有淺淺交情的朋友幫我慶生。

只是，在這裡我想讓對我而言有重要意義的人幫我過生日。

除了織悅，唯有季策光知曉我的祕密。我希望那天他能好好陪著我，陪我度過我留在這裡的最後一天。

他眉頭微皺，似乎不是很滿意我的回答。

「拜託嘛！」我晃著他的手嬌聲道。頂著王可漫軟萌的臉，我想撒嬌應該是很有用。

「好啦好啦……怎麼可能不幫妳過？」他別開眼，答應了我的請求。

我笑了笑，繼續吃著便當。

「欸，如果啊……」

將最後殘留的飯粒吃乾淨後，我開口：「如果有一天，我會回到書裡面的世界，王可漫的意識也會回到這個身體，那你會怎麼樣？」

「我對眞的王可漫才沒有興趣。」他沒怎麼猶豫便答：「不要回去不就好了？妳又要怎麼回去？」

我還沒告訴他，當織悅寫完故事，一切可能就會恢復原狀。

我有些心虛地玩著指甲，解釋了我有幾次「不小心」回到屬於我的世界。我試探著，

「如果有天，我再也回不來了——」

「不可以。」季策光說得斬釘截鐵，好像這件事是他能決定的一樣。

「爲什麼。」我很困惑。

「不可以就是不可以，妳不可以回去，妳不要回去。」他像小孩子鬧脾氣似的，最後垂下頭，「我……不要妳回去。」

「妳快點回去吧，這樣就沒人跟我搶第一名了。」

當初季策光說的話還言猶在耳，如今捨不得了吧！

笑出來的同時，我的心底卻是滿滿的惋惜。

下課時間。

任憑冷風呼嘯而過，我獨自來到大榕樹下，隨意在地上撿起一顆石子。

小學時期，當班上八卦著誰喜歡誰，鼓吹哪兩個人在一起時，總會在黑板上畫情人傘，左右兩旁寫下雙方的名字。

我抬手，用石頭尖端在樹幹上刮出了幾道痕跡——一個三角形，中間再一條直線。

在左右兩旁寫下「林宣艾」、「季策光」，屬於我們兩人的小雨傘完成了。

不過樹幹本身就有些斑駁，不刻意去看，可能不知道那裡有寫字，大概只有我曉得上面寫了什麼。

離開前，我特地望了第一次見到季策光的位置一眼。

那時樹葉繁茂，他身著夏季制服躺著休息，而我不經意間闖進了他所謂的祕密基地，從此與他結下緣分。

若他沒有主動來找我，我們的關係肯定也不會更進一步吧。

只是，既然我們無法在一起，那不如永遠都別讓他知曉我的情意，到最後一刻都保持朋友的關係就好。

雖然他或多或少有察覺到我的感情，可只要我不說，他就無法確認，也能在我離去後較爲釋懷吧。

我笑了一聲，轉過身，將石子拋到後頭。

在這之後，我趁著聽課的空檔，偷偷拿麥克筆在桌腳畫了一模一樣的小雨傘，又在午休時跑到烹飪教室，在牆壁角落畫出我跟季策光的情人傘。

我明白這行爲超級幼稚，但我想要在這個世界留下多一點痕跡，代表我眞的存在過，我眞的喜歡過季策光。

不是制服胸口的「王可漫」，而是我，本不應該出現在這個世界的「林宣艾」。

「妳今天怎麼一直跑來跑去？我看妳走出去都覺得好冷。」

回到教室後，沈庭珈看著我凌亂的頭髮，將企鵝玩偶塞到我的懷中。

「沒啦，心血來潮四處晃晃而已。」我揉揉鼻子，在王可漫的朋友跟家人面前，我不能表現出任何異常。

特別是沈庭珈，她一直認為我跟季策光有什麼，畢竟我與他走得很近。

她若因此誤會了王可漫本人與季策光，那事情就有些難處理了。

即便這裡的未來超出了我關心的範疇，我仍是不想讓季策光跟不是我的任何人有感情上的牽扯。

「跟妳講一件事，注意聽。」

我勾住她的肩，「我跟季策光沒關係了，從今以後別在我面前提到他。」

語畢，我便回到座位，縱然沈庭珈一臉詫異，不停追問，我都以「說來話長」打發……

其實，我對佟千遙感到很抱歉。我不該跟他訴說心意的，如此一來只會讓他留下滿滿的遺憾。

可當我老實地告訴佟千我心裡的想法後，他卻說他一點也不覺得後悔。

「妳告訴過我，不確定取代林宣艾生活後的時間線會不會從此化為烏有。」

那個夜晚，他沒有放開抱著我的手，「既然如此，就當作是世界末日來了吧！現在、在這裡的我也會一併消失，剩下的只會有『不曾遇見漫漫的佟千遙』。」

佟千遙說，他反而很慶幸我能告訴他，讓我們能擁有最後幾天心意相通的時光。

他嘴上這麼說，可是我明明有見了呀。

佟千遙的眼眶明明閃著淚光，他卻以為我沒有發現。

後來幾天，我們一起做了好多好多事。待在他家看了許多動畫，玩他總是找不到人陪的雙人遊戲。

昨日我也是第一次跟佟千遙一起出門，還搭了車程很長的客運，只爲了到冷得要死的海邊走走。

就算段考將近，我們也都不讀書了，抱持著「世界末日要到了，就該好好玩」的決心。今天是我與佟千遙能相處的最後一天，我們哪裡也沒有去，打算一整天都待在學校。醫研社辦是我們最常待著的場所，這裡充滿我們之間的回憶。

「佟千遙，其實我一直很好奇，」我在白板上胡亂畫著，「你一開始爲什麼要對我這麼好？明明我都在拖累大家。」難不成他本來就對林宣艾有好感？

「就……妳的模樣突然跟宣艾落差太大了，柔弱到激起我的保護欲。」從身後抱著我的佟千遙失笑。

他說那天他眞的嚇傻了，一向精明幹練的好伙伴像突然中邪，不僅失去了許多記憶，性格還變得完全不同。他以爲我是突逢變故，於是便起了幫助我的念頭。

後來，他對我好再也與這無關。他喜歡我天眞單純的個性，跟我待在一起時，感覺這世界可愛了不少。

「看妳始終如一，我眞的很開心。」他將我轉過身，捧著我的臉柔聲道：「經歷了這麼多事也沒有變，我眞的好喜歡妳這樣。」

佟千遙說的沒錯，即使遭遇了卓瀚的騷擾與宋穎兒的表裡不一，我仍是沒有對世界失去信心。

說我傻也好，只是我如果因此再也不信任這個社會，我該如何發自內心感到喜悅？

「漫漫，能遇見妳，我眞的好幸福喔！」他的臉埋在我的頸窩蹭了蹭，「如果妳回到了現實，不要忘記我好不好？」

我想我再也找不到像佟千遙這樣的男孩了，總是守護、包容我的一切，還一點也不反感互表心意後，他的言行舉止時常讓我覺得可愛。我貼近他，「我怎麼可能會忘記……」我孩子氣的性格。

即使後來紀楚恆說喜歡我，我也不認爲他與我相處一陣子後，還能接納我的所有。

「那妳答應我，別跟其他男生談戀愛。」他伸出手讓我跟他打勾勾，「如果、如果眞的要，也至少等出社會……」

我眨眨眼，隨後笑著與他拉勾。

「那你也是。」我鼓嘴，「如果這個世界還能延續，一切照常運轉，你不能喜歡其他人……就算跟我很像也不行！」

佟千遙點點頭，靠著我的額頭與我對視，「漫漫，我眞的最喜歡妳了。」他的聲音稍微啞了些。

我知道他不像表面上這般坦然，可我不想戳破他的僞裝。我想，佟千遙不希望我爲此感到愧疚。

我哽咽，「我也是。」

時至今日，我仍不停盼著再次發生奇蹟，我能與家人朋友待在一起，過著無憂無慮的自在生活，也有佟千遙一直陪著我。

只是我明白，這個奢望成眞的機率近乎於零，比我穿越到故事世界還沒有邏輯。

所以啊，這眞的是最後一天了，與我最喜歡的人，我最喜歡的佟千遙。

「佟千遙。」我環著他的腰，即便在冬日裡，他的身子仍是無比溫暖。

「嗯？」他的語氣自始至終都是一貫的溫柔，從來沒有對我不耐煩。

「遇見你是我至今爲止的人生中，最、最幸運的一件事。」

我絕對不會忘記你的！

漫漫時光中宛若奇蹟的相遇，從過去至未來，沒有什麼能比得過這段短暫卻美麗的日子了。

離別的日子就在明天，說不難過是騙人的。

這幾天我好幾次都在深夜躲在被窩偷偷流眼淚，只是我不想讓其他人察覺不對勁，畢竟對季策光之外的人來說，我都是「王可漫」。

近幾日我常常在上課時忽然感到焦慮，我想那是壓抑負面情緒的副作用。

我總是讓自己看起來沒事，其實我怕極了。

一想到所擁有的一切回憶，在將來都極有可能化爲烏有，我就恐慌得不得了。

我想，這對我來說就跟死了沒兩樣。

就算是織悅替我寫下的故事，那之中的「林宣艾」也不會是現在的我。

我真的好想好想對季策光訴說真心——想跟他在一起，做只有跨越情侶這條線後才能做的事。

我總想著，如果我們生活在同一個世界，未來肯定可以考上同一所大學，即使我們可能不同系。

那時的季策光說不定已經擁有駕照，能騎車或開車帶我四處玩。

他還會常常做料理給我吃，沒有了家庭牽掛的我，也能活得自由自在。我們在一起的每一天，生活一定都是多采多姿，快樂無比的。

當這些幻想越美好，就越凸顯現實的殘酷。

這是王可漫的人生呀，我沒辦法以這樣的身分跟喜歡的人正大光明在一起。

坐在書桌前，我寫下了一篇日記，滿滿的字，全是我對這世界的不捨。

在這世界的最後一節課，我任性地蹺掉了。

不想管王可漫會被記曠課，這是我待在這個世界的最後一天了，就算我一整天都不來學校，也能通融的吧？

我拉著季策光陪我一起當壞學生，他表示壽星最大，這就是屬於我的慶生儀式。

他非常意外我居然會想蹺課，我開玩笑地說是他帶壞了我。

我做好心理準備，一步一步走到大榕樹下，此時的季策光手裡抱著一盒蛋糕，下巴抵在盒子上，似乎是在等我。

我喚著他的名，小跑步向他奔去。

「生日快樂！」他燦笑，站起身，伸出雙手遞過蛋糕盒。

他並不是第一個祝我「生日快樂」的人。

早上我一起床，便看見手機裡有織悅傳來的祝福訊息，然而礙於她的身分，看見這四個字，我覺得自己被挖苦了。

「這是我花超級多時間精心製作的蛋糕，妳看到蛋糕本體後肯定會很驚喜。」

他的話喚回我的思緒。

季策光沒有將透明面朝向我，而是讓我先解開包裝。

拉開淺藍色緞帶，蛋糕盒的兩側垂下，我探頭看蛋糕的模樣。

「眞的是你自己做的呀？」我驚呼連連，「超級漂亮！」

眼前的蛋糕是一個小巧精緻的粉色心型鏡面蛋糕，底部圍了一圈擠花，表面還用白巧克力寫著「HAPPY BIRTHDAY」。

「去我爸朋友開的甜點店請對方手把手教我的。」他一臉臭屁，隨後輕輕拉著我的手，領著我坐在他旁邊。

他從口袋裡掏出蠟燭與打火機，將蠟燭交給我，讓我插在想要的位置。

「你頭上。」我失笑，作勢要將蠟燭放到他的髮頂。

見狀，季策光只回了句「不要鬧」，沒有阻止我，看來如果我想要，是眞的可以這麼做。

我將那根小小的蠟燭插至蛋糕正中央，他點燃蠟燭。

「祝妳生日快樂……」

他拍著手，爲我唱生日快樂歌，而我的嘴角一直沒有垂下。

不用轟轟烈烈地慶祝，只要一個蛋糕、一個喜歡的人便足夠了。

這瞬間的幸福，差點讓我有了「即將到來的離別是一場誤會」的錯覺。

「許願！」他興奮地道。

我點點頭，說出了我早已想好的生日願望：「希望王可漫的家人朋友都能幸福快樂。」

她和藹可親的父母，還有沈庭珈這個不愛讀書的女人，未來一定都要平安順利呀。

「希望林宣艾能有一個美滿的人生。」

即便是織悅爲我寫下的新故事，大概也沒辦法比這段時間來的日子幸福了吧。

在這裡所發生的一切，是那麼獨特且珍貴，也是我一輩子都不想捨去的回憶。

闔上眼，我在心中許下最後一個願望——希望奇蹟能發生，我能永遠留在這個世界。

呼，我吹熄搖曳的燭光。

他鼓起臉頰，我猜季策光是對於我完全沒在願望中提及他而不滿。

在切下第一刀後，我沒有再繼續動作，見狀，季策光便接過塑膠刀切下兩塊蛋糕，並包裝好剩下的，讓我可以帶回去分給沈庭珈或家人。

我吃著不只長得好看還超好吃的蛋糕，吃著吃著，覺得越發難過。

我好想要季策光每年都像今天這樣幫我過生日，好想知道我十八歲那年的生日，他會如何大肆慶祝。

「季策光，跟你說一個小祕密。」

吃完手上的蛋糕，我們將髒盤子放在一旁。

他伸手抹去我嘴角沾到的奶油，舔了舔手指，「說吧。」

我咬唇，暗自吐槽自己，怎麼還在這時候爲了這種事心動，一定是被王可漫影響，變成戀愛腦。

「我之後不能再跟你待在一起啦。」我站起身仰望天空，雙手交疊在後腦勺，轉過身露出一個故作豁達的笑容，「以後就沒人跟你搶第一名了喔！」

我解釋了織悅即將完成結局，一切將會恢復正常。

這時，我在季策光的眼神裡看出了他的驚訝與困惑。

「我不想聽這個。」他咬牙，站起身的他高出我一顆頭，「林宣艾，妳不能離開。」

我別開眼，不敢直視他灼熱的目光。

「我喜歡妳，妳不要走。」他緊緊地抱住我，有那麼幾秒，我覺得我快要無法呼吸。

我感受到季策光微微顫抖，我才發覺他似乎在哭。

我都沒哭了，他哭什麼呀？可惡，他這模樣讓我也有一股想流淚的衝動。

這裡是現實，王可漫回來之後可以繼續她的美好人生，或許也可以保留她遇見紀楚恆與佟千遙的記憶。

但我呢？我什麼都不想忘記，卻只能任由命運操弄啊！

「我……」我咬著唇，左胸口悶痛不已，「我才不喜歡你。」

「妳騙人！」他激動地道：「我才沒這麼笨，妳爲什麼不能好好告訴我，老實說妳也喜歡我……」

是啊，我眞的好想一直跟季策光待在一起，我一點也不想要忘記他，不想忘了我們之間的一切。

王可漫，妳說妳以我的身分在書中的世界惹了不少麻煩，還讓我的成績一落千丈，既然如此，可以讓我用妳的身體爲所欲爲嗎？一次就好。

我推開季策光，牽起他垂落的雙手，踮起腳尖。

用來代替「我喜歡你」的，是一個如羽毛掃過似的吻，輕輕地落在他的唇。

「季策光，你忘了我吧。」我含淚望著他，「這樣會比較快樂。」

他用外套袖子擦去眼角的淚，「我才不要。」

「你總不可能一輩子都這樣。」

「爲什麼不能？我可以永遠把妳放在心裡最重要的位置，沒有人能取代……」他看起來委屈極了，就像一隻被拋棄的小狗，在漆黑巷弄中淋雨。

我苦笑，沒有回應他的倔強。

我不可能一輩子都是他心裡最重要的人。

我們認識還不到半年呢，這麼短的時間，感情不是那麼刻骨銘心，只不過是單純而青澀的，在最美好年華中的相遇。

或許這份情意與遺憾眞能在他心中占有一席之地，可季策光未來肯定也會遇到一個值得他好好去愛、去守護的人。

「我離開的話，我們之間的故事就結束啦。」我伸出右手，想與他拉勾，「王可漫跟季策光再也不會有交集了。答應我。」

他盯著我的手指，咬著唇像是在努力控制眼淚，可惜最後淚珠還是落了下來。

季策光搖搖頭，「我遇見的從來就不是王可漫。」他低下頭，無力地靠在我肩上。他的輕語落在我的耳畔，「是妳啊，林宣艾。」

我終究還是忍不住在他面前哭了。

如果可以，我好希望季策光到最後一刻都能陪著我。

他的擁抱那麼溫暖、那麼使人眷戀，即使分別我也不想放手。

只是，正如戲終有落幕的一刻，我們兩人的故事或許也到此為止了……

王媽媽載我回家的途中關心我好多次，問我是不是在學校發生什麼事，怎麼會看起來那麼沒有精神。

是啊，那麼關心女兒的她，肯定能將我的失魂落魄盡收眼底。

晚餐時間，餐桌上滿滿都是我喜歡的菜色。

若是之前，我肯定沒三兩下就吃完一碗飯，急著再添一碗，但此刻我卻沒什麼食欲。

「多吃點，最近要考試了，吃飽才有力氣好好讀書！」王爸爸滿臉笑容地舀起雞湯內的雞腿肉到我的碗中，「妳最愛雞腿肉，兩隻都給妳吃。」

我忽然無法區分，他們是真的在這段時日觀察到我喜歡吃雞腿肉，還是這其實是王可漫的喜好？

「謝謝……」

我微微垂下頭，咬著唇不敢與他對視，我怕一看見那溫暖的眼神，便會忍不住落淚。

「不要讓自己太累了，晚上也要睡飽一點喔！」坐在右方的王媽媽輕拍我的肩，「快吃吧，冰箱裡還有蟹腳肉，如果想要，媽媽再炒給妳吃！」

不要再說了，不要對我這麼好啊！

並非親生父母的你們，卻給了我那麼多的關愛和幸福，這份從前求而不得的親情，或許也將是最後一天、最後一次。

這樣我會捨不得的啊，我怕我好不容易做出的決定會被動搖，跑去求織悅永遠別將故事完結。

「我上一下廁所。」我放下碗筷，打算到洗手間冷靜一下。

看著鏡面中映出的面容，一開始我還對王可漫這張臉非常不習慣，漸漸的，我反而快要忘記自己原本長什麼樣子。

林宣艾的臉上有痣嗎？好像有，但有幾顆？是在左邊還是右邊？

林宣艾的頭髮多長？是到胸口處？還是已經及腰了？

我已經熟悉王可漫的生活了呀！

我記住這張臉長怎樣，知道身高體重，身邊的人也都不再覺得「王可漫好奇怪」。

在一切看似都回到正軌的時候，在我跟季策光兩情相悅的時候……

我打開水龍頭，沒有控制好出水量，嘩啦嘩啦地湧出水柱，我接起水用力地洗了把臉。

重新回到餐桌前，我走到兩人面前，輪流拉起他們。

然後，我伸出手，給出一個大大的擁抱。

「能當你們的女兒眞是太幸福了。」我訴說了我的眞心。

「怎麼啦？」王媽媽輕撫我的髮頂，依然是慈愛的語氣。

我吸吸鼻子，「謝謝你們。」

謝謝你們，讓我像做了一場美夢，擁有了多年來一直渴望的愛。

晚間十一點半。

我還在這個世界，看來織悅眞的打算讓我留到最後一刻，滿滿的惡趣味。

無精打采地趴在書桌上，我拿著昨日寫給季策光的信紙，又從頭到尾讀了一遍。

那是我從前深藏心底的祕密，但我希望他知道，於是提筆寫下了我的眞心，還附上了肉麻的告白。

只是，我有些後悔順著興致寫下這封信了。

說什麼「眞的很喜歡你」、什麼「想永遠跟你在一起」……

這些話講出來能改變什麼嗎？又不是我把這封信交給他，織悅就會停止寫完故事。

雙手捏住紙張的兩端，我正要將這封信撕成兩半，手機的提示音卻中斷了我的動作。

是沈庭珈？織悅？還是……我不要看。

我不敢看。

嘆了口氣，我依然將螢幕翻到了正面並點開。

「妳不要離開我好不好？」

本應是多麼讓人心動的一句話啊，可此刻我卻在眨眼間落下淚，止不住哭泣，還不小心沾了幾顆淚珠至信紙角落。

「我不想離開你……」我將紙張壓在胸口，不停地抽泣。

季策光是個幼稚又愛捉弄人的小屁孩，還整天嫉妒我考得比他好。可我好喜歡他送給我的那塊菠蘿麵包、喜歡我跟著他翻牆時吃的冰棒、喜歡我賭贏時他做的那桌菜……

我好喜歡他，不是織悅安排的紀楚恆，而是季策光。

終於，眼淚止住了，我將信紙摺回，重新塞到了信封內。貼上封口後，我將它丟到桌腳邊的垃圾桶。

我還是捨不得破壞，也不敢親自交出這封信。

季策光的訊息還停在預覽窗格，我沒有點開，他肯定會認爲我不讀不回。

就這樣吧，即將離開的林亘艾，不該再給他任何值得留戀的一切。

啊——我突然好希望，隔日回顧起這些傷感，會覺得無比愚蠢，這就代表我依然存在於這個世界。

如果是這樣，我一定要馬上衝去找季策光，大聲的講出「我喜歡你」。

時間不早了，該上床了。

我擦擦眼角的淚痕，抱著日記本坐到床上，想要在最後的時間裡，再重溫一遍這三個月來的燦爛回憶。

這時，訊息的提示音再度響起。

我不甘願地瞥向手機，這次是織悅的訊息。

「宣艾，我會很想妳的。」

混蛋，既然妳也這麼不捨得，就把我留下啊。

「再見。」

看到這兩個字的當下，濃濃的睡意襲捲全身，明明前一刻我的精神還算不錯，霎時間，力氣像被抽乾。

我頑強地抵抗，努力想爬起身，眼睛卻再也睜不開。

看來奇蹟不會發生了，我苦笑。

這一刻，腦海中浮現的是某個午休。

在十月的微風中，伸著懶腰的男孩轉過身，伴隨耳上飾品閃爍的光。

「妳，看我幹麼？」

意識消失的前一秒，我想著如果能回到那一刻，我絕對會滿臉笑容，看著他，喚他的名字，向他飛奔而去，然後說……

「季策光，我最喜歡你了！」

尾聲

在分不清自己是誰的夢裡，眾多畫面一一上演卻不連貫，就像電影預告片般。

與父母一起在飯桌上分享日常、與朋友在教室裡一同滑著手機，還有許許多多的畫面，都與一個陌生的男孩相關。

他身著夕苑高中的制服，頭髮很亮眼，帶著一身未脫的稚氣與張狂，卻總是笑盈盈地望著面前人。

他是誰？

自夢境驚醒，王可漫呆然坐在床上愣了許久。

外頭的日光透過窗照進房內，清晨的鳥囀也傳進她的耳裡。

她緩緩爬起身下床，走到鏡子前端詳面容——她眞的回到現實世界了。

鏡面映照出她的臉龐，不知爲何，眼角仍掛著淚，頰上還有已然乾涸的淚痕。

是爲了什麼而哭呢？佟千遙嗎？

她不認識在夢裡見到的那個男孩，醒來後，他的面容也以秒爲單位漸漸變得模糊，再過不久大概就會淡忘。

王可漫恍惚地坐在書桌前，不敢確定是否眞的回到現實世界，會不會跟前幾次相同，只持續短暫幾分鐘，又會回到那沒有空調、裝潢破舊的房間？

「漫漫，起床囉！」

女人的叫喚讓王可漫嚇了一跳，她立刻起身打開房門。

一看見許久未見的母親，她便撲上前緊緊擁住對方，「媽媽！」

見狀，王媽媽愣了幾秒，女兒已經好些日子沒有這樣喚她，爲此她擔憂不已，可此刻，熟悉的感覺全都回歸。

王可漫整理好，準備下樓吃早餐，一見到在餐桌看報紙的父親，立刻奔上前，「我好想你們……」

此話一出，她的雙親皆是一頭霧水，完全不曉得她怎麼了。

過了中午、下午，甚至是晚餐時間，王可漫仍然待在這裡，絲毫沒有再回到書中世界的跡象。

織悅與林宣艾所言的方法眞的奏效了，她想。

吃完晚飯後，她坐回床畔，手裡捧著林宣艾留下的日記本。

她翻到了最後幾頁，紙頁上貼了不少相片，上頭有著她的身影，也記錄下她認得的人，像是沈庭珈與班上同學，可這些都不是她經歷過的記憶。

其中，還有一張與一個男孩的合照，相片中的兩人皆笑得無比燦爛。

王可漫專注凝視對方的臉，浮現一股無以名之的熟悉，可是記憶中卻無跡可尋。

相片下方留下一行字句——

「跟沈庭珈、季策光還有一群人的跨年夜」

啊，原來他就是季策光。

王可漫恍然大悟，原來這人就是林宣艾常常在日記上提起的男孩——她來到這裡喜歡上的人。

王可漫淺淺勾起嘴角，她們都在不同的世界有了屬於自己、獨一無二的邂逅。

她也因此想起了她與佟千遙的種種。下一刻，淚水滾落，她為著那再也回不去的時光而傷感。

那些時光皆是她最珍貴的記憶，肯定會銘記於心，在未來的年歲中反覆追憶。

在鍵盤上敲下新故事的人物設定與大綱，

有些疲憊的織悅伸了個懶腰，點開手機螢幕確認時間。

直至現在，她都沒有收到筆下寶貝女兒的訊息，她想，林宣艾應該是真的回到了《終不負相遇》的世界中，過上她所撰寫的人生……嗎？她也不能肯定。

在織悅重新動筆後，她把文件名稱刪除，稿子成了未命名文件。

不是《終不負相遇》，也不是任何一個可以定義她人生的書名，而是只屬於林宣艾一個人的無名故事——織悅並不打算與任何人分享。

「宣艾，妳一定要過得幸福快樂喔！」點開文件，看著昨日敲下的最後一行字句，織悅喃喃對著空氣說著。

不像以往在故事最後寫下「全文完」，織悅留下「待續」二字。

拍了拍臉頰，她重新打開新故事的檔案，打算在今日完成男女主角的人物設定，並安排劇情走向。

啜了口馬克杯裡的咖啡，在抬首的同時，織悅瞄到了她前幾日貼在牆壁上的便條紙——

「不寫BE了（吧）！」

希望真的能順利做到囉！

（全文完）

番外一 後來的我們

明明應該是冷冽的冬季，今日卻難得出現了二十五度的溫暖氣溫，陽光和煦照耀。

季策光沒放過這大好機會，跑到了那棵大榕樹下——從前常常與林宣艾約在那裡。

他不禁想起，初見時他曾說這是他睡覺的地方，不准林宣艾吵到他。如今真的沒人會吵他了。

又或者，會出現某個看了就讓他心煩的女孩。

「原來你在這，我找超久。」

說人人到。

這熟悉的嗓音若也是由一樣的靈魂所發出來的就好了，他暗自期盼。

王可漫爲了找季策光東奔西走，跑去二年一班，同學卻說他不在教室，跑去烹飪教室也找不到人，終於在這裡找到他，結果目標對象完全不回應。

他枕著雙手對她的話不予理會，王可漫覺得有些掃興，要不是他是在她穿越時與這副身體有最多交集的人，她才不想花大把力氣玩大地遊戲尋找他呢！還不如好好待在教室看她新買的小說。

「季策光！」王可漫雙手插腰，語氣越來越不耐煩，「你到底什麼時候才願意理我？」

起初她也是好聲好氣、有耐心地盼著他能回應。就這樣過了一個寒假，他依然不回訊息，見面也都把她當空氣，她真的快要受夠了！

她只是想要跟季策光聊聊前段時間的事情，想知道林宣艾有沒有拿她的身體跟他亂來。最重要的是，林宣艾還留下了要交給他的東西呀！

她下定決心，季策光不跟她對話，她就絕口不提林宣艾留下的那封信。

季策光嘆了口氣，完全不想看到那張臉。雖然他很清楚兩人是不一樣的人，可林宣艾當初是頂著這副皮囊與他共度許多時光，他如何能不在看見王可漫時心煩意亂？

只需僅僅一眼，他就會想起唯一考得贏他的那個女孩。

兩人分離已過了約莫一個月。

一開始他茶不思飯不想，連幾天皆是魂不守舍，連寒輔也不好好待在教室，四處跑到曾與林宣艾待過的地方，獨自一人發呆。在外人眼裡彷彿失了魂。

夢迴時分，他總感覺林宣艾不曾離去，依然留在他身邊，活得逍遙自在。

清閒時光被打擾，他也不願意繼續待著，爬起身就準備要走。

「林宣艾告訴我很多你的事，如果你不想知道，那就不要理我沒關係。」

王可漫用力「哼」了一聲，使出了必殺技。

季策光停下了腳步，遲疑幾秒後緩緩回頭，卻眼神閃躲，不願與她對視。

「妳可不可以不要用那個聲音跟我講話啊……」他垂眸，無力地抱怨著，「我滿不舒服的。」

無言，王可漫翻了個白眼，鼓起臉頰，「我才是眞正的王可漫，這是我的身體耶！」

她當然知道季策光很思念林宣艾，可她不也一樣嗎？雖然回到了現實，終於能與最親愛的父母團聚，卻再也見不到那個總是守護著她的男孩了。

她也好想念佟千遙呀……

一想到佟千遙，王可漫便頓時紅了眼眶，沒過幾秒便掉下眼淚，一邊抽鼻子啜泣，嘴唇也因委屈而癟著。

一陣靜默，季策光也察覺到了不對勁，鼓起勇氣抬起頭，便看到了王可漫的哭臉。

好醜，他忍不住想，王可漫跟林宣艾果然一點都不同，連哭起來的樣子都差這麼多。

「哭屁啊？」觸景傷情的感懷消失了不少，他微微皺眉，想著或許他能鼓起勇氣面對。

「我心情不好，不要理你了。」王可漫揉揉眼，丟下這話後任性地掉頭就走。

王可漫的行爲遠遠超乎他的預想。

莫名其妙，季策光在心中吐槽著，朝她離開的方向踢了顆小石子。

王可漫也不遑多讓，跟季策光做的事相比，有過之而無不及。

跑到惠雨高中的校門口、守在他住的那棟大樓前、去兩人一同去過的海邊……明明所有的場景都那麼熟悉，她卻遍尋不著佟千遙的身影。

他們在好多地方留下了回憶，可在這個世界一丁點也不存在。

她不願意獨自一人守著這些記憶，想讓身邊的人知道她曾經歷了什麼，也想讓他們知道林宣艾的存在。

然而，她明白不被信任的機率極高，因此只選擇告訴沈庭珈跟父母。

不出所料，沈庭珈聽了之後，覺得她腦袋有問題，認為她所說的一切既荒謬又沒有科學根據。

「所以妳不相信我嗎？」王可漫有些喪氣，她還以為平常會信鬼神、算命、星座的好友會接受。

「倒也不是……的確妳前段時間像是變了一個人，也跟失憶沒兩樣。」沈庭珈雙手環胸，表情苦惱，「但妳說的太誇張了，小說耶！那只是文字而已，妳要怎麼穿進去？」

「那妳怎麼會覺得靠天上的星星，就能決定妳的個性跟命運？一樣沒邏輯！」王可漫不服輸地反駁。

雖然沈庭珈還是不完全接受她所說的荒唐事蹟，可她並沒有因此對王可漫的態度有所變化，兩人依舊是要好的麻吉。

至於王可漫的父母，雖然他們沒有反駁，卻也沒有表現出信任，王可漫摸不透他們對她的話究竟有幾分信任。

算了，她想，反正沒有人因為此事對她態度有異，就算只有她相信這些奇蹟曾發生也沒關係！

噢不對，她都忘了，季策光跟織悅也知情。

似是受到王可漫提起林宣艾的事所影響，後來的季策光總算是願意與她接觸。

王可漫告訴他，林宣艾在現實的這段時間，都有以日記記錄生活與心情，裡頭寫了不少關於他的事情。

「我想，你對她來說是很重要的人。」王可漫抱著膝坐在台階上，「林宣艾一定不會後悔遇見你。」

就跟她與佟千遙一樣，即便最後的結局是傷感的離別，她也不曾對此感到悔恨。

「她寫了什麼？」季策光拿著鋁箔包，咬著吸管，「她是怎麼看待我的？」

他知道林宣艾的性子倔強，直到最後一刻都不肯向他說出「喜歡」。而在這樣的林宣艾眼中，他會是什麼樣子，這讓他很好奇。

「嗯……可愛又欠揍？」王可漫用食指抵著太陽穴，想了想後回答：「如果她寫的跟想的一樣，那應該沒錯。」

「那——」

「換我問你了！」她打斷季策光。她想找他談談，是想將那些日子的空缺填滿，畢竟靠林宣艾的日記仍稍嫌不足。

即使兩人目前爲止的互動不多，季策光便已經能粗略描繪出王可漫的性格。

「像小孩子一樣」，這是他對王可漫的初印象，有話直說又不太顧及他人的情緒，單純得像個小朋友。

「問吧。」

王可漫清了清喉嚨，語氣變得扭捏，「那個、就是、嗯……」

才想著她有話直說，怎麼現在又支支吾吾的？季策光無奈地瞅了她一眼，倒也懶得催促她。

「我想知道，那個……林宣艾應該沒有拿我的身體亂搞吧？就是、就是跟你……親親抱抱？」王可漫捂著臉，耳根通紅，「哇啊，希望不要！拜託不要！」

她喜歡的是佟千遙呀！肉體出軌是不可以的！

「沒有。」季策光迅速回答。

對於他與林宣艾的最後一吻他隻字未提，他明白一旦講出口，只會衍生更多不必要的麻煩，他不想爲此徒增困擾。

「呼，那就好。」王可漫拍拍胸口，鬆了一口氣，她眞無法想像若聽見「有」，她該怎麼辦，肯定會因此崩潰。

看著她，季策光覺得他越來越不會被這張一樣的臉龐給影響，林宣艾跟王可漫，她們給人的感覺實在是天差地遠。

朝會時間，公布了上學期期末考的名次。

王可漫難得認眞參與朝會，目光盯著站在司令台正中央的季策光。她的班級排在前排，因此能清楚看見男孩的表情。此刻的他臉上沒有一絲情緒，面無表情地接過校長遞給他的獎狀。

她好像能猜到季策光現在在想什麼。

全校第一名的寶座又回到了自己的手中，這在外人看來是值得開心的事，季策光卻一點也高興不起來。

林宣艾在他身旁笑得得意的樣子歷歷在目，可如今她不在了，再也沒有人跟他爭奪第一名的寶座。

重返榮耀的喜悅不存在，他寧願當個被林宣艾搶走風采的第二名。

如果能換她回來，要他考第二名、第三名，甚至最後一名，他也在所不惜。

他只想要林宣艾還在。

同病相憐的兩個人似乎更容易產生共鳴。

雖然王可漫與季策光起初有些互看不順眼，可後來，兩人都向對方敞開了心房，會分享在那段時間發生的點點滴滴。

再後來，話題不只圍繞著穿越的事，也會聊聊日常，不再拘泥於那段回憶。

「林宣艾說你做的甜點很好吃，那……」

某天，王可漫吃著可麗露，忽然想起林宣艾曾說過的事。

「我才不會給妳吃。」季策光出聲截斷她的話語，「我只想做給她吃。」

在林宣艾離開之後，他再也沒有做過任何料理給家人以外的人品嘗。

「我只是想問，你比較喜歡做什麼甜點呀？」王可漫輕輕踢了他一腳，「你好自戀，我對你的料理才沒興趣。我最喜歡媽媽做的菜。」

「你們果然完全不同。」李策光失笑，「林宣艾超愛我做的食物，每次都吵著讓我做不同的菜色給她吃，而且她……妳幹麼這樣笑？」

他看著王可漫捧著臉微笑，感到毛骨悚然。

「我只是想聽聽你們甜甜的戀愛故事。」她眨眨眼，「繼續說吧！」

喜歡愛情小說的王可漫，也對發生在現實的甜蜜故事非常感興趣。

見她純真得沒有一絲惡意與嘲諷，李策光與她分享了某次他教林宣艾做菜的回憶——

林宣艾跟他聊到一間超好吃的炒飯，不停誇獎那間店的炒飯粒粒分明，並且廚師在料理時手法嫻熟，飯粒在鍋中翻騰的模樣簡直像表演。

她還提起了廚師是個身材精壯的猛男，讓李策光感到有些不是滋味。

「我也會啊，那又沒什麼了不起。」

「我又沒看過，不然你炒給我吃呀！我吃吃看誰做的比較好。」

林宣艾知道這隻小狂犬最激不得，果然李策光一秒答應。

一切都準備就緒，當李策光準備開火時，林宣艾卻自告奮勇，說想試試自己動手炒飯。

「反正失敗了有你善後啊。」林宣艾俏皮地吐舌，知道面前的男孩肯定不會拒絕。

在李策光手把手的指導下，林宣艾每一個步驟都做得很好。接下來的翻炒，她過於著急，還沒有聽到指示便擅自出力甩動鍋把。

「哇啊！」一小坨飯粒掉到了瓦斯爐周邊。

「受不了。」季策光扶額，在她驚慌時率先關了火，陪她一同清理。擔心再度發生意外，季策光站到林宣艾身後，右手覆上林宣艾的手，一起握住鍋把。手的觸碰，讓他們都顯得不那麼自在。

「看好囉，要這樣甩。」

季策光熟練地甩著，鍋裡的炒飯也隨之畫出一條完美的弧線。

「後來呢？她有沒有很崇拜地看著你，說『你怎麼那麼棒』？」王可漫激動地道。

「沒。」季策光「嘖」了聲，「她眼睛盯的是炒飯，嘴裡說的是『好神奇喔』。」

他的回答換來王可漫的大笑。

即使兩人逐漸變得熟稔，但他們都無比清楚，他們只會是朋友，不可能成爲別的了。對季策光而言，這兩個女孩就像一對被丟到兩個截然不同家庭扶養長大的雙胞胎，明明外表長得一模一樣，卻能輕易區分。

在他眼中，王可漫是個小花痴、理想主義者，還不太愛讀書，看似天眞單純，卻比林宣艾更不容易被他騙。

林宣艾所擁有的特質，在王可漫身上都找不到半分。

移情作用？抱歉，他想這是永遠不可能發生的事，王可漫怎麼跟林宣艾比？差得遠了！

見季策光對林宣艾的離去似乎逐漸釋懷，王可漫總忍不住思考，究竟該不該把那封留下的信交給他。

那封信是她在垃圾桶發現的。信的外觀完好無損，上頭署名「給季策光」，她不敢隨意窺探，也不敢眞的丟掉。

她不曉得裡頭寫了什麼，可她猜大概是季策光看了不會開心的內容。

現在，季策光好不容易已不再那麼痛苦，她到底該怎麼做，才是對他最好的選擇呢？

王可漫不喜歡看到身邊的人傷心難過，本想把祕密深埋心底，可她不小心說漏了嘴，讓季策光得知那封信的存在。

雖然她拒絕了好幾次，不想交給季策光，事到如今，她也無法再次拒絕。

看他可憐兮兮的樣子，她忍不住反省是不是做錯了？是否早該拿出來？

於是，她把鵝黃色信封帶到學校，將遲來的信交給收件人。

一接過信封，季策光便眼尖地發現到角落有兩處小小的皺褶，那是紙沾到水後風乾產生的痕跡。

他一驚，難不成林宣艾寫完信後哭過？

季策光擔心他會出現丟人的反應，顧及著那不值錢的面子，他偷偷溜到大榕樹下。

深呼吸一口氣，他輕輕地撕開信封封口，抽出一張摺了四摺的信紙——

給季策光：

不知道你什麼時候會看到這封信，我甚至不知道有沒有勇氣交給你，即便如此，我可能眞的會離開，還是想在最後跟你講一些話。

我常常在想，如果我不是以王可漫的身分來到這，而是眞正的林宣艾就好了。這樣我們就能大大方方的交往，不用擔心會影響到王可漫的生活。只怕……你看到我的長相後，覺得不是你的菜，那怎麼辦呢？

在取代王可漫的這些日子裡，我眞的好快樂，其中一個原因是你。

跟你相遇是一件幸運的事，你是我第一個眞正喜歡上的人，可惜你不在我的世界裡。

我想，我離開以後身邊不會再出現像你一樣的人了。

其實，我的心理狀態比《終不負相遇》中寫的還要糟糕。我討厭我的父母、看不慣條件比我優秀的人、嫉妒不讀書就考得比我好的同學……

我常常覺得人生太痛苦了，充滿著各種不順遂，不只一次想過要結束生命，這種想法甚至到我來到這個世界的前一天依然存在，但因爲我是個膽小的人，所以活到了現在。

我一點都不完美，卻希望自己在別人眼裡很優秀，藉此填補我的自卑。可是，大家看到的、喜歡的都不是眞正的我了。

所以，謝謝你喜歡這樣的我，不嫌棄我的任性，我想吃什麼就做什麼給我吃，可惜以後再也吃不到你做的料理，這是我非常遺憾的事情。

季策光，我眞的很喜歡你喔！

在你身邊，我能放心地做自己，一點都不害怕被你討厭。我以前總認爲我會喜歡比我優秀又成熟的男孩，現在看來完全相反。

偷偷說，你肯定不知道，聖誕節時我有準備一包糖果送你，現在你知道啦！我不太擅長烹飪烘焙，沒能讓你品嘗到我的手藝眞是抱歉。

明天是我的生日，眞希望奇蹟可以發生，我想要跟你永遠在一起。有你在我身邊，就算是在那個痛苦的世界，我也一定能充滿力量地活下去。

想想「季策光」這名字取得眞好，你確實就是我生命中最燦爛的一束光。

最後，雖然這麼講超級肉麻，也完全不是我的風格（大概是被王可漫的戀愛腦影響），但現在不講以後就沒機會了，所以我想試試看。

愛你！

Goodbye, my love.

永遠比你聰明的林宣艾

什麼嘛！

爲什麼這些話不當面告訴他呢？因爲害羞嗎？

季策光將信紙壓在胸口，視線被淚水模糊，兩行淚沿著眼角滑落。

如果他能早一點傾訴心意就好了，這樣他們的幸福日子是不是也能多一些？他才不管王可漫的生活，他要帶林宣艾玩遍一切，不讓她留下任何悔恨。

宣艾，妳現在到底在哪裡呢？

是跑到了織悅幫妳寫的新故事嗎？還是回到了妳原本的世界？

妳過得好嗎？如果回到了妳的世界，拜託不要跟那個叫紀楚恆的臭小子談戀愛！我肯定會氣死！

宣艾，我很想妳。

還有啊，我不是肉麻的人，但既然妳都敢說了，那我也想鼓起勇氣告訴妳。

我也愛妳！

番外二
世界賜予的奇蹟

「不瞞你說，其實我……最近狀況不太好，常常忘記很多事。」

「像我不曉得你帶我來這的目的，不知道我現在應該做什麼，我都忘了。」

一切的故事，大概就是從這裡開始的，從「林宣艾」忽然變了一個人，還什麼都不記得的那天。

社團的得力伙伴，也是好友的女孩這麼告訴他後，佟千遙花了許多個人的休息時間待在社辦搜尋資料，想找出她爲何在轉瞬間性格大變，還伴隨著失憶的情況。

他以科學的角度想過幾個假設，但認爲可能性都不大。

沒少看二次元作品的他，腦洞倒也不小，他下意識地覺得，這狀況就像是林宣艾原本的軀體裝了另外一個靈魂。

他當然明白這想法荒謬至極，只是……

「佟千遙，你不要叫我林宣艾。」

「不然我要叫妳什麼呢？」

「漫漫。」

聯合社課那天，女孩對他這麼說。

是的，肯定就是那一刻。

即便沒有任何證據表明眞相，不過自那一天起，佟千遙的心底正式將「林宣艾」與「漫漫」當作不同的個體來看待。

在佟千遙眼中，漫漫跟林宣艾一點也不相似。

林宣艾事事力求完美，充滿自信且値得信賴，是他在醫研社最可靠的伙伴。

而漫漫是單純爛漫的小女孩，心情時常寫在臉上，總是有話直說，像一朵潔淨可愛的小白花，沒被周遭的汙泥沾染半分。

在惠雨高中這般競爭激烈的學校，無論好的壞的，大家多少都有些許心機，又或者有著不輕易表露眞心、說場面話、委婉表達來避免衝突的特質。

客觀而言沒有優劣，只是他還眞沒遇見過漫漫這種同學。

「佟千遙，我好多題目都不會寫……」

某天，漫漫懊惱地向他抱怨。

在大家眼中，佟千遙的形象雖然偏向暖男，但他並沒有樂於助人到會爲了他人花費太多時間和心力。

然而，漫漫的存在成了他唯一的例外。

不僅放學留下來陪她修改社課簡報，還主動攬下屬於「林宣艾」分內的工作。

平時只會寫重點在課本上的他，爲了她，抄寫了一份全新且量身訂做的學習筆記。

對於這份專屬的偏心，佟千遙也心知肚明。

某日晚間，佟千遙一邊津津有味地吃著海苔風味的洋芋片，一邊追著凌晨剛更新最新一集的新番。

劇情來到了高潮——男主角爲了帶回被敵方抓走的伙伴，不顧隊伍的阻攔，決定孤身一人前去救援，卻在途中發現中了埋伏，對方派出了許多人馬要置他於死地。而男主獨自穿梭敵陣，身上滿是重傷……

嗡嗡嗡——手機傳來震動聲響。

換作從前，連震動聲也不會有。

佟千遙在看動畫的時候，不跳過片頭、片尾曲，也不開彈幕影響觀看體驗，更重要的是，除非事態緊急，否則他絕不會按下暫停鍵，就像去電影院欣賞電影一樣，看動畫對他來說是如此神聖而不可侵犯的。

他可不允許有任何人打擾到他的宅宅時光。

然而，在感知到震動的那刻，佟千遙按下了暫停，也不管自己的感動就此被打斷。

拿起翻到背面的手機，螢幕上顯示的是漫漫的訊息。

「我剛剛改好簡報了，也寫了要講的重點，你能幫我看看有哪裡要加強或修改的嗎？」

「沒問題，會很急嗎？」他馬上點開回覆，他想，如果很急他就先不看動畫了。

「不會啦！不急。」

「那妳傳過來，我晚點看看。」

除了文字回覆，他還找出一張有著ＯＫ字樣的小兔子貼圖傳送過去。

從前被打擾肯定會默默生氣的佟千遙，此刻卻沒有一絲不悅，反而還在對話結束後，看著對方傳來的小熊貓感謝貼圖露出了一抹微笑。

自睡夢中緩緩甦醒，望著窗外露出的一抹魚肚白，佟千遙知道現在時間還早，能再多睡一會覺。

只是……想起方才夢境裡女孩的純淨笑靨，他似乎寢不能寐，深怕睡回去，會丟了這在半夢半醒間存在的模糊記憶。

明明去學校依然能見到對方，可他就是不想輕易忘掉夢裡的美好。

從前，望著林宣艾的臉沒有絲毫的悸動，然而當他以「漫漫」的角度去看待，左胸口的心跳卻比平時快了不少。

佟千遙嘆了口氣，抓著被子擁進懷裡，緩緩閉上眼。

日有所思，夜有所夢。雖說早有幾分預感，但這是他第一次在夢境中見到漫漫呀。他想，到這種程度的話，肯定完蛋了吧……

喜歡，佟千遙知道自己喜歡漫漫。

他喜歡天真美好的漫漫，喜歡做自己、不想迎合別人的漫漫，喜歡不願被這個社會改變的漫漫。

他喜歡漫漫，所以把好多沒跟別人分享的事跟她說，例如他的興趣、他的家庭。

他想，若漫漫不想長大的話，他就一直守護她，讓她當個無憂無慮的小孩，即便他沒有正當的理由跟資格。

或許也不是沒有機會，畢竟他對她好，她肯定也有感受到。要對他產生好感，甚至喜歡上他的機率也不低。

「佟千遙，其實我喜歡紀楚恆。」

糟透了，還沒告白就先被變相拒絕的感覺，他覺得他這一生不想再承受第二次了。

得知事實的那天，回家後，他不同以往，全然沒了要廢打遊戲的心思，只要靜下來，就會想起「我喜歡紀楚恆」那句話，然後心情就變得更差，差到想衝到紀楚恆家門口，把他抓出來踢一腳。

紀楚恆，紀楚恆……他知道他很帥沒錯，成績好，體育也優秀。但喜歡他的人那麼多，才不差漫漫一個吧！

「我被紀楚恆拒絕了。」

什麼啊，紀楚恆很跩是吧？

一聽見漫漫的話，佟千遙下意識地想吐槽，他那麼喜歡的漫漫居然被這小子無情拒絕，當初幹麼讓漫漫動心又拒絕她？臭傢伙！

縱然佟千遙拿出數學講義想轉移思緒，腦袋依舊紛亂，寫了十分鐘，連一道題也沒有解出來。

他想起他爸心情不好時會喝酒灌醉自己，他也想嘗試，不曉得漫漫知道的話會說什麼？

「佟千遙！你未成年不能喝酒啦！」

他想像著她激動可愛的語氣，隨即推翻這個假設。他想或許漫漫根本懶得理他，畢竟她喜歡的是紀楚恆，眼中也只有紀楚恆。

唉，不怪她，雖然很不甘心，但客觀來說紀楚恆的確是比他帥。今夜不醉不歸！雖然他已經在家了。佟千遙在心中吐槽自己。

在手指觸碰到啤酒罐的前一秒，漫漫的聲音迴盪在他耳邊——

「我前陣子跟他告白過，但失敗了。」

「告白過，失敗了」，他竊喜，這不就代表他還是有機會的嗎！

佟千遙永遠都忘不了那天。

跟漫漫互通心意的那天，也是知曉真相的那天——漫漫真的不是林宣艾。

太好了，他終於不會再因爲「漫漫說到底還是宣艾」的想法而感到彆扭了。

可是，她卻說，她要離開這個世界了。

佟千遙真希望這是假的，希望叫織悅的作者並沒有能讓漫漫跟林宣艾回到彼此世界的能力，希望他跟漫漫能一直一直在一起。

雖然他表面上裝得豁達，說著「就當世界末日要來了吧」，其實他很難過。

好不容易，他終於能正大光明地跟喜歡的女孩在一起，才短短幾天，便要迎來分離。

他不要這樣啊。

明明他也是普通人，爲什麼他們不能跟普通的情侶一樣，甜甜蜜蜜度過一年四季，一起慶祝大大小小的節日呢？

他甚至還來不及慶祝兩人的生日呀……

道別的那天，他看著漫漫的最後一眼、給她的最後一個擁抱，都在述說著「妳不要走」、「妳不要離開」。

他多想向漫漫懇求呀，只是這麼懦弱的話語，他擔心會徒增漫漫的牽掛，因此選擇埋藏在心底。

「我好愛妳，漫漫。」

這是他對漫漫說的最後一句話。

「全世界最美好的漫漫，我的小公主，只屬於我的女孩，我真的好愛妳。」

那一夜，直到最後一刻他都在祈禱著。

祈禱著早晨來臨，當新的一天到來，漫漫依然還在。

「怎麼，又在發呆想你的漫漫？」

寒訓的營火晚會結束後，大家各自分散，無事可做的佟千遙便坐到一旁的角落。

他看著火堆中的餘燼，將杯中的液體一飲而盡。

耳邊傳來的嗓音相當熟悉，卻與他的女孩沒有半分相似。

「是啊。」他笑得落寞，「我好想漫漫。」

「明明裝的是綠茶，但你看起來像在喝酒。」林宣艾無情吐槽，坐到他的身畔，「想念的話，就努力祈禱吧！說不定會跟當初的王可漫一樣美夢成眞，換你穿越到她的世界。」

「我常常在思考，爲什麼我依然在這裡呢？」佟千遙將空塑膠杯精準投擲到了幾步之遙的垃圾袋內，「爲什麼這個世界沒有毀滅呢？」

他想，或許毀滅了才好，才不必餘生只能懷著對漫漫的想念度過。可是，會不會漫漫其實同他一樣，在屬於自己的世界，帶著兩人的美好回憶繼續生活呢？

他抬頭仰望夜空，好奇他們每夜所見的星象與月色是否一樣。

「喂，這世界毀滅的話，我要回到哪裡去呀？」林宣艾瞟他一眼。

「說的也是。」他失笑。

「其實織悅曾跟我說過，她想寫一個以你爲男主角的戀愛故事。」林宣艾提起過往的記憶，「但我勸她不要。說了你跟王可漫的事後，她就放棄了。」

「就算寫了，那肯定也不是現在的我。」佟千遙撐著頰，「現在這個我啊，只會喜歡漫漫，不會再跟其他人談戀愛了。」

「至少我成功阻止她寫出你的『同人文』。」她賣弄著從親媽那學來的詞彙，得意地勾起唇角，「你該好好感謝我。」

一月十六日那天，過去的林宣艾回來了，帶著一副嶄新的面貌。

佟千遙側過臉，看著她以前從不會出現的笑容，「妳眞的變了不少呢。」

他猜想，在那三個月的奇蹟中，林宣艾也遇上了足以改變她人生的邂逅吧。

以前的她總給人無法親近的距離感，甚少跟旁人聊起私事，更不愛開玩笑。

「因爲在那段時光，我過得非常快樂啊！」她站起身，露出燦爛的笑容說要去找芷琳，便一溜煙跑走了。

看著好友的背影，佟千遙想起幾天前，兩人見面時她所告訴的事。

「其實我也不知道究竟是怎麼回事。」

林宣艾一邊吃著漢堡，一邊向他分享織悅為她完成作品的事。那是漫漫不知道的小祕密，因此他也無從得知。

「我想到了兩種可能性，但答案不得而知，畢竟織悅都不讓我看她的文件，我也沒辦法再跟她見面了。」

「哪兩種？」他好奇地問。

「是織悅寫下的故事又創造了另一個世界，那裡有另一個林宣艾，而我則回到了這個世界呢？」她伸出食指，說出第一個猜測後，豎起中指比出「二」，「又或者是，現在這個世界，便是織悅所撰寫的，讓我與你都能帶著獨特回憶，繼續生活的故事。」

佟千遙莞爾，「我倒認爲解答一點也不重要，即使是第三種可能性也無所謂。」他點點嘴角處，示意她唇邊沾到了生菜絲。

林宣艾抽起紙巾往嘴邊抹，挑起了眉回道：「怎麼說？」

「是不是織悅所撰寫的故事？我們到底是誰？答案已經沒有意義了。」

他看向窗外，形形色色的人經過，學生、夫妻、母女……大家都是活生生的「人」啊。後續的劇情發展，或者說「命運」，他們都無從知曉。

「我們的未來只有自己能決定。」林宣艾接下他的話，口中喃喃：「織悅，妳聽到了嗎？」

是啊，他當初不也是這樣想的嗎？

佟千遙輕點手機螢幕，解鎖畫面放了張他跟漫漫在海邊的合照。

「不管是不是在故事裡，或許所有人、所有事早從一開始就註定，從宇宙起源的那瞬間就決定了。」

他憶起他曾告訴漫漫的話。

但現在卻不那麼想了。

他從前所做的一切，選擇幫助漫漫、選擇喜歡上她、選擇不顧離別將至，堅持陪她到最後一刻……這些肯定都不是織悅、不是任何一個人、不是神也不是宇宙擅自替他安排好的。

所以佟千遙決定了。

從今往後的未來，他也會繼續帶著這份最純粹美好的、對漫漫的喜歡，繼續走下去。

後記
結局未完待續

大家好，我是語風！

謝謝閱讀完這個故事的你們，如果你是喜歡先讀後記的人，也謝謝你們願意翻閱。

《寫下結局以前》是我深深愛著的故事，我好愛我筆下的角色們，愛漫漫、千遙、宣艾、小季和楚楚。

令人驚喜的是，POPO給了我與這個故事莫大的殊榮與鼓勵，將這故事帶到你們的面前。來聊聊故事內容吧。

會寫下這個故事，是因爲普遍看到的穿書故事，都只有寫主角穿越到故事中，我便想著被取代的角色呢？他去了哪裡？是不是也能有屬於自己的故事呢？

兩人靈魂互換的話肯定很有趣吧！

故事的靈感就此誕生。

話說，雖然可以將「現實」與「初稿」視作兩個獨立故事線，可我在撰寫時也設計了不少互相呼應的橋段，不知道大家有沒有發現呢？這邊就不爆雷啦！

這個故事有兩個女主角，截然不同的漫漫跟宣艾，互相到了彼此的世界生活，一個過得風生水起，一個則屢屢受挫，然而她們都因爲身分的交換遇上了美好邂逅。結局時，一個人因身邊的人改變了性格，另一個則始終如一，都是她們喜歡的樣子。

有點好奇大家比較喜歡哪個女主角，以及哪條故事線，歡迎你們偷偷告訴我（眨眼）！

故事裡的三個男角也有著各自的魅力，眞想知道大家最喜歡誰，還有哪對ＣＰ！

來說說織悅這個角色，戲份不多卻頗重要。

同樣爲作者，我將自己的一部分投射在這個角色上，如果閱讀這個故事的你也是創作者，希望你也能從她身上得到共鳴。

關於角色進一步的分析、劇情的伏筆與小彩蛋等等，如果有想要與我討論、好奇我怎麼想的，歡迎私訊我的Instagram或到POPO上本書的書本頁留言，我都很樂意回應喔！

擔心在後記講太多會影響觀看體驗，我想，不同的讀者或許會有不同的解讀，願這個故事能在你們的心中留下美好的印記。

故事寫下了結局，但他們的人生還會繼續走下去，就像我們每一個人一樣。

一直以來，我都希望自己寫出來的故事能被肯定、能被大家喜愛，然而寫作之路並不是一路暢行無阻。

我經歷過無數次的自卑與絕望，即使如此，我從來沒想過要放棄，這件事從未改變過。

如今，我終於能像曾嚮往的那樣，有人喜歡我的故事、獲得獎項肯定，甚至在POPO這個對我而言像家一樣重要的地方出版實體書。

一路走來，我有太多太多要感謝的人。

首先當然要感謝身為「語風」的自己，從八年前一路堅持到了現在。明明是個三分鐘熱度的人，寫作卻成了堅持最久，也不會放棄的事。

如果能回到過去，我一定要告訴自己「妳所有的努力終會迎來花開的那天」。

感謝我的家人，不只我的父母，連親戚們都知道我在寫小說，大家都很支持，整天看到我就喊「大作家語風」，還會買我的書來看（眞的有看）。雖然很羞恥，但被家人們支持的感覺眞好。

再來要謝謝總是為我加油打氣，在閱讀作品後留下心得的文友們。你們讓我知道寫作並不是一件孤單的事。

由衷期盼台灣原創小說能迎來復興的那天，我們都能因寫作成為更好的人。

最後，謝謝大賞評審與POPO同仁們，以及讓我踏上創作之路的偶像瑪琪朵！謝謝你們對這部作品的肯定，我眞的眞的好開心。

也非常感謝我的編輯Sherry花了這麼多時間和心力在這部作品上，只有我一個人的話，《寫下結局以前》的實體書不可能誕生。

當然不能少了閱讀這個故事，或是買下這本書的你們，謝謝你們（比出大大的愛心）。

我是語風，有機會的話，我們下次再見！

一切的一切，未完待續。

語風

國家圖書館出版品預行編目資料

寫下結局以前／語風著. -- 初版. -- 臺北市 ： POPO原創出版，城邦原創股份有限公司出版：英屬蓋曼群島商家庭傳媒股份有限公司城邦分公司發行, 2024.05
面；　公分. --
ISBN 978-626-7455-11-1（平裝）

863.57　　113005861

寫下結局以前

作　　者／語風
責任編輯／黃韻璇　行銷業務／林政杰　版　　權／李婷雯

內容運營組長／李曉芳
副總經理／陳靜芬
總 經 理／黃淑貞
發 行 人／何飛鵬
法律顧問／元禾法律事務所　王子文律師
出　　版／POPO原創出版
城邦原創股份有限公司
台北市南港區昆陽街 16 號 4 樓
電話：(02) 2509-5506　傳眞：(02) 2500-1933
email：service@popo.tw
發　　行／英屬蓋曼群島商家庭傳媒股份有限公司城邦分公司
聯絡地址：台北市南港區昆陽街 16 號 8 樓
書虫客服服務專線：(02) 25007718．(02) 25007719
24小時傳眞服務：(02) 25001990．(02) 25001991
服務時間：週一至週五09:30-12:00．13:30-17:00
郵撥帳號：19863813　戶名：書虫股份有限公司
讀者服務信箱 email：service@readingclub.com.tw
城邦讀書花園網址：www.cite.com.tw
香港發行所／城邦（香港）出版集團有限公司
地址：香港九龍土瓜灣土瓜灣道86號順聯工業大廈6樓A室
email：hkcite@biznetvigator.com
電話：(852) 25086231　傳眞：(852) 25789337
馬新發行所／城邦（馬新）出版集團 Cité(M)Sdn. Bhd.
41, Jalan Radin Anum, Bandar Baru Sri Petaling,
57000 Kuala Lumpur, Malaysia.
電話：(603) 90563833　傳眞：(603) 90576622
email：services@cite.my

封面設計／也津
電腦排版／游淑萍
印　　刷／漾格科技股份有限公司
經 銷 商／聯合發行股份有限公司
電話：(02)2917-8022　傳眞：(02)2911-0053

■ 2024 年5月初版　Printed in Taiwan

定價／360元

ISBN　978-626-7455-11-1

城邦讀書花園
www.cite.com.tw

本書如有缺頁、倒裝，請來信至service@popo.tw，會有專人協助換書事宜，謝謝！